TRAPAÇA

JAMES SIEGEL

TRAPAÇA

Tradução de
Paulo Cezar Castanheira

EDITORA RECORD
RIO DE JANEIRO • SÃO PAULO
2011

CIP-Brasil. Catalogação-na-fonte
Sindicato Nacional dos Editores de Livros, RJ

S784t

Siegel, James, 1977
Trapaça / James Siegel; tradução de Paulo Cezar Castanheira. – Rio de Janeiro: Record, 2011.

Tradução de: Deceit
ISBN 978-85-01-07804-9

1. Ficção policial. 2. Ficção americana. I. Título.

11-3541

CDD: 813
CDU: 821.111(73)-3

TÍTULO ORIGINAL:
Deceit

Texto revisado segundo o novo Acordo Ortográfico da Língua Portuguesa.

Impresso no Brasil

ISBN 978-85-01-07804-9

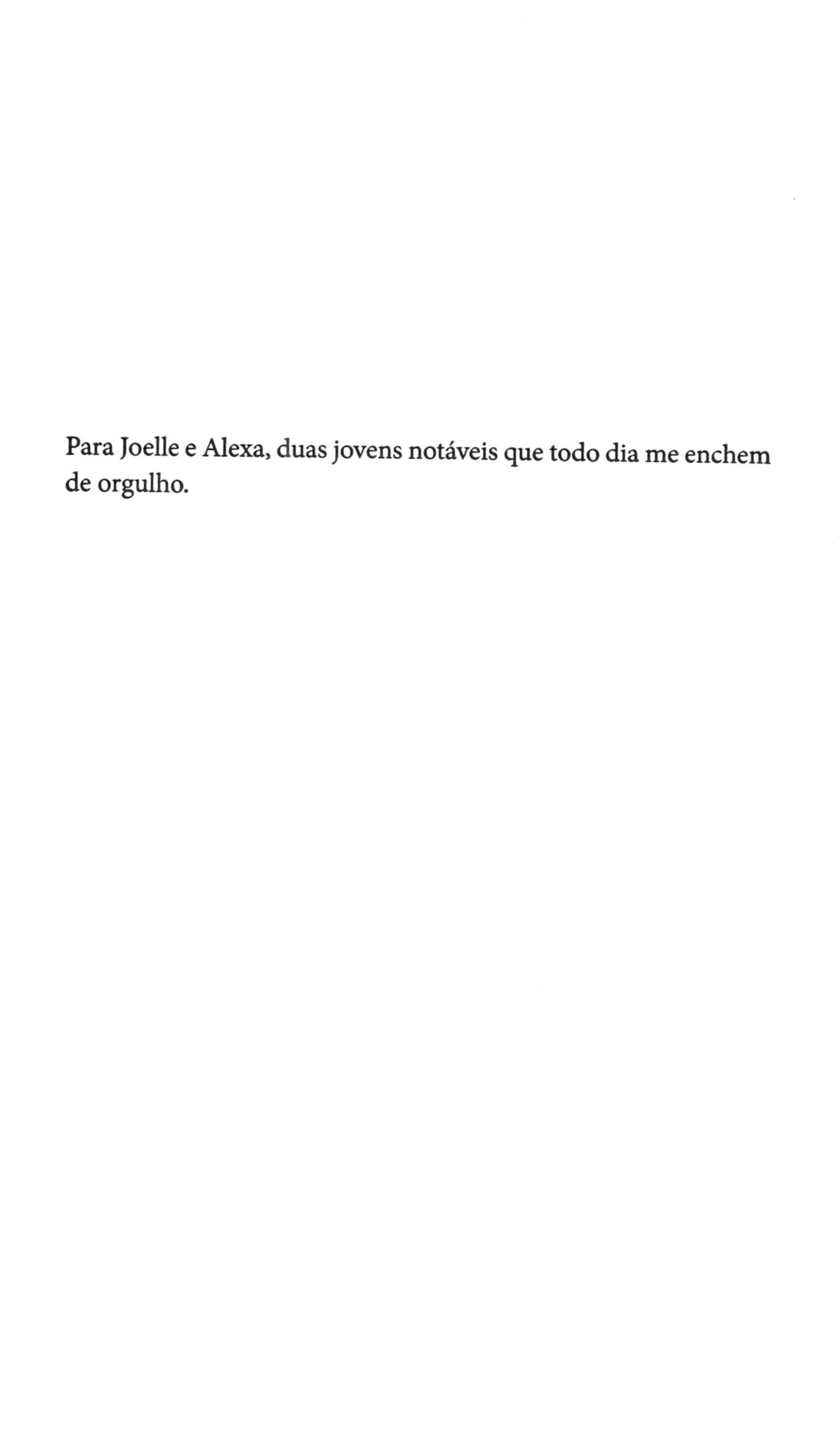

Para Joelle e Alexa, duas jovens notáveis que todo dia me enchem de orgulho.

AGRADECIMENTOS

Gostaria de agradecer a Kristen Weber e David Shelley pela sábia edição; e aos muitos repórteres com quem conversei durante a realização deste livro, num esforço para contar os fatos corretamente.

Era uma vez duas aldeias.

Uma aldeia em que todos sempre diziam a verdade.

Outra, onde todos sempre mentiam.

Um dia, um viajante chegou a uma encruzilhada na estrada. Ele sabia que uma estrada o levaria à aldeia onde todos sempre diziam a verdade. Ali ele iria encontrar alimento e abrigo. A outra estrada levava à aldeia onde todos sempre mentiam. Ali ele sabia que seria espancado, roubado ou mesmo assassinado. Um homem estava parado na encruzilhada, mas o viajante não sabia de qual aldeia ele vinha. Daquela onde todos diziam a verdade ou daquela onde todos mentiam?

"Você pode me fazer uma pergunta", disse o homem. "Só uma."

O viajante pensou e ponderou, e finalmente soube o que perguntar.

Apontou para a estrada da esquerda e perguntou: "Esta estrada vai para a sua aldeia?"

"Vai", respondeu o homem.

O viajante agradeceu e tomou aquela estrada.

Ele sabia que se estivesse falando com um homem da aldeia onde todos diziam sempre a verdade, então esta seria a estrada certa para a aldeia. E se tivesse falado com um homem da aldeia onde todos sempre mentiam, o homem mentiria e também diria que era.

Fosse ele mentiroso ou sincero, o homem daria exatamente a mesma resposta.

UM

Estou escrevendo o mais rápido que posso.

Como o Pony Express, estou galopando por território hostil porque simplesmente *tenho* de entregar a mala do correio.

Já recebi minha cota de flechadas. E embora esteja ferido, não estou morto.

Ainda não.

Tento me lembrar de tudo que é importante.

Não tenho certeza da cronologia, das causas e efeitos. Da especificidade.

Isso eu admito livre e honestamente. Assim, quando os *editorezinhos* começarem a brandir seus lápis vermelhos, e eles vão brandir, eu espero, ainda que momentaneamente, ter reduzido o ímpeto do seu veneno.

Não os culpo. De verdade, não culpo.

Afinal, sou o menino que gritou "lobo". Que gritou, berrou e escreveu em manchetes de 5 centímetros.

Mea culpa.

Só posso dizer que o que estou escrevendo neste quarto claustrofóbico de hotel é a verdade absoluta, sem verniz, cem por cento verdade.

Juro por Deus, palavra de escoteiro, que um raio caia sobre a minha cabeça.

Ou melhor, vai cair.

Esta não é só a minha última reportagem.

É o meu testamento.

Preste atenção.

Você é o meu testamenteiro.

UMA BREVE DIGRESSÃO.

Ao escrever a minha última reportagem, não posso deixar de me lembrar da primeira.

Eu tinha 9 anos.

Nevava. Não aquele pó mixuruca que no Queens eles chamam de neve. Não; o céu estava descarregando neve, como se alguém tivesse aberto a tampa de um gigantesco saleiro lá no alto. Pingentes de gelo eram arrancados das nossas calhas e atirados na parede de tijolos da casa, onde se partiam, com o som do taco numa bola de beisebol.

As escolas estariam fechadas por toda a semana.

Meu irmão Jimmy escorregou no gelo e machucou a cabeça, escrevi numa folha de papel pautado. *Ele sempre cai ou se machuca de algum jeito. Ele bateu na porta e ficou de olho roxo. Na semana passada caiu na banheira e depois se queimou. Ele é muito desastrado e mamãe vive dizendo para ele prestar atenção por onde anda, mas não adianta. Ele só tem 6 anos.*

Levei o que escrevi até a cozinha onde minha mãe estava curvada sobre a mesa, olhando uma garrafa vazia de Johnie Walker.

— Leia para mim — balbuciou ela.

Depois que terminei ela disse:

— Ficou bom. Agora decore tudo. Eles vão chegar daqui a uma hora.

DOIS

Não houve avisos de tempestade.

Nenhum centro de emergência me mandou fechar e proteger as janelas e sair da cidade.

Lembro daquele dia como se fosse hoje, diz o clichê (que me desculpe o meu primeiro professor de jornalismo, que abominava os clichês tanto quanto abominava a nova regra instituída de não-confraternização-com-colegas), e declaro que com exceção do aniversário de cem anos de Belinda Washington, nada naquele dia foi anormal. Normal costumava ser o estado das coisas em Littleton, Califórnia — a aproximadamente 250 quilômetros de Los Angeles.

Leia *exatamente* em vez de aproximadamente.

Há dois anos eu havia percorrido todos os quilômetros do trecho dirigindo a última coisa que possuía — um Miata azul-prata, comprado quando Miata ainda era uma marca que prestava. Naquela época se poderia dizer o mesmo de mim.

Agora o Miata estava amassado em dois lugares diferentes e tinha uma transmissão preguiçosa que reclamava em altos brados quando era obrigada a mudar de marcha.

Na manhã em questão, fui chamado à sala de Hinch e recebi ordens de cobrir o centenário de Belinda Washington. Tratava-se de uma reportagem de interesse humano. Podia-se afirmar que *todo* artigo do *Littleton Journal* era de interesse humano. O periódico era publicado somente cinco vezes por semana — às vezes menos, quando não havia notícias locais suficientes desde a última edição. As únicas reportagens sérias que chegavam às páginas do jornal da cidade eram recebidas da AP, reportagens que vinham de lugares como Bagdá ou Cabul, nas quais quase se sentia o cheiro da cordite emanando das letras. Eu as examinava sonhador, como se fossem cartões-postais franceses de outros tempos.

Belinda Washington também era de outros tempos.

Era o que se podia intuir da cadeira de rodas e da cabeça quase careca. Quando entrei na sala do único asilo de velhos de Littleton, ela usava uma ridícula tiara de papel com o número 100 impresso. Alguém achou que ela ficaria bonitinha assim. Provavelmente não a própria Belinda. Ela não estava feliz, apenas perplexa. Mantive a objetividade e resisti à tentação de arrancar a tiara da sua cabeça.

Naquela época eu obedecia estritamente aos mandamentos da minha profissão.

Apresentei-me ao diretor do asilo, um tal de Sr. Birdwell, que orquestrava a augusta ocasião com a ajuda de uma câmera digital. Bom. Isto me pouparia o trabalho de tirar as minhas próprias fotos. No *Littleton Journal* nós fazíamos de tudo.

Ajoelhei-me em frente de Belinda e me apresentei numa voz um pouco mais alta que o normal.

— Olá, Sra. Washington. Sou Tom Valle, do *Littleton Journal.*

— Por que você está gritando? — perguntou Belinda com uma careta. Obviamente, Belinda não gostava de repórteres condescendentes tanto quanto não gostava de tiaras de papel. — Tire esta coisa da minha cabeça.

— Com prazer. — Levantei e tirei a tiara, entregando-a a um dos funcionários do asilo que pareceu pessoalmente ofendido por eu ter me metido na sua festa.

— Assim está melhor.

— Claro. Meus parabéns, Sra. Washington. Como a senhora se sente ao fazer 100 anos?

— O que você *acha*?

— Não sei.

— É melhor fazer 18.

— O que foi... quando, por volta de 1920?

— Em 1922.

— Certo. Eu sempre fui ruim em matemática.

— Eu não. Sou boa em matemática.

Eu esperava entrevistar um fantasma babando. Até agora a única pessoa que babava era eu. Uma das participantes da festa era atraente. Cabelos dourados, por volta dos 30, usando uma calça apertada e se equilibrando sobre saltos sete e meio. Havia momentos em que eu pensava já ter passado da idade — não por causa da idade de babar (quase 40), mas só por achar que já tinha passado da idade para *tudo* — em que se aproveitam as coisas boas da vida, como as mulheres.

Belinda ergueu uma mão esquelética.

— Sinto falta das coisas.

Por um momento pensei que ela se referisse aos problemas da velhice, as coisas se perdendo: conversas, nomes, datas. Mas não era isso. Ela estava se referindo a outro problema da velhice.

— As pessoas morreram e me deixaram — e sorriu um pouco sonhadora, mas também acho que ela estava flertando comigo.

O sentimento era recíproco. Com objetividade ou não, eu gostava dela.

Belinda era negra, uma raridade em Littleton — latinos, sim, negros, praticamente nenhum — uma cor negra como o ébano que ressaltava os olhos brancos e as palmas das mãos, rosadas como patas de gato.

Ela me fez um sinal com uma de suas mãos artríticas.

Tentei entender o que me dava esse privilégio especial. Provavelmente ninguém mais conversava com ela. A não ser para lhe dizer que era hora do remédio, de apagar a luz ou pôr um chapéu idiota.

— As pessoas morreram e me deixaram — repetiu. — Mas um voltou.

— Voltou?

— Claro. Ele disse oi!

— E quem foi?

— Hein? Meu filho.

— O seu filho? E de *onde* ele voltou?

— Hein? Foi o que eu falei. Ele morreu... há muito tempo, mas voltou e disse oi. Ele disse que me perdoava.

— Claro. Entendi. — Eu estava tentado a lhe perguntar o que tinha feito para precisar de perdão, mas para quê? Belinda estava sentindo a idade. Quando ergui os olhos, um dos funcionários deu de ombros, como que perguntando o que eu estava esperando. A mulher de calça apertada, que evidentemente estava ali para visitar um dos outros residentes, me lançou um pálido sorriso que me pareceu levemente encorajador.

— Ele está velho como eu.

— O seu filho?

— É. Ele parecia doente.

Quase fiz uma daquelas piadinhas que gostava de fazer quando vivia cercado de gente dada ao cinismo. Antes de eu mesmo virar uma piada nacional. Quase disse: "considerando que ele está morto, estar doente já é um avanço."

Mas não disse. Disse apenas:

— Que pena.

Belinda riu, um riso suave e perspicaz que me fez sentir um pouco envergonhado e um pouco outra coisa.

Nervoso.

— Eu não estou brincando. E não estou louca.

— Eu não disse que está louca, Sra. Washington.

— Não. Mas você é simpático.

Mudei de assunto. Perguntei há quanto tempo ela estava no asilo. Onde havia nascido. Qual era o seu segredo de longevidade. Todas as perguntas inofensivas que aprendemos no jornalzinho do colégio. Não perguntei sobre a família que tinha deixado, pois, com a possível exceção do filho morto, ninguém tinha aparecido.

Depois de algum tempo percebi um cheiro que permeava a sala — enjoativo e medicinal, como um porão cheio de arquivos mofados. Ficou impossível deixar de notar as manchas no chão de linóleo, as manchas de cigarro, cor de melanoma, sobre a mesa de cartas. A Sra. Washington vestia um vestido de bolinhas que cheirava levemente a cânfora, mas os outros vestiam roupões manchados de gema e camisetas desbotadas. Um homem calçava só um pé de meia.

Tive vontade de sair.

O Sr. Birdwell tirou uma foto de Belinda rodeada de cadeiras de rodas e andadores. Estendi a mão e disse adeus.

— Mais uma — disse o Sr. Birdwell. — E desta vez eu quero ver um *sorriso* na nossa aniversariante.

A aniversariante o ignorou — evidentemente ela não estava com paciência para sorrir. Em vez disso, agarrou a minha mão e apertou.

— Você é simpático.

A mão estava gelada.

TRÊS

— Nós tivemos um acidente horrível na entrada da cidade.

Foi o que disse a secretária de Hinch — ou melhor — sua *assistente*, pois o politicamente correto já vigorava em pleno deserto da Califórnia. As aeromoças agora eram *comissárias*, as secretárias, *assistentes*, e os exércitos de ocupação no Oriente Médio eram os *defensores da liberdade*.

Uma medida de que eu estava rapidamente me aproximando do meu segundo aniversário ali foi quando Norma, ao dizer *nós*, eu ter pensado em nós. Agora era oficial: Tom Valle, ex-morador do SoHo, NoHo e de várias outras abreviações de bairros da moda em Nova York, havia se tornado um autêntico morador de Littleton.

— Que tipo de acidente? — perguntei.

— Uma batida na 45. Um incêndio que Deus me livre.

Para uma frequentadora assídua da igreja, Norma tinha uma estranha mania de usar o nome de Deus em vão. Era um desfile de Deus me livre, Deus nos acuda, só Deus sabe e vai com Deus.

— Ai meu Deus! Será que tinha muita gente no carro?

O xerife havia acabado de telefonar, imaginando que Hinch poderia estar interessado num acidente de carro horroroso que venderia jornal. *Se tem sangue, dá manchete*, como se diz. Hinch estava no almoço. A outra repórter, Mary-Beth, estava de licença-maternidade. Quando se cansasse de ver o marido desempregado atrás de uma pilha de latas de cerveja, Mary-Beth voltaria. Não antes. Havia um estagiário de férias, da Universidade Pepperdine, mas ele não estava à vista.

— Acho que vou cobrir esta.

Norma, que não era a editora, mas assistente do editor, deu de ombros.

Desta vez eu peguei uma câmera.

EU NÃO GOSTAVA DE ACIDENTES. HÁ QUEM GOSTE.

O cheiro de sangue os excita. A aura da morte. Talvez seja apenas o alívio por aquilo ter acontecido com outro.

O problema é que eu me sentia como o outro.

Como a vítima infeliz de um acidente de carro. O fato de eu ser o motorista e ter agarrado a direção e me desviado de um precipício não aliviava a empatia desconfortável que eu sentia diante de um desastre.

Norma tinha razão. Foi um incêndio que Deus me livre.

O carro ainda estava fumegando. Parecia um pedaço de carvão caído da churrasqueira.

Um carro dos bombeiros, a viatura do xerife e uma ambulância estavam estacionados ao lado da rodovia de duas pistas. Outro carro estava conspicuamente presente, um Mercury Sable verde. O para-lama dianteiro estava muito amassado. Um homem, que eu imaginei ser o motorista, estava encostado na porta com o ros to nas mãos. Todo mundo observava.

O xerife Swenson me chamou.

— Ei, Lucas.

Vou explicar o Lucas.

Era por causa de Lucas McCain, o personagem representado por Chuck Connors em *O homem do rifle*. Depois deste, Chuck fez outra série, chamada *O marcado*, em que ele era um soldado da União que teria fugido da batalha de Bull Run e ficou marcado para sempre como covarde. Ele ia de uma cidade a outra, e apesar dos atos de heroísmo desinteressado, alguém sempre descobria a sua verdadeira identidade. Dá para imaginar como isso seria difícil no Velho Oeste.

Mas não no novo oeste.

O xerife havia lido sobre mim no Google.

Como não se lembrava do nome do personagem de *O marcado*, ele me chamava de Lucas.

É melhor que *mentiroso*.

— Olá, xerife.

O xerife Swenson não era igual ao xerife de uma cidadezinha qualquer. Talvez por ter passado vinte anos no Departamento de Polícia de Los Angeles antes de se esconder em Littleton com a sua aposentadoria. Ele ainda tinha o queixo quadrado regulamentar, o cabelo escovado, o físico de um funcionário de academia, a ameaça palpável que deve ter feito mais de um Rodney King confessar tudo sem que ele jamais tivesse usado o cassetete elétrico.

Hoje ele parecia tranquilo.

Talvez a dança das chamas o tivesse mesmerizado. Tinha aquela expressão de quem ficou olhando para uma lareira por mais tempo do que deveria.

Há mais uma coisa digna de menção além do carro incendiado. Algo que todos se recusavam polidamente a reconhecer, como um parente sem-teto que aparece de repente numa reunião de família.

Se você nunca teve o prazer de sentir o cheiro de carne humana queimada, posso dizer que cheira a mel, piche e batata assada. Um dos piores cheiros do mundo.

— Quantas pessoas no carro? — perguntei ao xerife.

— Ah, inventa qualquer coisa aí — disse ele depois de um instante. Achei que ele estava meio brincando e meio falando sério. Como no meu apelido.

— Tudo bem. Mas e se eu quiser o número exato?

— Neste caso, a resposta é um.

Olhei para o outro motorista, que ainda escondia o rosto nas mãos, como se não quisesse ver. Quando o funcionário da oficina comentasse sobre o estado lastimável do seu carro, ele diria, *Você precisava ver o carro do outro.*

— Como aconteceu?

— Quer saber como parece que aconteceu?

— É.

— Foi rápido demais.

— Tudo bem. Mas quem bateu em quem?

— Ele ia para o sul. — O xerife apontou para o homem com o rosto nas mãos. — *Ele* ia para o norte. — E apontou a carcaça fumegante. — O carro que ia para o norte entrou na contramão. Pelo menos é o que disse a nossa única testemunha.

— E quem é?

— O único sobrevivente.

— Posso falar com ele?

— Não sei. Veja se consegue.

— Seria bom.

— Então, divirta-se.

Andei até o Sable amassado; o homem tinha finalmente erguido o rosto. Tinha aquela expressão — a expressão que se vê no rosto de quem acabou de evitar a morte. De quem acabou de perceber a ridícula fragilidade da vida. Seu corpo se movia em câmera lenta, como se feito de louça fina.

— Olá. Sou Tom Valle, do *Littleton Journal.* Posso falar com o senhor um instante?

— Hein?

— Sou jornalista. Queria lhe fazer algumas perguntas.

— *Jornalista*?

Não disse qualquer coisa que dissipasse aquela expressão perdida no seu rosto.

— Isto mesmo.

— Não estou com muita vontade de falar. Eu... você sabe...

Eu sabia. Mas havia outros mandamentos da minha profissão que não eram assim tão nobres. O primeiro, por exemplo, diz que você tem de conseguir a reportagem. Mesmo quando a reportagem envolve o tipo de tragédia pessoal que compõe a maior parte do noticiário daquele dia. Sabe como é: esposas assassinadas, crianças desaparecidas, reféns degolados — essas coisas que acontecem sempre. É muito simples. Mesmo quando alguém não está disposto a falar, você tem de estar disposto a perguntar.

— Me disseram que ele entrou na sua pista.

Ele concordou com a cabeça.

— E então... como o senhor se chama?... Por favor, soletre devagar para eu não escrever errado.

— Crannell. Edward Crannell. Com dois enes e dois eles.

Anotei cuidadosamente. Nunca uso o gravador para poder ter a sensação mais tátil de fazer anotações. Talvez eu tivesse um horror instintivo da permanência da gravação — mesmo no começo, muito antes de eu começar a tomar liberdades.

— De onde mesmo o senhor é, Sr. Crannell? — Uma velha técnica: pergunte como se já lhe tivessem dado a resposta.

— Cleveland.

— A de *Ohio*?

Ele assentiu com a cabeça.

— O senhor está bem longe de casa.

— Sou vendedor. Produtos farmacêuticos.

— Então posso supor que o carro seja alugado?

Ele fez uma careta, como se aquele fato tivesse acabado de lhe ocorrer; talvez ele tenha apostado alto e não tenha feito o seguro contra acidentes.

— Então ele veio na sua direção, entrou na sua pista. Foi o que aconteceu?

Aquele trecho da 45 não tinha uma única curva: tinha a monotonia infinita de uma linha traçada com régua.

Crannell tornou a concordar com a cabeça.

— Eu ainda buzinei. No último instante. Ele pisou no freio... acho que não consegui sair da frente. — Ele examinou a área em volta dos sapatos empoeirados e balançou lentamente a cabeça. — Meu Deus...

— Eles já examinaram o senhor, Sr. Crannell? O senhor está bem?

Ele concordou.

— Eu estava usando o cinto de segurança. Disseram que eu tive sorte.

— Teve mesmo.

Swenson estava examinando a carcaça do automóvel. As cinzas subiram no ar como uma nuvem de mosquitos. O fogo já estava quase completamente apagado — os bombeiros haviam jogado espuma.

— O senhor tem ideia de por que ele fez isso? Por que ele entrou na contramão? Será que ele dormiu?

Ele pareceu pensar um pouco, então balançou a cabeça.

— Acho que não. Para dizer a verdade, eu não sei.

— Está bem. Obrigado.

Afastei-me alguns passos e tirei umas fotografias. Um carro preto, um céu púrpura, um xerife de camisa branca, um cacto verde. Se o *Littleton Journal* tivesse impressão em cores, seria uma beleza.

Mas o preto e branco era mais adequado. Quando vi a foto na primeira página do *Littleton Journal* no dia seguinte, ela parecia capturar o contraste imutável entre a vida e a morte.

QUATRO

Entrei para um clube de boliche.

Foi mais ou menos por acaso. A pista de boliche da cidade, Muhammed Alley — o dono era um peso-médio fracassado chamado BJ que achava o nome uma maravilha —, era também o melhor bar da região.

Não quero dizer que tivesse uma bela decoração, uns tira-gostos interessantes ou fosse frequentado por lindas mulheres.

Quero dizer que era mal iluminado, mal mobiliado e precisava de dedetização. Cheirava a sapato de boliche usado.

Quando cheguei em Littleton, eu estava meio que fugindo. Não estava a fim de companhia, estava conscientemente evitando-a.

Durante algum tempo isso foi relativamente fácil no Muhammed Alley.

BJ era também o barman e, contrariamente à imagem dos barmen das cidades pequenas, era abençoado com uma ausência completa de curiosidade. Além de perguntar o que eu ia tomar e apresentar a conta — três margaritas sem sal, 14,95 dólares —, foram necessárias várias visitas para ele emitir uma palavra a mais.

A palavra — na verdade duas, *bela jogada* — foi dita mais ou menos na minha direção, quando, pela TV, vimos Steve Finley pegando uma bola impossível no meio do campo.

Eu estava plenamente satisfeito com a falta de interação social. Bebia a solidão como bebia a tequila — em pequenos goles amargos.

Depois de algum tempo, fui descoberto.

Um dos dois corretores de seguro da cidade — Sam Weitz, transplantado da Nova Inglaterra com uma esposa obesa portadora de diabetes tipo 2 — começou a beber mais ou menos na mesma hora que eu. Geralmente tarde da noite, quando quase todo mundo já tinha voltado para a família.

Nós não.

Ao contrário de BJ, Sam *era* cheio de curiosidade. Talvez porque no trabalho dele a pessoa se acostume a fazer muitas perguntas pessoais para vender seguros. Ele começou a conversa e a manteve teimosamente apesar das minhas respostas monossilábicas.

Uma coisa leva a outra.

Uma noite estávamos bebendo e ele sugeriu uma partida.

Eu já estava na terceira margarita, flutuando naquele estado que eu chamo de *purple haze* em homenagem a Jimmi Hendrix, um dos meus ídolos musicais. Afinal, não é verdade que uma boa quantidade de álcool faz com que a gente beije o céu?

Eu só posso concordar.

Fiz 120 pontos ridículos naquela noite — usando generosamente as duas canaletas. Surpreendentemente, gostei de lançar aquela bola pesada por uma pista de madeira, espalhando os pinos em todas as direções — pelo menos alguns pinos. Eu via uma espécie de metáfora da vida naqueles pinos caídos que se levantavam, praticamente desafiando-me a derrubá-los outra vez. Era uma lição de coragem e superação que me pareceu útil.

Mais tarde apareceu Seth Bishop, o autoproclamado *agitador* da cidade — pelo menos nos tempos de colégio, onde ele foi escolhido o formando com menor probabilidade de vencer na vida, uma profecia que se verificou, pois hoje ele vivia do auxílio-desemprego e de biscates.

O dono do posto Exxon local, Marv Riskin, completou as duas duplas.

Depois de algum tempo entramos para o clube — toda terça, às oito da noite.

Uma vez o xerife Swenson apareceu por lá e eu estava contando os pontos. Ele disse ao presidente do clube para conferir bem o cartão.

Quando Seth me perguntou por quê, eu lhe disse que tinha tido um pequeno problema ético no meu último emprego em jornal.

— Comeu a secretária? — perguntou ele, esperançoso.

— Mais ou menos.

NAQUELA NOITE ESTÁVAMOS JOGANDO, UM GRUPO COMPOSTO PELO único quiroprático de Littleton, os dois dentistas, um médico e um contador. Nenhum cacique.

Quase no fim da sua segunda cerveja, o médico começou a falar do cadáver do carro.

Eles lhe trouxeram a vítima do acidente para ele dar a certidão de óbito. Não havia médico-legista em Littleton, o que fazia dele o legista *de facto*.

— Ele ficou bem queimado. Não vejo muitas vítimas de queimaduras. Não iguais aquela.

— Obrigado pela informação, doutor — disse Seth.

— Parte das vísceras estava intacta — o médico continuou impassível. — Nada bonito de se ver.

— Será que o senhor pode mudar de assunto, pelo amor de Deus? — Seth pediu. — Que tal uma adolescente de 18 anos que morreu de overdose? O senhor não tem um caso desses?

O médico não entendeu a piada. Quando começou a descrever em detalhes como era um fígado queimado — que parecia um patê de quatro dias — Seth se inclinou e perguntou:

— Deixa eu perguntar uma coisa, doutor. É verdade o que eles dizem a respeito dos médicos? Quer dizer, que depois de algum tempo vocês ficam, como é a palavra ... *imunes* a uma boceta? Que no fim ela não provoca mais nada?

Sam, que estava se preparando para jogar, parou para ouvir a resposta do médico. Ele parecia estar imaginando genitálias sendo exibidas lascivamente para deleite do médico. Em casa ele tinha uma mulher de quase 130 quilos que se empanturrava de Yodels.

— Que pergunta ignorante — disse o médico.

Chamar Seth de ignorante não era uma ofensa.

— Quer dizer que a resposta é não.

— Ele já foi identificado? — perguntei. Eu estava bebendo uma Coors Light, porque percebi que beber tequila e manter a bola no centro da pista eram duas propostas mutuamente excludentes. A minha manchete foi:

Homem não identificado morre em carro incendiado

O médico respondeu.

— Já. Encontraram a carteira de motorista.

— E ela não ficou queimada?

— Ele tinha uma espécie de cartão metálico na carteira que agiu como isolante. Eles conseguiram ler o nome.

— E quem era ele?

— Não sei. Dennis qualquer coisa. Branco, 36 anos, de Iowa.

— Iowa. Engraçado.

O médico me olhou.

— O que é engraçado? É um estado, não é?

— É, é um estado. Eu só estava ruminando sobre o grande plano cósmico. Um homem de Iowa bate de frente com um vendedor de Cleveland numa estrada da Califórnia. É engraçado, você não acha?

— Na verdade, não.

Sam derrubou sete, e estava estudando como derrubaria o resto. Inspirou fundo, deslizou na pista e mandou a bola bem no meio errando os três pinos.

— Mas uma coisa é engraçada — continuou o médico.

— Mais que esta jogada? — Anotei cuidadosamente os pontos de Sam. Estávamos vinte pontos atrás e só tínhamos cinco jogadas pela frente.

— Ele foi castrado.

— Hein? *Quem*?

— O falecido.

— Você quer dizer, no acidente?

O médico ergueu sua cerveja e tomou um longo gole.

— Não — completou ele. Levantou-se da cadeira, não sem alguma dificuldade, pois estava uns 15 quilos acima do peso, e procurou a sua bola.

— O que você quer dizer? — Tive de gritar para ser ouvido acima do barulho do lugar, mas era como tentar falar no meio de uma tempestade.

O médico ergueu um dedo: *espere*.

Ele fez um *strike* e ensaiou uma dança da vitória que me lembrou a coreografia de uma banda dos anos 1960. Depois de se sentar e marcar meticulosamente um x, ele disse:

— Quero dizer que ele foi castrado.

— Quando?

— Não sei. Faz tempo, acho. Foi castrado cirurgicamente.

Seth ouviu.

— Ele perdeu os bagos?

O médico fez que sim com a cabeça.

— Quem sabe você fala mais alto. O pessoal lá no fundo não deve ter ouvido.

— ELE PERDEU OS BAGOS? Assim está bom?

— Você não é normal, filho.

— O senhor nem faz ideia, *papai.*

Tentei calcular quantas cervejas Seth já tinha bebido — calculei umas sete. Sem falar no Panama Red que ele tomou no estacionamento.

— Por que alguém se deixa castrar? — perguntei ao médico.

— Boa pergunta.

— Existe alguma razão *médica*?

— Acho que não. Talvez um câncer nos testículos, mas nos dois é muito raro. Não daquele jeito.

— Coitado.

— Eu também acho. Por falar nisto, o que eu contei é confidencial, está bem? Não vá publicar no jornal.

— Acho que todo mundo aqui no boliche já sabe.

O médico enrubesceu.

— Eu e a minha língua solta!

Ou a de Seth.

NAQUELA NOITE EU TIVE UM SONHO. TINHA 9 ANOS E ESTAVA SENdo perseguido em uma estrada deserta por um homem que queria roubar toda a minha coleção de bolinhas de gude.

O tosco simbolismo não me passou despercebido.

CINCO

Interrompemos a programação para dar uma notícia.

A TV do meu hotel só pega três canais.

Nada que eu queira ver em particular. Eu deixo ligada para me fazer companhia — para afastar o medo.

É como uma luz acesa no meio da noite.

Alguns minutos antes alguém tinha batido à porta. Achei que eram *eles*.

Tenho mais dois amigos de verdade comigo. *Smith* e *Wesson*.

São amigos novos, mas confiáveis em tempos difíceis.

Apontei os dois para a porta.

Era a camareira.

Luiza, acho que esse era o nome dela, evidentemente imigrante ilegal, o que me preocupava.

Podem fazer o que quiserem com uma ilegal. Podem obrigá-la a fazer tudo o que quiserem.

Tudo bem, eu já sei.

Estou parecendo perturbado, além da conta.

Me dê um desconto.

Você tinha de ver como eu via.

É preciso montar o quebra-cabeça.

Antes de o meu pai sair de casa, ele costumava levar Jimmy e eu para comer no Acropolis Diner todo domingo de manhã.

As toalhas de papel da mesa tinham um liga-pontos.

A garçonete sorridente me dava um toco de lápis e eu começava a riscar — pelo menos até chegarem as panquecas e o mel.

Acontecia assim.

Eu só entendia o desenho quando chegava no último ponto. Às vezes nem assim. Apesar das dicas generosas no alto da folha.

Que quadrúpede relincha?

Qual mamífero está sempre esguichando?

Cavalo? Baleia? Ornitorrinco?

Não tinha jeito de eu *ver*.

Eu não era bom nesse negócio de ligar os pontos. Não era capaz de ligar as coisas, por exemplo, entre o meu pai e a garçonete sorridente, com quem aparentemente ele estava dormindo regularmente. Ele saiu de casa quando eu tinha 9 anos.

Hoje eu ligo melhor as coisas.

Mas não naquela época. Não no começo, quando as coisas começaram a ficar estranhas de verdade.

Um homem morreu num acidente de carro e uma mulher fez 100 anos, os dois no mesmo dia.

Vida e morte.

Acontece todo dia, não é mesmo?

NA MANHÃ SEGUINTE ENTREI NA INTERNET.

Existe um site pouco conhecido que relaciona todos os criminosos sexuais dos Estados Unidos — NSOPR.gov.

Eu já tinha telefonado para o xerife e perguntado o nome do sujeito. *Dennis Flaherty*. De Ketchum City, Iowa.

O site é visitado principalmente por mamães e papais que querem saber se o vizinho que está sempre olhando a filhinha de 5 anos deles já se exercitou na pedofilia. Hoje em dia as autoridades devem nos alertar quando um pedófilo fichado se muda para o bairro. Mas às vezes elas esquecem.

Em alguns estados, os predadores sexuais conseguem evitar a prisão se concordarem em ficar menos perigosos. E como isso é feito? Não é com terapia, que não funciona com os membros desse grupo.

Eles têm de concordar em retirar os testículos.

Isso mesmo. Os reincidentes ficam como o rebatedor nervoso diante do lançador Roger Clemens: com dois *strikes* e sem as bolas. É praticamente impossível estuprar alguém quando a libido foi removida cirurgicamente.

Não encontrei nenhum *Dennis Flaherty*.

Tentei outras grafias. Nada.

Continuei tentando. Achei alguns Dennis, mas nenhum que morasse no Iowa. Depois de meia hora, desisti.

Pesquisei então a lista telefônica de Ketchum City.

Encontrei três Flaherty.

O primeiro não atendeu.

O segundo disse que nenhum Dennis morava lá.

Então eu tentei o terceiro.

— ALÔ?

— Alô, aqui quem fala é Tom Valle, do *Littleton Journal*.

— Do *Littleton* o quê? — Era uma mulher. De idade, a voz cansada, vivida.

— *Littleton Journal* — repeti, lembrando que antes eu costumava impressionar as pessoas com um nome de mais prestígio. — Sou jornalista. Estou procurando o Dennis.

— Ah, sei!

Bingo.

— Posso perguntar qual a sua relação com ele, minha senhora?

— Relação? Eu sou mãe dele.

— Alguém já falou com a senhora sobre o Dennis, Sra. Flaherty?

— Já.

— Então a senhora já soube do acidente?

— Já.

— Meus sinceros pêsames. — É espantoso o número de vezes que eu tinha dito essas palavras a mães, pais, tios, tias, avós, noivas, maridos e esposas, tantas vezes que já não tinham o menor significado.

— Obrigada.

— Deve ter sido um choque para a senhora.

Silêncio.

— Foi.

— Dennis vivia com a senhora?

— Não. Eu não o via há muito tempo.

— Há quanto tempo?

— Quanto tempo?

— Desde quando a senhora não o vê?

— Não sei. Uns cinco anos.

— Mas a senhora falou com ele?

— Não.

— Qual era o trabalho dele?

—Trabalho? Ele morreu num acidente de automóvel. Foi o que *eles* me disseram. Por que o trabalho dele é importante? Vou desligar.

Mas não desligou. Ficou na linha — eu ouvia a sua respiração rouca. Fumante, pensei. Provavelmente viúva ou divorciada. *Eu não o via há muito tempo*, foi o que ela disse com o sotaque típico do Meio-oeste. Não disse *nós*. Parecia em parte irritada com a invasão inesperada, mas também lisonjeada com a atenção. Não queria responder às minhas perguntas, mas também não desligava. Ainda não.

— O Dennis já teve problemas com a lei, Sra. Flaherty?

— O *quê*?

— Ele já foi preso?

— Do que você está falando?

Estou falando da castração do seu filho.

— Eu quero saber se ele fez alguma coisa errada. Alguma coisa, não sei, uma agressão *sexual*?

— O que o senhor quer dizer com isto? Meu filho era uma pessoa boa. Se teve problemas foi por causa *dela*.

— Dela quem?

— A mulher dele.

O tom dela fazia a palavra *mulher* soar como o pior insulto do mundo.

— Que problemas?

— A depressão. A bebida. Você já tentou viver com uma puta?

— Então eles passaram por dificuldades no casamento?

— Ela é que passou pela cama de todos os homens que olharam para ela. Ela não prestava. Nem sei se o meu neto...

— Eles ainda estavam casados?

— Não.

— Quando se divorciaram?

— Eu já disse. Há uns cinco anos.

Ela não tinha dito. Disse que não falava com o filho há cinco anos.

— Então ele começou a beber.

— Vou desligar. Não vou ficar aqui sentada falando mal dos mortos.

Só da ex-mulher do morto.

— Só mais uma coisa? Dennis tinha câncer?

— Não. — Desligou.

TUDO PODIA TER PARADO POR AÍ.

Exatamente naquele instante.

O que eu tinha de concreto?

Nada.

Uma observação curiosa do médico — nada mais.

Uma vítima de acidente que não tinha os testículos.

Isso tinha me despertado o interesse, de verdade, mas não era anormal. Não naqueles dias. Eu cobria festas de aniversário, rodeios itinerantes, inaugurações de agências de carros usados, obras de caridade.

É, *podia* ter parado por aí.

Não fosse por duas coisas.

EU MORAVA NUMA CASA ALUGADA.

Quando cheguei em casa, um encanador estava trabalhando no aquecedor de água.

Estava batendo no porão com uma ferramenta qualquer.

Eu não tinha chamado nenhum bombeiro.

Quando o informei do fato, ele disse que então o proprietário tinha chamado.

Eu não tinha reclamado nada com o proprietário.

A minha água quente estava funcionando. Não tinha nada de errado com o aquecedor.

E ele respondeu que era manutenção de rotina.

O tempo todo ele sorria para mim. Como se estivéssemos de conversinha numa festa.

Eu fiquei desconfiado. A situação e a percepção de que estávamos sozinhos no porão. Porões são lugares subterrâneos e escuros aonde se vai por sua própria conta e risco — todo menino sabe disso. E havia mais. O rosto dele, por exemplo. As suas feições eram estranhamente indistintas — como se ele ainda não tivesse terminado de *evoluir*. E a voz — aguda e estridente, como se ele tivesse aspirado hélio. Era decididamente esquisito.

— Posso perguntar para que companhia trabalha?

Foi impossível ignorar o que aconteceu então.

Fechar meus olhos para a hesitação dele.

Eu tentei, pode acreditar.

Há certas perguntas que exigem um instante de pausa.

Você me ama?

Onde esteve a noite passada, meu bem?

Você inventou esta história?

É, esta também.

Mas *para que companhia você trabalha* não era uma delas.

Devo ter me encolhido, como se faz quando queremos aumentar a distância física entre nós e outra pessoa sem realmente sairmos do lugar. O que se faz na presença de um cachorro vadio que pode, ou não, querer avançar no seu pescoço.

Não se pode demonstrar medo — todo menino sabe disso também.

Cada um de nós sabia o que esperar do outro.

Senti o metal na sua mão antes de vê-lo.

SEIS

Deve ter atingido minha testa de raspão.

Foi o que entendi mais tarde.

Que eu consegui me desviar apenas o suficiente para evitar uma pancada direta. Nenhuma dor — meus terminais nervosos estavam anestesiados pela novocaína natural do medo em estado puro.

Devo ter tocado a testa para confirmar que tinha mesmo sido *atingido* — só sei disso porque o meu braço recebeu a pancada seguinte, e eu caí.

Caí numa nuvem branca e macia. O tapete felpudo branco dos anos 1960 que eu tinha enrolado e carregado para o porão no dia da mudança — aquela lembrança soando na cabeça que alguém tentava estourar.

Ele sussurrou alguma coisa naquele falsete estranho e se aproximou.

Instintivamente eu me protegi, à espera de uns cem quilos caindo sobre os meus ossos. Quando não senti nada, ergui a cabeça e olhei.

Ele estava parado de pé ao meu lado, olhando para mim.

Inclinou-se, deu um tapinha no meu ombro, sorriu e subiu a escada.

Fiquei imóvel até ouvir a porta bater.

É você.

Foi o que ele sussurrou para mim.

Frank Futillo, médico, meu adversário do boliche na outra noite, disse que eu estava mais ou menos bem.

— Uma contusão no braço, um hematoma na cabeça, é só isto. Com o que ele bateu?

— Não sei. Alguma coisa de metal.

Eu estava sentado no papel encerado que se usa para cobrir toda mesa de exame em todo consultório médico-americano, tentando desesperadamente não sentir o cheiro de amônia. É um cheiro que sempre associei com as quedas na infância. Só que era sempre o meu irmão Jimmy que vivia caindo.

Nunca eu.

— Muito bem. Considerando tudo, acho que você se safou bem desta — resumiu o Dr. Futillo.

— Você quer dizer em comparação com as pessoas que costumam ser atacadas por um estranho no porão da própria casa?

— Já conversou com o xerife sobre a agressão?

Já. Eu já tinha comunicado ao xerife a agressão.

O xerife Swenson ouviu a minha história com a mesma expressão do editor que ouvia minhas reportagens cada vez mais mirabolantes na época da minha implosão em Nova York: com uma expressão cansada de descrença. *Sapateando em Auschwitz* — foi assim que eu descrevi a situação para o psicólogo indicado pelo tribunal. A caminho da câmara de gás, mas evitando pisar duro.

— Ora, Lucas, você está querendo virar manchete?

Tudo bem. Eu já esperava um pouco de ceticismo. Mas eu estava sentado na sala do xerife com um braço tatuado e um hematoma cada vez mais escuro na testa.

— Estou querendo apresentar uma *queixa*. Não é o que se espera de alguém que acaba de ser agredido?

— Claro. Você quer dar uma olhada no nosso livro de fotos de encanadores homicidas?

— Muito engraçado. Mas acho que ele talvez não fosse bombeiro. É só uma suspeita.

— Certo. O que acha que ele estava fazendo? Roubando a fiação de cobre?

— Não sei. Eu perguntei para quem ele trabalhava e ele me bateu. Não tivemos tempo de discutir a razão da visita.

— É uma pena. A verdade é... Lucas...

— Eu preferia que você não me chamasse assim.

— É mesmo? Me diga uma coisa, *por que* o Hinch contratou você?

— Acredite se quiser, mas eu já fui um bom repórter.

— Ah, é? Eu pensei que fosse por ele ser parente da sua agente da condicional. Obrigado por esclarecer.

Se fosse outra situação, eu não teria me importado.

É a penitência, como martelou insistentemente o psicólogo indicado pelo tribunal, o Dr. Payne — é, esse era o nome verdadeiro dele. É preciso aprender a aceitar as próprias falhas morais. O que incluía aceitar ser lembrado delas. Dar a outra face e dizer: sirva-se, pode bater de novo.

Mas hoje eu já tinha sido agredido — *duas vezes*, por alguém muito mais moralmente falho do que eu. Eu ia retrucar, defenderme, quando Swenson me desarmou.

— O que eu queria dizer, Lucas, é que houve uma série de arrombamentos nos últimos dias. Aparentemente ele tem uma caixa de ferramentas para o caso de ser surpreendido, ou de um vizinho o vir entrar numa casa. E para guardar o que roubou. Você não é o primeiro a dar queixa. Eu só estava verificando, por conta do seu histórico, se você estava sendo franco comigo, entende?

Claro que eu entendia.

Contei ao Dr. Futillo sobre os arrombamentos.

— Aparentemente alguém está arrombando e entrando nas casas da cidade.

— Teve sorte de não ter quebrado a cabeça.

Ocorreu-me então que esta era a segunda vez nos dois últimos dias em que se dizia a alguém que tinha sorte quando se sentia azarado. Edward Crannell e eu.

— O corpo já foi liberado?

— *Que* corpo?

— O corpo de Dennis Flaherty. Já foi mandado para a mãe em Iowa?

— Ah! Já.

— Procurei uma relação de criminosos sexuais na internet.

— Hein? — O Dr. Futillo ficou com a expressão de alguém a quem se conta um segredo que ele preferia não ouvir.

— O Registro Público de Criminosos Sexuais, uma espécie de Central de Pedofilia. Pensei que talvez o nosso amigo tivesse sido condenado a castração por um tribunal.

— E foi?

— Não sei. O nome dele não está lá.

— Engraçado — comentou o Dr. Futillo. — Essa história do nosso amigo.

Eu já disse que aconteceram duas coisas.

Duas coisas separadas que me fizeram sentar na cama em vez de deitar e dormir. Que era exatamente o que eu vinha fazendo durante aquele ano e oito meses em Littleton.

A primeira foi ser agredido no meu próprio porão.

Esta foi a segunda.

— O que é engraçado. Ele ter sido castrado?

— Claro, *isso* também. Mas tem outra coisa. Se já não soubesse, eu diria que o nosso falecido era negro.

— Hein? Mas você disse que ele era *caucasiano*. Branco.

— Eu sei. É o que estava escrito na carteira de motorista.

— E daí?

— Os ossos da coxa. Mais compridos e grossos nas juntas. Um sinal da raça negra.

— Tem certeza?

— Bem, eu vi isso nos *Arquivos Forenses*.

— Onde?

— *Os Arquivos Forenses*. Na TV. Você não assiste?

Se já não soubesse, eu diria que o nosso falecido era negro. Só que ele não sabia. Era um médico de aldeia brincando de investigador, o que o tornava apenas um pouco mais qualificado do que o idiota da aldeia.

— Falei com a mãe dele. Ela não me pareceu ter a voz de uma mulher negra. Além disso, a menos que eu esteja maluco, Flaherty é um nome irlandês.

— Tudo bem — disse o Dr. Futillo.

— Tudo bem?

— Os ossos não mentem, meu amigo.

— Não me entenda mal, mas você acabou de me dizer que toda a sua experiência nessa área vem de um programa de TV.

— Ótimo. Então não acredite em mim.

Engraçado. Por um segundo eu ouvi a mim mesmo. Sentado na sala de um jornal de grande prestígio, o tipo de jornal em que você dá o sangue só para ganhar uma chance de trabalhar nele, e dizendo isso calmamente, com o rosto impassível, para o editor sentado do outro lado da mesa.

Ótimo. Então não acredite em mim.

Durante algum tempo funcionou.

SETE

A cidade de Littleton na Califórnia é conhecida por duas coisas.

Sonny Rolph, um ator de filmes B dos anos 1950, nasceu lá.

E é conhecida pela inundação provocada pela represa Aurora, que ficou conhecida pelos moradores como a *inundação maldita*.

Na verdade ela não aconteceu em Littleton, mas na sua irmã menor, Littleton Flats, situada a pouco mais de trinta quilômetros pela estrada. Na década de 1950, construíram a represa Aurora, às margens do rio Aurora, famoso pelas corredeiras e pela desagradável cor barrenta. A represa foi construída por empreiteiros que podem, ou não, ter conseguido o serviço graças a generosas propinas dadas ao estado. O certo é que ela foi porcamente construída com gritantes erros de engenharia. Foi considerada, no relatório de uma comissão independente criada para apurar responsabilidades, uma tragédia anunciada.

E a tragédia se cumpriu.

Três dias de chuva em abril de 1954 elevaram o rio a alturas nunca vistas, encheram a represa além do nível tolerável e fizeram o cimento mal-feito desabar.

Littleton Flats ficava abaixo do nível do mar e exatamente no caminho das águas. Deixou de existir.

A contagem de mortos chegou a 892, depois de ter chegado a 893, mas uma menina de três anos foi encontrada viva rio abaixo.

Eu fiquei sabendo de tudo isso por ter lido nos microfilmes do *Littleton Journal* quando Hinch me contratou e não me deu nada para fazer. O fato de as edições antigas ainda estarem gravadas em microfilme, e não em discos de computador, foi um sinal claro de que eu já não trabalhava mais na grande imprensa.

Muita gente na cidade conhecia pelo menos uma pessoa morta na *inundação maldita*. Era um assunto penoso para eles, o que eu descobri quando tentei provocar o interesse de Hinch para uma retrospectiva dos cinquenta anos da tragédia.

— Já tentamos uma vez. O seu antecessor.

Meu antecessor se chamava John Wren. Disso eu sabia porque me apropriei de outras coisas além da sua mesa; ele morou na mesma casa que eu aluguei. Era evidentemente um sujeito desorganizado; encontrei velhas contas de TV a cabo, de telefone e da Amazon.com, todas endereçadas a John Wren. Anotações enfiadas nos locais mais estranhos, rabiscadas e quase ininteligíveis fazendo menção a não se sabe o quê, e uma reportagem sobre um veterano do Vietnã que havia chegado a Littleton e acampado no coreto da cidade. "Quem é Eddie Bronson?" era o título da matéria. Evidentemente Wren havia se candidatado a algum prêmio local de jornalismo, mas perdera. No meu primeiro dia de trabalho, descobri uma lista presa com fita adesiva no interior da gaveta: *Regras de Wren*. Regra número um: *faça cópias das anotações por segurança*. Regra número dois: *transcreva as gravações para qualquer eventualidade*.

De acordo com Norma, Wren, que veio de Minnesota, foi vítima de um caso grave de loucura do deserto, a síndrome de Santa Ana, uma piração típica de cidade pequena — a ânsia de fugir que às vezes acomete as pessoas presas em cidadezinhas perdidas do deserto da Califórnia — e foi pescar trutas na fronteira do Oregon. Ou garimpar ouro no Yukon. Ou pescar no gelo do lago Michigan — os detalhes eram nebulosos.

— Se você quer tentar a inundação maldita, vá em frente — Hinch me disse. — Mas não vai achar ninguém disposto a falar sobre ela.

Não achei.

Hinch poderia ter falado, mas não tinha idade suficiente para lembrar. Passou toda a adolescência em outro lugar, acho que em Sacramento. Voltou para Littleton para cuidar da mãe doente e nunca teve vontade de ir embora. Talvez por causa do casamento com a rainha da beleza local. Ele tinha um retrato dela — *Miss Azaleia 1974* — na mesa. Desde então a Miss Azaleia tinha contraído um câncer de mama e perdeu duas vezes o cabelo por causa da quimioterapia. Acho que o retrato mantinha a imagem que ela havia plantado firmemente no coração dele. Pelo que eu sabia, ele continuava fiel a ela — o que contrariava a minha experiência com outros editores, que tendiam a ter dificuldades de se lembrar de que eram casados.

Eu já fui casado.

Não estou com vontade de falar disso.

SAÍ DA CIDADE PARA FAZER UMA REPORTAGEM SOBRE UMA FAzenda de criação de alpacas.

Aparentemente as alpacas hoje dão dinheiro, não tanto por causa do pelo, mas por elas mesmas, que eram vendidas por mais de 20 mil dólares.

Os donos da fazenda, Sr. e Sra. Childress, me mostraram o lugar, insistiram para eu alimentar as "crianças", e me regalaram com histórias das dificuldades e tribulações da criação de alpacas.

Aparentemente o calor do deserto não lhes fazia bem.

Estavam acostumadas a pastar no alto dos Andes. Nos piores dias, os pés inchavam, e elas se deitavam e fingiam de mortas. Algumas estavam fazendo exatamente isto enquanto andávamos pela fazenda.

Pareciam ser o resultado da experiência de um geneticista maluco que cruzou uma ovelha com um camelo e levou um susto. Bolas de lã ambulantes, com as madeixas caindo sobre os olhos tristes.

Mas ficou ainda pior. A Sra. Childress me mostrou as calhas cheias de aveia no escuro frio do celeiro. Queria me mostrar uma coisa. De início eu pensei que eram duas alpacas deitadas lado a lado na palha macia.

Não era. Havia apenas uma alpaca.

Tinha duas cabeças.

— Não tivemos coragem de sacrificá-lo. Uma das cabeças é cega. Coitadinho.

Pedi a ela alguma coisa para beber; queria sair dali de qualquer jeito.

Sentamos na varanda tomando limonada azeda, e quando acabaram as minhas perguntas e as histórias deles, nós continuamos ali, bebendo em silêncio, como eu imagino que fazem as famílias.

Terminei a minha limonada, levantei-me e me despedi.

— Obrigada por ter vindo, Tom. Cuidado na estrada.

DEVEM TER SIDO ESSAS AS PALAVRAS DE DESPEDIDA.

Eu comecei a pensar em alguém que *não* tinha tido cuidado na estrada.

Virei à esquerda na rodovia 45. Contornei Littleton e passei por uma placa decrépita indicando Littleton Flats — que nunca foi retirada, ficava lá como uma espécie de monumento aos mortos, suponho.

Segui em frente e acabei dando no lugar onde já tinha estado.

O céu no crepúsculo era uma paleta cor-de-rosa e violeta, tornando o deserto quase nuclear. Os planaltos distantes brilhavam vermelhos, os cactos eram de um verde luminoso. O carro destruído tinha sido retirado. Não havia um único carro na estrada.

Parei no acostamento e estacionei onde havia ficado a ambulância.

Desci do carro, vi uma cobra cor de barro deslizar para o mato. As cascavéis eram comuns ali. De vez em quando, alguém era picado, não conseguia chegar a tempo até um médico e morria uma morte horrível e solitária.

Dennis Flaherty havia morrido uma morte horrível e solitária.

Caminhei pelo asfalto até o ponto exato em que os dois carros colidiram.

Agachei, as mãos firmemente presas ao meu queixo — não sei por quê — talvez como uma espécie de oração, um sinal de respeito pelos mortos.

Então eu notei uma coisa.

Ou a *ausência* de uma coisa.

Tentei me lembrar do que Edward Crannell tinha dito. As palavras exatas.

Levantei-me, andei para lá e para cá, olhando o asfalto. Alguma coisa vinha trovejando pela estrada, como uma tempestade. Saí para o acostamento e observei respeitosamente uma carreta de 18 rodas passar, pesada o bastante para fazer o chão tremer.

QUANDO VOLTEI AO JORNAL, NÃO HAVIA NINGUÉM.

Encontrei as minhas anotações na gaveta da mesa.

Eu ainda buzinei no último instante, Ed Crannell me disse quando lhe perguntei o que tinha acontecido. *Buzinei e ele pisou no freio.*

Dennis Flaherty fincou o pé no freio para evitar bater no carro do vendedor de produtos farmacêuticos.

Tarde demais para conseguir parar.

Alguma coisa acontece quando alguém pisa no freio de um carro a cem por hora. Esta devia ser a velocidade de Flaherty numa estrada deserta no início da manhã.

É uma física simples.

Quando alguém pisa no freio a essa velocidade, os pneus derrapam. Pista seca, pista molhada, não importa. Teria de haver marcas de borracha no asfalto.

Foi o que notei que estava faltando.

Marcas de pneu.

Não havia nenhuma naquela estrada.

OITO

Minto, logo existo.

Um dia descobri estas palavras gravadas por um canivete suíço na minha mesa em Nova York.

Bom, na hora presumi que o estrago tivesse sido feito por um canivete suíço, porque um dos meus colegas repórteres me mostrou um. Era o seu talismã da sorte. Acompanhou-o em duas guerras e num quase sequestro em Tikrit.

Ultimamente ele vinha lendo minhas reportagens com renovado interesse. Foi ele quem pediu as bebidas naquela noite, maravilhado com as minhas fontes. Com a minha capacidade de estar sempre no centro das coisas. Com o meu *faro para a notícia.*

Fez perguntas lisonjeiras sobre a minha ânsia de desentocar a verdade.

Só mais tarde percebi que ele comprava mais bebidas do que eu conseguia calcular, e todas para *mim.* Sua vodca — Grey Goose, sem gelo — ficou lá intocada onde ele a tinha deixado.

Naquele dia um de nós estava realmente ansioso para desentocar a verdade, mas não era eu.

Minto, logo existo.

Culpado.

* * *

DEPOIS DE RELER AS MINHAS ANOTAÇÕES, DESEJANDO PELA PRIMEIRA vez ter desenvolvido uma afinidade maior com gravadores, fui até o Muhammed Alley e pedi uma margarita, sem sal, ao primo de BJ, que tomava conta do bar nas noites em que este ficava em casa brincando com os filhos. Ao que parece, ele tinha três filhos de três mulheres diferentes, sem ter se casado com nenhuma.

Foi um pouco como nos bons tempos, pensei.

Se eu olhar para trás. *Muito* atrás. Desde os *bons tempos.*

Quando eu me apaixonei pela primeira vez. Quando pela primeira vez me curvei diante dos deuses Woodward e Bernstein. Quando lhes ofereci sacrifícios diários, inclusive todas as minhas horas de vigília, esquecendo de tudo que lembrasse vida social. Quando eu pisava na rua com a mesma intensidade com que batia nas teclas do meu Mac — com o desespero nascido da obsessão pura.

Aqueles tempos.

Quando acreditava que realmente tinha faro para a notícia — talvez fosse o único — e era capaz de farejar como os cães da alfândega. Alguém dizia alguma coisa — um congressista, um assessor do prefeito, um oficial da polícia — e os alarmes começavam a soar. Só eu conseguia ouvi-los. Soavam numa frequência que ninguém mais ouvia. Eu começava a cavar febrilmente, procurando alguma coisa oculta e sórdida que nunca deveria ver a luz do dia.

Na maioria das vezes, eu só encontrava lama. Viscosa e nada substancial. Era impossível jogá-la no ventilador sem pelo menos duas fontes confiáveis e provas verificáveis.

Evidentemente, havia exceções. Investigações ocasionais que revelavam coisas de pouco interesse. Nada muito quente, ou suficientemente incendiário para abrir um buraco na consciência do público, mas bom o bastante para ser publicado em algum lugar da página 10.

Naquelas manhãs, quando eu via o meu nome impresso junto da matéria com espanto e gratidão, até mesmo humildade, pensava que talvez estivesse ao lado dos anjos.

E agora eu estava ouvindo os alarmes outra vez.

Alguém tinha pisado no fio, acionado o circuito e sinos ensurdecedores explodiam na minha cabeça.

Seth parou ao meu lado.

— O que você anda agitando? — perguntou ele, sentando-se no banco ao meu lado.

Eu, tive vontade de responder. *Estou agitando feito louco.*

— Estou trabalhando numa reportagem — respondi.

— Engraçado. Quem vê pensa que você está trabalhando numa margarita. He-he.

Eu gostava do Seth, como um fodido na vida gosta de outro, mas nessa noite eu sentia certa... distância entre nós. Eu já não estava por cima enquanto ele continuava atolado na merda?

— Eu só preciso de dez.

— Está pedindo para o cara errado, amigo. Estou duro. Duro mesmo.

— Dez *minutos.*

— Ah! — Ele pareceu embaraçado, e momentaneamente ficou mesmo, por isso de repente eu me senti péssimo por relegar um colega de boliche à condição de chato e supérfluo — apesar de no caso dele estar na cara.

— Tudo bem — disse ele, descendo do banco e fingindo indiferença. — Bacana.

— Eu pago uma bebida quando terminar.

— Sem problema.

A questão era, terminar o *quê*?

Pedi uma caneta ao primo do BJ. Usei o guardanapo para anotar coisas — tudo o que eu sabia.

Lá estava eu mais uma vez no Acropolis ligando pontos.

O que é que não tem testículos, nem marcas de derrapagem e é de duas raças?

Não sei.

Anotei o ataque no porão — no rodapé do guardanapo, como uma espécie de adendo.

Nenhuma pista.

Ou pistas demais, mas nenhuma resposta.

Ou apenas incidências aleatórias.

O que transformaria tudo em um monte de coincidências.

Rabisquei nas margens. Tracei linhas ligando uma coisa à outra.

Desenhei dois carros e pintei um de preto até ele desaparecer.

Escrevi os nomes. Ed Crannell e Dennis Flaherty — que podia ou não ser negro.

Começaria por ele, decidi.

O morto.

Quando Seth voltou e cobrou a sua bebida — uísque com refrigerante, um resquício dos tempos de colégio, quando ele ainda prestava para alguma coisa e talvez o futuro até parecesse promissor — olhei para ele com o que deve ter sido um olhar sem expressão.

— Minha *bebida*, cara. Ou você não me ofereceu uma?

— Claro. Pode pedir. Eu tenho de ir.

— Que pressa é essa?

— Preciso escrever um obituário.

Foi assim que eu comecei.

Enfiado num cubículo apertado fazendo obituários para gente viva que ainda respirava — geralmente gente famosa — preparando as suas lápides para quando fossem necessárias. O mais difícil era lembrar dos tempos verbais corretos, relegar legiões ainda vivas para um passado recente.

É se transformava em *era*. *Faz* se transformava em *fazia*. *Vive* se transformava em *vivia*.

Minhas primeiras mentiras profissionais.

NOVE

Meu Miata não quis pegar.

Pisei no acelerador, uma vez, duas, três vezes.

E acho que afoguei o motor.

Saí do carro, abri o capô e olhei para aquele emaranhado de fios, tubos e metais como se soubesse o que devia fazer.

Não sabia. Não sabia a diferença entre um carburador e uma transmissão.

Não importa. É o que se faz quando o motor não pega. Levanta-se o capô e se olha com ar de quem sabe tudo.

Esperava que uma das peças me falasse. *Aqui, Tom — sou eu. Eu sou a culpada.*

Mas seria sorte demais.

Estava agitado, irritado, começava finalmente a me aprumar e de repente me via sem rodas.

Tentei imaginar onde estaria Marv, o dono do posto Exxon, exatamente quando eu mais precisava dele. Estava me preparando para voltar para o bar e pedir uma carona ao Seth.

Mas não foi preciso.

Um fusca vermelho entrou no estacionamento. Uma mulher saiu e começou a caminhar na direção da entrada. Então virou-se e me viu.

— Problemas com o carro?

— É o que explica o capô levantado — respondi mais causticamente do que queria.

Ela me deu as costas e começou a se afastar na direção do bar.

— Por favor, um momento. É verdade. Problemas com o carro. Problema *grande* no carro.

Ela parou e veio até onde eu estava.

Eu a reconheci.

Senti a emoção. O choque inesperado de biorritmos.

— Você estava no aniversário de Belinda Washington.

— Estava, sim. — Parou a pouco mais de 1 metro de mim. Naquela noite ela estava usando saia de brim, na altura das canelas. Era difícil não notar que eram canelas morenas, fortes e bem torneadas. — O repórter, não é?

— Já fui.

— *Foi*? Pensei que estivesse fazendo uma reportagem.

— Estava, sim. Estou me depreciando.

— É melhor deixar isso para os outros.

O sorriso acentuou a covinha na face esquerda. Eu também tinha uma. Minha mãe, nos seus momentos de ternura, em oposição aos terríveis momentos vulcânicos — os dois induzidos pelo álcool, sem que se soubesse em qual dos dois ela ia cair a cada dia — me dizia que Deus tinha fincado o dedo ali quando estava terminando o meu molde. Depois de alguns anos eu já não conseguia encontrá-la: ela simplesmente desapareceu.

— Meu carro não quer pegar.

— Eu entendo um pouco. — Ela veio para perto do carro e olhou sob o capô.

Era mais ou menos 20 horas de um dia extremamente quente de junho, ainda bastante claro para se ver, mas escurecendo rapidamente. O tipo de luz que suaviza tudo, que provoca uma corrida impressionista a pincéis e telas. A luz que faz uma mulher curvada parecer uma coisa de rara e estonteante beleza.

Clang. Bang. Clink.

Ela desenroscou alguma coisa e mexeu no motor.

— O fio da bobina estava solto — disse depois de alguns momentos. — Tente de novo.

Entrei no carro e dei o arranque.

Vruuuuuuuum.

Depois de sair do carro e apertar a mão dela, eu disse:

— Acho que é isto que chamam de inversão de papéis. Obrigado.

— Meu pai era mecânico. Vivia debaixo do capô. Esta era a única maneira de eu passar algum tempo com ele.

— Você deve ter prestado muita atenção.

A mão dela estava ao lado do corpo, mas eu ainda sentia a pressão dos seus dedos — pele quente e esmalte frio.

— Atenção suficiente para ver um fio solto. Não é tão difícil assim.

Pelo menos ela sorriu quando disse isso.

— Tom Valle — apresentei-me, sabendo que a emoção ainda estava vibrando como louca no meu peito, como uma borboleta presa numa rede.

— Anna Graham.

— Estava visitando alguém? Quero dizer, lá no asilo?

— Meu pai. Está com Alzheimer.

— Sinto muito.

— Eu também.

Silêncio. Eu tentava olhar e não olhar ao mesmo tempo. O tipo de coisa que se faz na primeira visita a uma praia de nudistas. É mais fácil com óculos escuros.

— Bem, eu já ia entrar — disse ela.

Por um momento eu quase disse, *que coincidência, eu também estava entrando*. Mas era evidente que eu estava saindo.

— Você está... hã...

— O quê? — Ela protegia os olhos do brilho do sol, mas mesmo apertados, os olhos dela eram suficientemente grandes para a gente se perder neles.

— Você está morando aqui? Em Littleton?

— Só por uns dias. Moro em Santa Monica.

— Ah, Santa Monica.

— Na Quinta.

— Já tomou uns drinques no Shutters?

— Não.

— É um bom lugar.

— Foi o que me disseram.

— Bem. Quem sabe não nos encontramos lá qualquer dia desses?

A sua expressão dizia que provavelmente não.

VOLTEI PARA CASA.

Quando fechei a porta, ia virar à direita para o meu quarto e ver reprises de *I Love Lucy* na TV. Eu adorava Lucy, de verdade, ou pelo menos tinha um afeto real por ela. Lucy, Ethel, Fred e Ricky haviam acompanhado minhas tardes e as do meu irmão quando a minha mãe estava presente mas ocupada com outras coisas, quando ela trocava Jim Bean, Jack Daniels e Johnie Walker por Tom, Dick e Vinny, um desfile de homens sem rosto que às vezes passavam a mão na minha cabeça quando subiam para o quarto.

Mas decidi não assistir *I Love Lucy*. Preferi acender a lâmpada do porão no alto da escada e descer. Lentamente. Parando a cada degrau para olhar.

O porão parecia vazio dessa vez.

Eu dera uma olhada geral depois da agressão, depois de me levantar ainda tremendo.

Ele estava ajoelhado entre o aquecedor e a parede.

Foi onde eu o vi inicialmente.

Batendo com a ferramenta que tinha nas mãos. Tinha certeza de que ele não estava consertando o aquecedor.

Então, o *que* ele estava fazendo?

Se ele arrombava casas para roubar, por que tinha vindo aqui para baixo?

Passei a mão pela parede. Havia duas prateleiras tortas fixadas na parede. Algumas latas de tinta, um pedaço de trapo endurecido, um rádio dos anos 1950 quebrado em cima de um tabuleiro de jogo rasgado. Limpei a camada de poeira. Jogo da Vida. Por um breve instante me vi percorrendo as ruas com o meu carrinho azul até a Mansão do Milionário, escondendo a minha pilha de dinheiro de mentirinha dos olhos remelentos da minha mãe. Não que ela não visse as coisas. Jimmy roubava e ela sempre via. Roubando dinheiro do banco como um *ladrãozinho*.

Senti uma pontada de profunda tristeza bem no meio do peito.

Olhei para o chão, onde ele se encontrava com a parede. Uma aranha marrom correu para baixo de uma lata de tinta.

Um vidro cheio de tampinhas de garrafa.

Um bastão de hóquei quebrado com o logotipo apagado do San Jose Sharks.

Uma bola de beisebol descosturada.

Alguns livros velhos. Uma biografia de Edward R. Murrow. Uma história da Guerra Fria. *Vietnã*, de Stanley Karnow. *Hiroshima*, de John Hersey.

Provavelmente de Wren.

Uma camada de pó cobria o cogumelo da capa. Quando afastei os livros, descobri um buraco grande na parede. Seria preciso uma ferramenta muito pesada para fazer aquilo, pensei, tentando me lembrar daquela coisa de metal na mão do encanador. O objeto com que ele tinha me agredido na cabeça.

Olhei o buraco, mas não vi nada além do reboco e isolamento de papel.

Continuei circulando pelo porão e pisei em alguma coisa.

Uma coisa pequena de plástico.

Ajoelhei, invadido pelo cheiro forte de mofo, e peguei.

A tampa de uma tomada de telefone. O parafuso ainda estava ali, balançando na tampa.

De onde era aquilo?

Ali. Na base da parede.

A tomada estava aberta, fios vermelhos e amarelos separados dos respectivos parafusos e espetados no ar como dedos congelados em *rigor mortis*.

Examinei a tampa debaixo da única lâmpada pendurada no teto do porão. A tomada não era usada — não havia telefone ali embaixo. A tampa poderia estar ali há muito tempo. Há anos.

Mas não estava empoeirada.

Então não estava ali antes.

DEZ

Desta vez a Sra. Flaherty estava mais atenta.

— O que você quer agora?

— Estou *investigando* o acidente — respondi.

— Investigando?

— Isso mesmo. Estou achando que ele não aconteceu como eles disseram.

— *Quem* disse? Não estou entendendo.

— O outro motorista. Acho que o acidente não aconteceu como ele descreveu.

— Você acha que ele está *mentindo*?

— Talvez ele esteja confuso. Ou acha que é culpado pelo acidente e está inventando.

— Me disseram que Dennis entrou na contramão.

— Foi o que disse o outro motorista.

Não. Agora eu estava entendendo. O outro motorista disse que Dennis tinha se *desviado* para a contramão.

De repente entendi.

A depressão, a bebida...

A Sra. Flaherty entendeu que Dennis agira de propósito — virou o carro para a outra pista num momento de lucidez suicida.

— O senhor não acredita nele? Neste outro motorista... como é o nome dele, Earl?

— Ed. Ed Crannell.

— Não acredita nele?

— Acho que não.

— Mas não tem importância, não é? O meu filho está morto.

Ouvi o que me pareceu ser um soluço.

Esperei. Eram 8h32 da manhã e Norma ainda não tinha chegado. A redação do *Littleton Journal* era uma lojinha espremida entre o restaurante chinês Foo Yang e a Ted's, uma loja de armas e munições que oferecia um alvo com a cara do Michael Moore de brinde em cada compra.

— Sra. Flaherty. A senhora pode descrever Dennis para mim?

— *O quê?*

— Descreva o seu filho para mim.

— Por quê?

— Ele não era birracial, era?

— Bi-o quê?

— Quero dizer, o Dennis era caucasiano, era branco, não era?

— O que está acontecendo?

— Nada. Eu só estou tentando...

— O que está querendo dizer?

— Estou querendo esclarecer as coisas...

— A polícia disse que era o Dennis. Eu o *enterrei*.

— Claro. Um metro e setenta e três, cabelo castanho-escuro, olhos verdes. O seu filho é assim?

— Por que perguntou se ele era *negro*?

— Olha, esqueça que eu...

— O senhor está achando que não é ele, não é?

— Não...

— É isso que está querendo dizer, não é? Que talvez fosse outra pessoa. Um *negro*. Ele estava todo *queimado*... negro. — Ela agora já não estava perguntando: estava *afirmando*. A esperança havia infundido na sua voz o fervor repentino do verdadeiro crente.

Eu devia tê-la interrompido, é claro. Na hora. Devia ter dito que não era o que eu queria dizer. Que eu só queria uma descrição dele em nome da precisão jornalística.

Talvez as palavras *precisão jornalística* estivessem legalmente banidas do meu vocabulário. Havia alguma coisa na voz dela com que eu tinha de lutar. A ânsia arrebatadora de quem quer engolir tudo de uma vez só. Já tinha ouvido aquele som antes — em volta da mesa numa reunião editorial, onde eu apresentava reportagens para aprovação em meio ao doce zumzumzum dos acólitos.

Entender e perdoar. Era como soprar fumaça no rosto de um viciado em nicotina.

— Vamos supor — disse eu — que alguém tenha *assaltado* Dennis. Ou que alguém tenha roubado o seu carro, a sua carteira? O corpo estava irreconhecível. Eu só quero ter plena certeza.

— *Claro*... claro. Dennis tinha o cabelo castanho-escuro, olhos verdes, exatamente como o senhor disse. Ele tinha uma cicatriz pequena na face esquerda. Caiu do balanço quando tinha 5 anos. É possível... Sr.... ?

— Valle. Tom Valle.

— É possível que eles estejam enganados? É, não é? É *outra pessoa*?

Ela anotou o meu endereço.

Disse que ia me mandar uma foto de Dennis.

Disse algumas coisas sobre a triste farsa do casamento dele.

Deu-me o número do telefone da ex-mulher de Dennis.

Disse que Dennis tinha conquistado cinco medalhas de mérito dos escoteiros.

Foi difícil fazê-la desligar.

Quando Hinch chegou, ele me perguntou o que eu estava fazendo.

Hinch era um sujeito grandalhão, de ombros largos, de um tamanho avantajado que ele ultimamente transferira para a barriga. Às vezes ele chegava de manhã com um pouco de barba prateada no rosto e eu suspeitei que a Miss Azaleia não devia estar lá muito bem.

— Estou trabalhando no desastre.

— O da rodovia 45? Já é notícia velha, não é?

— Tem algumas coisas que eu quero esclarecer.

— Por exemplo? — Hinch foi até a máquina de café, que eu generosamente já tinha começado a coar, o que geralmente era o trabalho da Norma.

— Por exemplo, nenhuma identidade está claramente definida. Só temos a carteira do homem.

— E isto significa o quê?

— Significa que não sabemos exatamente. O legista acha...

— O *quê*?

— O Dr. Futillo.

— O Dr. Futillo? Ele não é legista. Você sabe alguma coisa sobre o Dr. Futillo? — Na qualidade de proprietário do *Littleton Journal*, Hinch fazia questão de saber tudo sobre todo mundo na cidade.

— Ele sabe jogar boliche.

— E é muito bom em receitar OxyContin a pacientes que não precisam. Ele foi transferido para cá sob, digamos, circunstâncias obscuras. Não acredite em tudo o que ele diz. Especialmente sobre medicina legal.

Para mim, Hinch estava esclarecendo que havia duas pessoas transferidas para Littleton em circunstâncias misteriosas, e que nenhuma das duas era confiável.

O xerife Swenson tinha razão: Hinch era parente da minha agente da condicional, que tinha me perguntado no último encontro o que eu pensava em fazer da vida, agora que nenhum jornal num raio de 5 mil quilômetros iria me contratar. Simples.

Encontrar um jornal a 5.001 quilômetros. Ela conversou com Hinch, primo pelo lado materno. Não era um grande jornal, claro — um degrau acima da imprensa marrom —, mas por estar escondido no meio do deserto eu fui atraído pela possibilidade de isolamento e autoflagelação.

— Não vou escrever nada que não for confirmado.

Que foi exatamente o que Hinch me disse no dia em que eu cheguei no meu Miata. Que não iria publicar nada que não fosse confirmado.

Ainda que se tratasse apenas da venda anual de livros da biblioteca de Littleton. É melhor que a data esteja correta, está bem?

Prometi não desapontá-lo.

Hinch me encarou durante um instante, como se credibilidade pudesse ser aferida visualmente.

— Está bem.

Retirou-se para a sua sala e fechou a porta.

EU TINHA UM IPOD.

Norma tinha me convencido de suas infinitas vantagens. Ela costumava fazer aeróbica no horário de almoço ouvindo os *hits* do OutKast, vestia uma malha cor-de-rosa e acompanhava Andre nos fones.

Em pouco tempo o meu iPod estava cheio com 1.032 músicas. A maioria coisa antiga e boa.

Toda a discografia de Hendrix.

Alguma coisa de Jackson Browne.

Santana. Fleetwood Mac. Jethro Tull.

Também algumas anomalias. *Side by Side by Sondheim*. Sinatra no Caesar's. Judy Collins cantando "Where or When".

Quem nunca ouviu a interpretação dela desta canção obsessiva de Richard Rodgers não sabe o que está perdendo.

Eu estava ouvindo "Where or When" a caminho do meu carro.

Ia cobrir a inauguração de uma nova loja de departamentos. E, quem sabe, alguma coisa mais.

Concentrava-me na letra.

Coisas que aconteceram pela primeira vez parecem estar acontecendo outra vez...

É.

ONZE

A primeira vez a gente nunca esquece.

Dormi demais.

Deveria estar num avião para Shreveport, Louisiana, para entrevistar a família de um guarda nacional morto, uma das primeiras baixas no Afeganistão. Na época em que a guerra contra o terrorismo ainda tinha o imprimatur *da justa vingança.*

Antes de atacarmos o Iraque procurando por armas de destruição em massa que não existiam e desencadearmos o santo inferno.

Talvez eu estivesse com medo. Bater na porta deles, desculpar-me por estar incomodando num momento de tanta dor. Seus rostos perplexos — porque a morte causa perplexidade, um ato de desaparecimento de grande habilidade; primeiro estão aqui, e logo depois já não estão. Os rostos baixos, as lágrimas embaraçosas, as fotografias buscadas em álbuns poeirentos abertos para eu examinar respeitosamente. As histórias da infância, a visita ao quarto, a bandeira dos Estados Unidos dobrada à vista sobre a lareira da sala de visitas. Acho que estava com tanto medo que decidi não acordar.

Pois eu já conhecia a rotina tão bem que seria capaz de escrevê-la de cor.

Foi exatamente o que me ocorreu no momento em que olhava para o despertador, que inexplicavelmente marcava muitas horas depois do que deveria marcar. Um atraso que ainda me permitiria tomar o avião seguinte, obter a entrevista e ainda escrever a reportagem a tempo de ser publicada na edição de domingo.

Agora vou admitir uma coisa.

Já tinha inventado mentiras inofensivas antes. Todos os repórteres inventam.

Coisa pouca.

Já tinha reconstruído um pedaço do diálogo que não era fiel, palavra por palavra, ao que aquele político, o homem da mala, tinha dito naquela garagem desolada do centro da cidade. Era quase igual, mas soava bem melhor, infinitamente mais dramático da maneira como eu apresentei.

Às vezes, aqui e ali, eu descrevia algo que não tinha realmente visto.

Tinha conversado com um viciado em crack na rua onde ele morava, mas, não se sabe como, o lixo no apartamento dele e as muitas agulhas espalhadas pelo chão entraram no artigo.

Por que não? Que mal havia?

O apartamento provavelmente era sujo de lixo e tinha muitas agulhas pelo chão. A inclusão da descrição na reportagem lhe deu textura. E se eu não entrei realmente no apartamento nem vi tudo aquilo, quem iria saber? Nada fora materialmente alterado, não é verdade?

É claro que naquele dia ia ser diferente. Eu ia inventar uma reportagem inteira. A própria audácia da coisa me prendeu na cama, me fez ficar olhando para o relógio como se o ponteiro das horas pudesse miraculosamente, por iniciativa própria, retroceder.

Acho que cheguei a escrever o artigo como exercício. Inicialmente.

Pelo menos foi o que eu disse a mim mesmo.

Escrever só de brincadeira e ver como ficava.

Imagine, disse a mim mesmo. Caminhar pela rua ao lado das árvores num dia agradavelmente fresco em Shreveport, e depois subir os degraus de madeira até a porta. O Sr. e a Sra. Beaumont convidando-me a entrar na escuridão abafada da sua sala. Imaginei as respostas às minhas perguntas.

Eu já tinha algumas informações verdadeiras. Um passeio pelo Google rendeu dois artigos do Shreveport Journal. *O primeiro-sargento Lowell Beaumont foi atleta no colégio, mas não pôde conseguir uma bolsa para a universidade por causa dos ligamentos rompidos no último ano em que estudou na Stonewall Jackson High.*

Seu quarto continua cheio de ecos do seu passado nos gramados, os troféus recém-polidos enfeitando os dois lados da cômoda.

Está vendo? Até que não é tão difícil.

O mais provável é que o quarto fosse exatamente assim.

Segundo os artigos, Lowell tinha duas irmãs mais novas, Mary e Louise.

Mary Beaumont segurava a foto do irmão morto com as duas mãos. "Ele sempre nos vigiava, para que nós voltássemos cedo para casa, coisas assim."

Que irmão mais velho não vigiaria as irmãs? E que irmã enlutada não pegaria o seu retrato, pelo menos para olhar o rosto que não veria mais?

Lowell Beaumont trabalhava na linha de montagem da fábrica de pneus. Entrou na Guarda Nacional uma semana depois do 11 de Setembro.

"Ele dizia que era o seu dever para com o país", disse o Sr. Beaumont baixando dolorosamente a cabeça branca. "Dizia que valia até mesmo a própria vida."

E não seria esta a única razão plausível para alguém se juntar à Guarda Nacional após a queda das Torres Gêmeas? O dever para com o seu país? E o pai não ficaria arrasado com aquela mistura amorfa de orgulho e tristeza? Se não tivesse dito exatamente essas palavras a alguém, ele certamente as tinha pensado.

Depois que comecei, foi difícil parar.

Era mais fácil do que consultar as minhas anotações. Muito mais fácil. Meus dedos voavam sobre o teclado.

Por falar em anotações...

Vamos supor que eu entregasse a reportagem. Vamos supor que só desta vez — nunca mais, é claro, só desta vez — eu pudesse me safar com um pouco de criatividade. Se alguém desconfiasse de alguma coisa na reportagem, eu poderia oferecer provas. Não uma fita — eu era um tradicionalista que sabidamente abominava gravadores. Eu lhes daria as minhas anotações.

Que anotações?

As que eu inventaria na hora em caso de necessidade.

O brilho simples desta mentira me confortou e me fez continuar.

Quando terminei a reportagem, achei que ela era exatamente igual à que eu teria escrito se tivesse tomado o avião e fosse até aquela casa enlutada em Shreveport.

Mesmo assim, admito que minhas mãos tremiam quando fui à sala do editor naquela noite.

Enquanto acompanhava a passagem do copidesque para a prova impressa.

Na manhã seguinte fui chamado à sala do editor.

Meu tremor aumentou geometricamente. Eu tremia, consumido pelo medo que se sente a caminho da sala do diretor depois de ser pego com uma cola no bolso.

Ensaiei uma história: "Perdi o avião, por isto telefonei e fiz a entrevista por telefone... Nunca mais vai acontecer de novo... Desculpe-me."

Quando cruzei a porta, a primeira coisa que vi foi o jornal dobrado na minha reportagem. Primeira página, embaixo, à esquerda.

O *Triste Retorno de um Soldado*

Ele me olhou por cima dos bifocais, parecendo ainda mais amarrotado que o normal. Desde que o fumo foi proibido nas redações de Nova York, ele tinha adotado o hábito de mascar qualquer coisa ao alcance da mão. Naquela manhã era um lápis vermelho quase partido em dois, que ele tirou cuidadosamente da boca e suspendeu sobre o artigo com a deliberação do cão puxado de uma arma levado à posição de repouso.

— Bela reportagem. Comovente sem ser piegas. Muito boa mesmo.

— Obrigado.

Eu cheguei até a corar.

DOZE

Houve uma época em que Littleton aspirava ser uma espécie de Palm Springs. Prepararam o terreno para um campo de golfe e dois *resorts*, confiando na teoria urbanista de que basta construir que todo mundo aparece.

Ninguém apareceu.

Talvez porque Palm Springs tivesse Bob Hope, Shecky Greene e hospedasse muitos outros idosos ricos e célebres, e Littleton só tinha Sonny Rolph.

Para piorar, o incorporador de Littleton tinha falido na queda da bolsa; no início dos anos 1990, no mesmo momento em que as passagens para Vegas ficaram baratas, oferecendo uma opção de fuga de Los Angeles nos fins de semana.

Os *resorts* nunca foram construídos e o campo de golfe parou no nono buraco.

Agora qualquer inauguração de um shopping center causava grande frisson.

E este era de primeira.

Palhaços de rodeio distribuíam balões em forma de cachorrinhos. Máquinas teciam porções de algodão doce. Alguém parecido com Billy Ray Cyrus cantava uma música country sobre a namorada que o abandonara, deixando-o vermelho, branco e azul.

Que por acaso eram as cores da fita inaugural cortada pelo prefeito de Littleton. O patriotismo estava na moda naqueles dias. A multidão voraz avançou pelas enormes portas do shopping em busca de preços baixos e de ar-condicionado. Não necessariamente nesta ordem.

Nate Cohen, meu estagiário de Pepperdine, me acompanhava na cobertura deste sensacional acontecimento. Os colegas tinham dado a ele o apelido de *Nate the Skate*, ele me informou no dia em que nos conhecemos.

Por quê?

Não sei, respondeu ele, parecendo não entender a pergunta.

Nate gostava de me cobrir de perguntas sobre jornalismo quando não estava falando da namorada. Os dois tinham celulares iguais que tiravam fotos com a qualidade de uma máquina, o que ele me provou mostrando a foto de Rina nua deitada ao sol numa chaise longue.

— Não é linda? — perguntou.

— Você acha aconselhável mostrar isso pra todo mundo?

— Você não é todo mundo. Você é o meu mentor. Mais ou menos.

— Talvez ela não goste de ser vista nua pelo seu mentor.

— Ela não liga. Nós vamos a Black's Beach quase todo dia.

Black's Beach era uma praia de nudistas que ficava ao sul de La Jolla. Você podia ficar nu ou não.

Cumprimos o nosso dever com um profissionalismo mecânico.

Entrevistar uma vendedora de meia-idade que me encharcou com um *Eau de não-sei-o-quê*, da Calvin Klein, não chegou a excitar meus fluidos jornalísticos. O que também aconteceu com a demonstração de um espremedor-torradeira e de um aspirador manual com um chip de computador embutido.

Eu estava preocupado. Belinda Washington tinha chegado forte aos cem anos e de repente morreu. Ouvi no rádio essa manhã.

Uma nota triste, disse o locutor da rádio local, nossa única centenária bateu as botas hoje. Belinda Washington se mudou para o grande asilo no céu.

Quem dera todos nós tivéssemos a mesma sorte, completou um segundo apresentador.

Depois de deixar Nate, voltei ao asilo.

Não sei bem por quê.

Quando entrei no saguão, o Sr. Birdwell estava acompanhando um casal de meia-idade até a porta de saída.

— Por favor, nos avisem. O nosso espaço é um tanto limitado.

Ele já estava tentando ocupar a cama que fora dela. Os asilos para idosos hoje parecem restaurantes: os bons têm longas filas de espera.

O Sr. Birdwell não teve dificuldade para se lembrar de mim.

— O que o traz de volta, Sr. Valle?

— Ouvi a notícia sobre Belinda. Passei para confirmar.

Ele me encarou com uma expressão perplexa, como se esperasse a segunda parte da frase.

— Quero saber como ela morreu.

— Ela já tinha 100 anos — respondeu ele, como se isso explicasse tudo.

— Ela me pareceu estar muito bem no dia em que a visitei.

— O coração. Não aguentou.

— Entendo. — Lembrei-me da mão fria de Belinda, o oposto do aperto de mão quente de Anna. Extremidades frias são uma indicação de problemas de circulação. O *coração*, claro.

— Posso ver o quarto dela?

— Para quê?

— Para a minha reportagem.

Não havia reportagem. No momento em que as palavras passaram pelos meus lábios eu soube que estava mentindo.

— Não há muita coisa lá. Mas está bem.

Ele se virou e me fez um sinal para segui-lo.

Passamos pelo setor de enfermagem, onde as cadeiras de rodas se alinhavam como carrinhos de supermercado. As enfermeiras pareciam tristes. Talvez elas também gostassem de Belinda.

Um homem de roupão de banho seguia tortuosamente pelo corredor com a ajuda de um andador e de uma máscara de oxigênio. Ergueu a cabeça e apertou os olhos tentando focar a vista. Ele também estava na sala de recreação naquele dia. Lembrei-me e me perguntei se não seria ele o pai de Anna que se consumia pelo Alzheimer.

O quarto de Belinda ficava no fim de um corredor iluminado por lâmpadas fluorescentes.

Estava praticamente vazio.

Era só dela. Uma cama de casal, uma TV presa a um suporte móvel na parede.

Sobre uma pequena cômoda marrom um porta-retrato meio voltado para a parede.

Examinei-o.

Uma mãe e seu filho.

Evidentemente era ela — sessenta anos mais jovem.

O mesmo sorriso que me ofereceu no dia da entrevista. Estava sentada num banco com um menino aninhado nos braços.

Acima da sua cabeça, uma tabuleta suspensa por correntes: *Littleton Flats Café.*

— Ela morou em Littleton Flats? — perguntei ao Sr. Birdwell, tentando me lembrar se ela havia mencionado alguma coisa.

— Claro! Belinda era a nossa celebridade local. Você conhece o homem do tempo da NBC, Willard... como é mesmo o nome dele? Scott. Ele costuma fazer referência aos centenários aniversariantes do país. Pois ele mostrou o retrato de Belinda há algumas semanas.

Olhei para o menino sentado no colo dela.

Ele morreu há muito tempo...

— O filho dela. Ele morreu na inundação?

— Morreu. Uma verdadeira tragédia. Belinda trabalhava como doméstica numa casa de Littleton. Aparentemente ela sempre passava os fins de semana em casa. Mas não *aquele* fim de semana. Pediram a ela para ficar com os filhos do casal. A inundação veio num domingo de manhã, quando todo mundo em Littleton Flats estava em casa. Inclusive o filho dela.

Tentei imaginar como teria sido — cuidar dos filhos de alguém enquanto o próprio filho morria afogado. E você longe, sem poder abraçá-lo.

Ele disse que me perdoava...

Agora eu sabia a razão.

— Ela tinha outros filhos?

O Sr. Birdwell balançou a cabeça.

— Ele nasceu quando ela já era madura. Tenho certeza de que era só o Benjamin.

Sinto falta das coisas.

Ela tinha saudades de Benjamin, tantas que de vez em quando ela o via. Uma mulher nos primeiros estágios da demência senil, e nos últimos da solidão.

— Posso ficar com isto? — pedi ao Sr. Birdwell.

— O retrato? Para quê?

— A reportagem.

Ele relutou, debatendo intimamente os parâmetros éticos de dar propriedade pessoal a um jornalista.

— Eu devolvo.

— Está bem. Por que não?

A fotografia já estava guardada no bolso.

MAIS TARDE NAQUELA NOITE, DEPOIS DE BEBER DUAS TEQUILAS assistindo a dois episódios de *Os Arquivos Forenses*, peguei o telefone e digitei um número familiar.

O telefone tocou quatro vezes e ele atendeu: *Alô, alô...*

Às vezes eu formo as palavras.

Na cabeça.

Digo que sinto muito, que já queria ter telefonado para lhe dizer da pena que sinto, e que eu queria pedir desculpas por ter demorado tanto a telefonar. Ouço as palavras na minha cabeça, e elas me parecem genuínas e contritas. Mas não as ouço saindo da minha boca. Perdem-se no caminho.

Naquela noite eu as formei mais uma vez, e mais uma vez elas me soaram bêbadas e tristes.

Alô? Alô... quem fala?

Sou eu, disse sem palavras. Sou eu. Tom. Sinto muito. Muito mesmo.

Ele desligou.

Esperei até ouvir o som da linha vazia.

Quando me curvei para repor o telefone no gancho, senti uma dor e descobri o porta-retrato caído no chão.

Devia ter caído do bolso quando joguei a calça sobre o encosto da cadeira. O vidro tinha se quebrado, deixando pequenos cacos, em que eu pisei e machuquei o pé.

Estava sangrando.

Fui pulando até o banheiro e encontrei um frasco de iodo. Retirei o caco de vidro do dedão do pé, limpei e fechei com esparadrapo. Voltei para o quarto e recolhi cuidadosamente os cacos na palma da mão e joguei no cesto abarrotado de lixo de quatro dias.

E ali estava a fotografia ferida. Gotas de sangue davam à mãe e ao filho o ar de vítimas de acidente. Senti-me como quem desrespeita uma coisa boa e insubstituível.

Limpei com um guardanapo, mas o sangue tinha penetrado no papel da foto. Retirei-a cuidadosamente da moldura e soprei a fotografia.

Alguma coisa caiu no chão. Um pedaço de papel dobrado que estava preso atrás da foto.

Coloquei a foto na cômoda e me abaixei para pegar o papel. Meu pé gritou de dor.

Era um bilhete.

Feliz cem aniversário.

Sentei na cama, estiquei o papel no joelho.

Feliz cem aniversário.

Desejo cem beijos para você.

Desejo cem abraços para você.

Amor, Benjy.

P.S. Lembranças de Kara Bolka.

TREZE

Sam Weitz me telefonou na redação para perguntar se eu não estaria interessado num seguro de vida.

— Para quê?

— Porque todo mundo deve ter um seguro de vida. Você não acabou de ser espancado?

— Sim.

— Pois é.

— Isto não tem nada a ver. Se eu morrer, quem vai ficar com o dinheiro?

— Você não está a par dos últimos avanços no paradigma dos seguros. Não é só em casos de *morte*. Há o seguro para casos de licença médica de longo prazo. Você continua a receber normalmente. E se for demitido e não puder mais ser repórter?

Fiquei tentado a lhe dizer o meu salário, para que ele entendesse que se eu perdesse o emprego no *Littleton Journal*, eu poderia subir na vida e ganhar mais trabalhando num McDonald's.

— Acho que não vou fazer o seguro por enquanto, se não se importa.

— Tudo bem, o funeral é seu. Ih, foi mal.

— Não tem problema. Até que é engraçado.

— É mesmo? — disse ele, a voz mais animada. Ele já deve ter sido chamado de muita coisa em seu trabalho de corretor de seguros: chato, irritante, sanguessuga, mas certamente não de *engraçado*. — Bem, se mudar de ideia ...

— Se decidir, eu aviso.

— Certo.

Norma me perguntou se eu queria comer alguma coisa. Ela estava de saída para o restaurante ao lado. Nate já tinha feito o pedido de moo goo gai pan e macarrão frito.

— Não, obrigado. Não estou com fome.

— Você sempre diz que não está com fome, e eu tenho de te dar a metade da minha comida porque sinto pena de você.

— É como eu sou. O proverbial objeto de simpatia.

Talvez ela tivesse aprendido com Hinch. Afinal ele também havia me contratado por sentir pena de mim.

— Quem sabe você não come uns rolinhos primavera?

— Ótimo. Bem que eu preciso de um pouco de primavera na minha vida.

Minha tentativa de trocadilho passou por Norma sem atingir o alvo.

Eu tinha largado o telefone no gancho depois do telefonema de Sam, então peguei-o novamente, mas esqueci de com quem eu precisava falar. Percebi então que não tinha esquecido, eu estava sem opções.

Não havia um único Ed Crannell na cidade de Cleveland.

Tentei todas as cidades num raio de mais de 150 quilômetros e não achei ninguém.

Queria perguntar a Crannell se o rosto que ele viu de relance era branco ou negro.

Mas não existia nenhum Crannell em Cleveland.

A de Ohio?, eu havia perguntado a ele para ter certeza de que estávamos falando da mesma cidade.

Ele confirmou com um movimento de cabeça e me disse que era vendedor de produtos farmacêuticos.

Foi o que passei a tentar. Relacionei todas as grandes empresas farmacêuticas de que me lembrava e contactei todas para perguntar sobre Edward Crannell.

Não havia nenhum vendedor com esse nome.

Quem sabe ele não trabalhava em meio expediente. *Autônomo*?

Havia uma vendedora autônoma na Pfizer chamada Beth Crannell. Será que não poderia ser ela?

Não. Não podia.

Muito bem. As coisas começavam a fazer sentido. Não havia marcas de pneu e não existia nenhum Ed.

Telefonei para o xerife.

Ele teria informações sobre a carteira de motorista de Crannell. Desde que as informações de alguma forma fossem verdadeiras. Desde que a carteira não fosse comprada ou falsificada.

O xerife Swenson não estava. Ele me telefonaria assim que voltasse.

Outra coisa me incomodava.

Eu não tinha esquecido. O bilhete achado no quarto de Belinda Washington não tinha sido relegado a algum arquivo morto na minha mente.

Feliz cem aniversário.

Amor. Benjy.

Poderia ter sido outro Benjamin?

Alguém que não o filho morto?

Claro. Era possível. Uma vez que Benjamin Washington tinha morrido cinquenta anos antes na inundação da represa, era até plausível.

Telefonei para o Sr. Birdwell.

— Um homem negro, de meia-idade, visitou Belinda antes do aniversário?

— Não que eu saiba.

— E quem sabe se alguém visitou alguém no asilo?

— Todo visitante tem de deixar o nome na recepção. Do que se trata?

— Estou tentando achar um parente que poderia tê-la visitado. Poderia verificar para mim?

Ele deu um suspiro e disse que voltaria a telefonar.

Vinte minutos depois ele chamou e disse:

— Ninguém vem ver Belinda há muitos anos.

— É mesmo? E se alguém não quisesse se registrar na recepção? Se preferisse simplesmente entrar sem ser notado? Seria possível?

Ele respondeu que não, mas hesitou e me pareceu estar na defensiva, por isso achei que talvez ele estivesse mentindo.

Peguei o carro e voltei ao asilo.

Estacionei a dois quarteirões de distância.

Tentei ignorar o calor do meio-dia. Os locais gostam de falar da falta de umidade do deserto da Califórnia. É verdade. Mas convenientemente omitem os verões de quase 45 graus, que fazem com que a pessoa se sinta como se estivesse numa sauna, e também não falam dos ventos assassinos de Santa Ana. Os ventos de Santa Ana não são assassinos do jeito que se poderia imaginar. Eles não derrubam as pessoas como o Lobo Mau derrubou a casa dos três porquinhos; eles matam por atrito, soprando sem parar até que as pessoas enlouquecem. É só perguntar a John Wren, que enlouqueceu em Littleton — um sujeito suficientemente recluso para se barricar uma noite no *Littleton Journal*, antes de partir para terras desconhecidas. É verdade. Os índices de suicídio são altíssimos na estação dos ventos.

Por falar em suicídio...

Admito ter aventado essa hipótese uma vez, ainda em Nova York. Não a sério — não como se estivesse a ponto a perpetrá-lo naquele segundo mesmo, igual aos agentes do OSS lançados atrás das linhas inimigas que levavam cápsulas de estricnina presas no cós das calças. Eles sabiam o que esperar de um interrogatório da

Gestapo. Devia ser reconfortante saber que a paz dependia apenas de um comprimido engolido. Se as coisas ficassem suficientemente complicadas por ali.

Durante o período atroz em que fui objeto público de escárnio — no tempo em que fui atacado por artigos diários, desde denúncias sensacionalistas até sóbrios tratados sobre como os bons repórteres se corrompem — me confortava pensar nos 18 andares da minha janela até a calçada grafitada lá embaixo.

Chegando ao asilo, ignorei a porta principal.

Contornei o terreno, onde o gramado seco descia até uma lagoa lamacenta, sufocado pelo mato alto. Encontrei um portão de metal no fundo, mas bastou abrir o trinco. Evidentemente, o Sr. Birdwell estava mais preocupado com a possibilidade de os internos saírem do que de algum visitante entrar.

Não havia ninguém no gramado, o que não chegava a surpreender, já que o calor teria sido fatal para alguém de 80 anos. O zumbido da enorme unidade de ar-condicionado parecia um exército de cigarras. Fui até a porta dos fundos e girei a maçaneta.

A porta abriu lentamente.

Qualquer um poderia ter entrado assim. Se não quisesse ser notado nem ter a assinatura registrada no livro de visitas. Se quisesse fazer uma visita surpresa.

Segui por um corredor e logo uma atmosfera artificial me invadiu.

Passei por dois enfermeiros, um deles empurrando um paciente comatoso preso a uma cadeira de rodas. Nenhum dos dois me perguntou o que eu estava fazendo ali, pediu para que eu me identificasse ou me mandou procurar quem quer que fosse.

Fui até o quarto de Belinda.

Parecia até mais vazio do que antes.

Há algo de patético na facilidade com que um quarto esquece o antigo ocupante. Especialmente quando o ocupante tinha vivido mais de um século.

A porta do outro lado do corredor se abriu. Um homem velho com uma mancha escura na testa olhou para mim.

— Dan? — perguntou.

— Não.

— Dan? É você, Dan?

— Não. Eu sou Tom. Não sou Dan.

Desorientado, ele recuou para trás da porta coberta de desenhos desbotados de criança.

Entrei e me sentei na cama de Belinda.

Olá, Mamãe. É o Benjy. Meus parabéns. Eu te perdôo.

Na saída esbarrei com o Sr. Birdwell.

Literalmente. Eu vinha de cabeça baixa, meio hipnotizado pelo piso preto e branco e o atropelei ao virar um corredor.

Ele não gostou de me ver.

— O que está fazendo aqui?

— Eu queria verificar uma coisa.

— Verificar *o quê*?

— Se era possível entrar sem alguém notar.

O Sr. Birdwell pareceu ainda mais insatisfeito. Cruzou os braços e olhou para mim como se eu fosse um dos velhinhos do asilo pego desobedecendo a alguma regra da casa. Roubando um biscoito extra ou beliscando a bunda de uma enfermeira.

— Não é muito inteligente da sua parte.

— Por que não?

— Em primeiro lugar porque isso é *invasão de propriedade*. Já expliquei que é obrigatório se registrar na recepção. Em segundo lugar, você não entrou sem alguém notar, não é verdade?

— Bem, eu não *saí* sem alguém notar. Não sei se é a mesma coisa. Entrar foi fácil.

— E para quê? Posso saber?

— Não estou fazendo nenhuma reportagem sobre a segurança dos asilos, se é com isso que está preocupado.

— Deixe que eu decida o que me preocupa. Você invadiu a minha propriedade e eu quero saber por quê.

— Invadiu não é muito dramático? A porta dos fundos estava aberta.

— Você entrou sem *permissão*. — O Sr. Birdwell estava ficando nervoso. O rosto estava vermelho e ele se balançava para a frente e para trás sobre os calcanhares. — Você acha que nós vamos permitir que alguém entre num asilo cheio de velhinhos doentes e assustados?

— Exatamente.

— Exatamente o quê?

— Qualquer um pode entrar. Eu entrei.

— Estamos conversando em círculos, Sr. Valle.

— Eu queria saber se Belinda Washington poderia ter recebido uma visita sem você saber. Você disse que era impossível. Quis saber se era mesmo. Só isso.

— Que visita?

— Não sei. Mas ela recebeu uma visita.

— Ótimo. Bravo. Tenho certeza de que o próximo Pulitzer vai ser seu. Em compensação, a história do jornalismo não tem muitos elogios para o senhor, não é verdade?

Ele sorriu. Isto era o pior — o sorriso. Não o fato de ele saber, de ele ter pesquisado ou conversado com Swenson ou Hinch, mas o sorriso superior.

Eu não tinha resposta para aquele sorriso.

Certa vez o meu pai me deu uma lupa de detetive, no último aniversário que passamos como uma família. Depois ele nos abandonou e eu ficava sentado sob o sol quente da tarde e focalizava o sol sobre a palma da minha mão até formar bolhas e eu não conseguir mais suportar a dor.

Foi o que eu senti com o sorriso do Sr. Birdwell. Senti que ele abria um buraco dentro de mim.

CATORZE

Onde eu estava?

Estou me perdendo.

Talvez porque eu só comi uma vez nesses dois últimos dias. Ou melhor, três dias, não sei bem. Já acabaram os biscoitos Nabisco — é a triste verdade. Acabaram-se as provisões de Tostitos e Jolly Ranchers, provisões recolhidas durante a minha última expedição de caça no 7-Eleven, quando saí do quarto do hotel usando óculos Ray-Ban e chapéu de cowboy, e quase matei de susto a vendedora. Quando puxei os meus trocados, ela pareceu aliviada por não ver uma arma.

Tenho de ser cuidadoso.

Estão me procurando. Sou um homem marcado.

Onde eu *estava*?

Quando encontrei o bilhete?

Isso eu já contei, não é? O bilhete de *Benjy*, com um pós-escrito de lembranças da misteriosa Kara. Kara Bolka. Quem era esta Kara? A mulher de Benjy? A namorada?

Calma. Seja paciente. Logo você vai saber quem é Kara Bolka. Vai saber quem é todo mundo. Logo vai saber sobre o acidente. Os mortos vão se levantar e agradecer os aplausos.

Mas não agora.

Preciso retomar o fio da história.

Costurar cuidadosamente os fatos, profissionalmente.

Meu professor de jornalismo dizia que todo repórter tem dentro de si a sua melhor reportagem.

Esta é a minha.

Já falei do bilhete. Lembro-me claramente de ter contado.

Feliz cem aniversário.

Amor, Benjy.

Lembranças de Kara Bolka.

Parece um haicai.

Os haicais parecem fáceis de ler, mas são cheios de mistério.

Espere.

Já contei do meu Miata? Que ele parou?

Não, não a primeira vez, na pista de boliche.

A *segunda* vez, a quatro quarteirões de distância do asilo.

QUINZE

Eu estava dirigindo, e de repente não estava.

O motor morreu e o carro se arrastou para o meio-fio como vítima de um derrame.

Eu estava irritado por duas coisas.

Sem carro, sem ar-condicionado.

E estava muito quente.

Em compensação eu poderia ter sorte. Alguma coisa sobre um fio solto da bobina, Anna tinha dito. Eu tinha uma chance.

Levantei o capô e olhei para o interior com uma vaga sensação de esperança. Focalizei a região onde vi Anna mexer. E lá estava ele, um fio solto no meio da fuselagem.

Consegui religá-lo. Estava fechando o capô quando notei as palavras escritas na tampa da transmissão. *Acho* que era a tampa da transmissão.

Alguém havia escrito com o dedo sobre a graxa acumulada.

Era um *nick*, o *nickname*, um apelido, para vocês que não se juntaram à geração internet.

AOL: Kkraab.

Anna havia me deixado o equivalente moderno do número do telefone.

Achei interessante. Está bem: mais que interessante.

Não ia fingir que não me importava. Há bastante tempo não acontecia de uma mulher de quem eu gostasse também gostar de mim. O tempo que leva para achar um oásis... diz uma expressão beduína.

E eu estava seco.

Quando cheguei em casa, tentei procurá-la. Acessei o AOL, onde era conhecido como Starreport, um identificador que eu havia adotado antes de Ken Starr ter gasto 80 milhões de dólares para investigar sexo oral. E antes que minhas próprias ações tornassem a profissão de *repórter-celebridade* parecer tão ridícula.

Nunca me lembrei de trocá-lo.

Este era o perfil de Kkraab:

Nome: Anna Graham.

Localização: Estado de confusão e de irritação ocasional.

Gênero: Adivinhe.

Estado Civil: Isto não é um paradoxo?

Hobbies e Interesses: Gosto de charadas.

Ocupação: Sim.

Sua citação pessoal era um verso de uma canção de um certo Robert Zimmerman, vulgo Bob Dylan: *É melhor começar a nadar ou vai afundar como uma pedra.*

Era difícil resistir a um perfil como esse — especialmente à homenagem a uma das canções seminais do século XX, uma das minhas favoritas, já guardada em segurança no meu iPod.

Procurei ver se Kkraab estava online. Não estava.

Enviei um e-mail.

Pelo menos tentei. Tentei o equilíbrio exato entre o amigável casual e a luxúria incontida. E fazê-lo de uma forma remotamente inteligente e divertida.

Parei no *Oi.*

Como eu disse, já tinha tempo. Antes eu era capaz de inventar um papo sedutor sem nenhum problema. Claro, isso foi quando eu ainda inventava reportagens. Talvez as duas técnicas andassem juntas, criando ficções sobre outras pessoas ou sobre mim mesmo. E não é isso que as pessoas fazem no escuro melancólico dos bares: construir uma imagem que possa fazer com que as outras pessoas gostem delas?

Agora que eu não ia mais inventar nada, estava difícil construir uma frase completa para Anna.

Consegui.

Oi, Anna.

Ainda bem que o fio da bobina soltou outra vez, ou passaria muito tempo até eu ver a sua mensagem.

Considerei a possibilidade de a mesma ideia ter ocorrido a ela ou de ela tê-lo solto de propósito. Não — acreditar numa dessas coisas era autoconfiança demais.

Queria encontrá-la outra vez. Pensei em viajar até Santa Monica, sentar na sua rua até você passar. Você ainda está na cidade? Se estiver, gostaria de pagar um drinque. Ou comprar uma ilha. O que você preferir.

Depois de enviá-lo, senti que ele cheirava a desespero.

Tarde demais. Devia haver uma forma de cancelar um e-mail, mas eu não conhecia nenhuma.

Lembrei-me dos tempos de colégio. Falar bobagens ao telefone e se arrepender instantaneamente.

Por outro lado, ela também podia estar desesperada.

Há muito desespero rolando hoje em dia.

NOITE DE BOLICHE.

O Muhammed Alley estava anormalmente cheio. Incomumente barulhento — até mesmo para uma pista de boliche. Por uma razão que se desconhece, a liga feminina decidiu comparecer naquela noite.

Sam iniciou a noite propondo um seguro de vida outra vez. Mais uma vez eu recusei.

Seth foi o segundo problema. Ele estava estranhamente agitado — como um garoto de 2 anos com abstinência de Ritalina. Toda vez que fazia um *strike*, ele nos presenteava com um "Who Let the Dogs Out" — a parte do coro gutural, *Uh-uh-uh-uh-uh*, acompanhado de uma série de movimentos da pélvis.

Algumas das mulheres jogando na quarta pista depois da nossa pararam para observá-lo, como se não acreditassem no que estavam vendo.

Conversei com Marv sobre os problemas do meu carro.

— O fio da bobina? Traga o carro que eu dou um jeito. Grátis.

— Obrigado.

— Sem problema.

Marv era conhecido como um sujeito de pensamento positivo, o tipo de pessoa capaz de ver a grama do vizinho crescer mais do que a sua e ficar contente por isso. O tipo de atitude que se espera do outro lado de uma linha de um serviço de auxílio aos suicidas. Se considerasse mais uma vez a possibilidade de terminar os meus dias, eu telefonaria para ele.

Por ora eu considerava outras coisas.

A investigação do acidente não progredia. Quando me telefonou vários dias depois, o xerife Swenson recebeu a notícia de que não existia nenhum Ed Crannell em Cleveland com um bocejo mal disfarçado. Foi apenas um *acidente*, lembrou. Quem estava interessado em encontrar Ed Crannell?

Havia também o bilhete intrigante e inexplicável de Benjy.

E havia Anna.

Ela tinha respondido.

Prefiro a ilha. De preferência com palmeiras e água quente. Enquanto você procura, eu corro atrás de um universo.

Foi patética a minha alegria ao receber essas linhas. Como se ela tivesse sussurrado aquelas *palavrinhas*. Respondi imediatamente. Nós nos encontraríamos no Violetta's Emporium, o único restaurante italiano decente da cidade.

Fiquei surpreso ao perceber que me sentia magnânimo, até feliz — no mínimo esperançoso. Afinal a fórmula da felicidade é a realidade dividida pelas esperanças, e minhas esperanças tinham claramente aumentado.

Quando vi que Seth estava sendo ameaçado por dois homens irritados, minha primeira reação foi oferecer uma cerveja aos dois.

Alguma coisa evidentemente tinha escapado à minha atenção. Eu estava ganhando. Pensava em ganhar de novo na noite seguinte. Dois homens gritavam para Seth por alguma razão desconhecida.

— Vamos lá pra fora — dizia um deles.

Seth resistia ao convite.

— Vão à merda, os dois. — Ele segurava a bola na mão direita, balançando-a levemente para cima e para baixo, como se pensasse em usá-la como arma.

Sam tentou interceder.

— Vamos esfriar a cabeça.

— Fique fora disso — disse um dos homens. — O imbecil aqui insultou as nossas mulheres.

Insultou?

Então eu entendi. Seth tinha feito a ceninha do "Who Let the Dogs Out" e uma das mulheres não gostou. Aqueles uivos pareciam os epítetos que os operários da construção em Nova York gritam para as mulheres que estão passando. Seth poderia simplesmente ter explicado que eles estavam entendendo errado, que os gritos de júbilo não eram dirigidos a ninguém, somente ao universo.

Mas Seth era assim.

— Aquelas *barangas*? — perguntou. — Elas precisam mesmo é de uma mordaça.

Foi a gota que faltava para um dos homens empurrar Seth para cima da prateleira de bolas. Ele voltou trocando as pernas.

Quando me levantei para fazer o pacificador, vi BJ se levantar de trás do balcão. Tinha um taco de beisebol na mão. Tudo aquilo tinha todos os ingredientes para se transformar na manchete do *Littleton Journal* de amanhã.

— Calma, gente. Isto é uma pista de boliche!

— Obrigado, idiota — murmurou o maior deles sem me olhar. — Pensei que fosse a biblioteca pública.

Seth lançou desajeitadamente a sua bola na direção da cabeça do homem maior, mas errou feio. O peso da bola lançou-o sobre a mesa de marcação de pontos. Lembrei-me de que umas cinco ou seis cervejas eram responsáveis pela precariedade do seu equilíbrio. Com ou sem a bola, ele era um alvo fácil.

O homem lhe deu um soco no lado do rosto e ele caiu. Uma mulher gritou, provavelmente *não* uma das que haviam enviado aqueles dois idiotas para defender a sua honra.

Agarrei o braço do homem que estava mais próximo — talvez ele fosse menos imponente fisicamente que o amigo, mas ainda assim senti uma generosa quantidade de músculos sob a camisa.

Ele se virou para me enfrentar, a mão direita recolhida e fechada em punho. Senti um jato de adrenalina, semelhante ao efeito da cocaína que eu cheirava nos meus últimos dias torturantes em Nova York. Uma esquiva, e o punho passou raspando a minha orelha esquerda. Todo mundo convergia para a nossa pista, principalmente para assistir, mas alguns tinham a expressão de quem queria participar de uma briga de bar.

Bum!

O taco de beisebol de BJ estourou sobre a mesa de marcação, mandando para o ar duas Millers, e grande parte dela caiu sobre o homem que eu estava agarrando com todas as forças para não ser morto.

A cerveja caiu no olho dele; ele xingou, piscou e cobriu o rosto com a mão livre. Aproveitei este momento de indecisão para agarrá-lo num abraço de urso — do Zé Colmeia, não de um urso pardo.

Seth se levantou e assumiu uma posição de boxeador de mérito duvidoso. Todo mundo parecia esperar o que viria a seguir.

Principalmente da parte do homem segurando o taco de beisebol.

— É melhor vocês não fazerem isso aqui — disse BJ com uma voz notavelmente calma.

Ninguém se atreveu a contrariar, nem mesmo o homem que eu agarrava como se fosse um amigo que não via há muitos anos.

Senti o cheiro de uma mistura de suor e loção pós-barba. Soltei lentamente o meu abraço. O outro, além de se afastar e me lançar um olhar assassino, não fez qualquer esforço para retomar as hostilidades.

Seth continuava trocando as pernas.

— Ele estava uivando para a minha garota — disse o que atacou Seth, obviamente sentindo necessidade de se explicar. Talvez fosse a sua aparência, a de um troglodita desses que aparece na TV sendo entrevistado quando o tema é "Por que eu não consigo parar de bater nas pessoas?", a cabeça raspada e uma tatuagem de Judas Priest no braço.

Tentei explicar.

— Ele só estava uivando, ponto final. Verdade. Ele é assim. Às vezes se exalta.

Seth não deu o devido valor ao meu esforço para defendê-lo. Ele talvez nem soubesse o significado de *exaltar* e imaginasse que eu estava lhe imputando alguma coisa vergonhosa.

— Muito bem, o meio de campo está muito embolado — disse BJ ainda segurando o taco à altura do peito e passando a outro esporte na busca da palavra certa. — Acho que vocês todos, os durões, deviam cair fora.

Tive a impressão de que o "durões" dele foi um sarcasmo.

Sam falou.

— Ei, vamos apertar as mãos e esquecer tudo.

Ele estava tentando ser educado; quem sabe, depois de feitas as pazes, ele ainda conseguisse vender um seguro.

— Ora, vamos — continuou sem desânimo depois que ninguém aceitou a sugestão. — O que acham?

Nada. O sujeito que acertou um soco no Seth deu um muxoxo de desprezo, virou as costas e foi embora.

Sam ficou rubro, mas encarou o outro, ainda estendendo o seu ramo de oliveira. Nada. O homem sacudiu a cabeça como se Sam fosse um garoto retardado e seguiu o amigo.

Foi então que eu o vi.

Eu estava observando os dois sujeitos que iam buscar as mulheres que Seth tinha ofendido. Alguns homens lhes deram tapinhas no ombro, sussurrando palavras de incentivo.

Um deles eu já conhecia.

A última vez que o tinha visto, ele segurava uma ferramenta. Talvez não fosse uma ferramenta. Talvez fosse uma barra de ferro para abrir um buraco na parede e arrancar a tampa de uma tomada de telefone. Estava olhando para mim com aquela expressão vazia de quem tinha sido reprovado no último exame para conseguir o diploma de feto. Podia jurar que ele estava sorrindo.

Senti uma ligeira náusea.

Não avancei, nem recuei ou chamei a polícia.

Virei-me para Seth em busca de apoio. Quando me voltei, o homem tinha sumido.

Sei que parece alucinação.

Mas não era.

Ele estava ali, e em seguida já não estava mais. Apenas tempo suficiente para sorrir para mim e desaparecer.

Corri até uma mesa onde dois casais de meia-idade vestindo camisas iguais do boliche comiam cachorros-quentes com fritas gordurosas.

— O sujeito que estava de pé aqui; viram para onde ele foi?

Pareceram preocupados e confusos. *Qual* sujeito estava exatamente *onde*, perguntavam as suas expressões.

— Quem? — perguntou uma das mulheres.

— O homem que estava parado ao lado da sua mesa...

— Você quer dizer o homem contra quem você estava lutando? Ele está ali.

— Não. Ele não. O cara que falou alguma coisa com ele quando ele passou.

— Falou alguma coisa para *quem*? — perguntou um dos homens. Parecia esperar que eu aceitasse a sugestão de BJ e fosse embora. Ou que pelo menos os deixasse em paz.

— Eu sou repórter do jornal da cidade... só quero saber quem era o sujeito...

— Não sabemos de quem você está falando — outra vez a mulher, quase com pena de mim.

Parei e corri os olhos pelo lugar. Quase todos tinham retomado o boliche após aquela interrupção divertida, algo para contar aos colegas de trabalho no dia seguinte. *O sujeito pegou uma bola de boliche e...*

Corri até o banheiro dos homens. Um colegial diante do espelho examinava o piercing na língua. Nada mais.

Quando saí, o encanador também não estava lá. Só os meus parceiros de boliche.

Seth estava explicando a Sam e Marv como ele ia acertar as contas com o cara que tinha acertado um soco no seu rosto.

É só esperar, prometeu. Isso já é certo.

DEZESSEIS

Depois de a minha reportagem sobre a comovente volta ao lar de Lowell Beaumont agradar em cheio, depois de ter me rendido um abraço verbal daquele que deve ser agradado, para não falar dos chatos da galeria de copidesques, eu reincidi.

Escrevi uma reportagem sobre um soldado mercenário norte-americano que vendia seus serviços a quem pagasse mais, entre estes um chefe talibã, e se viu na incômoda posição de ter de lutar contra seus compatriotas.

Foi uma reportagem alarmante, dramática e até triste.

Mas não verdadeira, nem na forma nem no conteúdo.

Nunca vi esse soldado da fortuna, que na verdade era um amálgama de várias pessoas com quem tinha conversado, sobre quem tinha lido ou apenas sonhado.

Não importa.

Passou incólume.

Outras reportagens se seguiram, uma depois da outra, uma antologia vertiginosa de textos criativos.

Um grupo de atores desempregados de Hollywood que trabalhava para a máfia russa, representando na vida real vários papéis, desde vendedores de computadores até cantores de igreja.

Um grupo de intelectuais evangélicos republicanos que se perguntava como Jesus resolveria todas as questões políticas do mundo moderno.

Um novo jogo que começava a virar febre nas rodovias norte-americanas — os carros tinham de bater nos para-choques uns dos outros a 150 quilômetros por hora, até que algum perdedor se arrebentasse e incendiasse.

Uma sociedade secreta de piromaníacos que vendia vídeos dos seus grandes sucessos — incêndios florestais, edifícios em chamas, postos de gasolina explodindo — pela internet.

Havia algo de excitante em tudo aquilo.

Inventar histórias do nada. Dar a elas o imprimatur preto-no-branco do fato. Contar mentiras cada vez maiores e prender a respiração até saber que ainda não tinha sido pego. Era como apostar contra a banca em todas as rodadas da roleta.

De certa forma, era viciante.

Viciantes eram também os elogios e os pedidos de mais reportagens. Até mesmo a inveja dos meus colegas era viciante.

Afinal, eles tinham inveja de mim.

É claro que um desses repórteres invejosos acabou por me levar para um bar e me encheu de tequila. O tempo todo inflando o meu ego em busca de alguma coisa mais valiosa — os detalhes fascinantes da minha série de reportagens cintilantes. Especialmente a última, um sucesso, sobre o pediatra que explodia clínicas de aborto. Pelo que me lembro, ele passou grande parte daquela noite cavando detalhes: como eu fiquei conhecendo o médico? Onde? Como eu descobri que o médico me informava por anagramas — o seu lugar de nascimento, a cidade em que morava?

Está bem. Talvez o meu parceiro de copo não fosse invejoso; fosse apenas um profissional cioso tentando proteger a profissão que havia escolhido do que ele via como um perigoso poluidor.

Evidentemente, ele me dedurou para um certo editor.

Eu devia ter percebido quando ele me pediu as anotações.

Não que já não tivesse acontecido antes. Eu estava sempre preparado para inventar anotações volumosas quando era necessário.

Às vezes era. Alguém — real, não fictício — se queixava de que o que eu tinha escrito nunca aconteceu, que nunca fora entrevistado por mim, que nunca tinha me visto. O que era agravado pelo fato de eu geralmente retratar essas pessoas em cores pouco lisonjeiras. Era fácil atribuir a motivação delas à raiva, ao simples desejo de desacreditar quem as acusava. É claro que ele vai dizer que nunca me viu, dizia, desprezando as acusações como se não merecessem crédito. O que você diria se eu o denunciasse no jornal?

Ajudava o fato de vivermos no mundo plausível das negativas.

Basta ver o noticiário hoje. Todo mundo nega tudo.

Foi citado fora de contexto. O repórter ouviu mal, interpretou errado, inventou tudo.

Ninguém mais é responsável: basta perguntar ao nosso presidente se ele encontrou alguma arma de destruição em massa no Iraque. Eu era uma criatura dos nossos tempos, alguém que não poderia ter existido em outras circunstâncias.

O que não é de forma alguma uma desculpa.

Não.

Eu poderia estar acumulando pontos de simpatia há muito tempo, se tivesse tomado o caminho da Oprah e dragado a minha infância infeliz diante de uma rede nacional de TV. Polvilhando a minha absolvição pública com alguns casos do álbum de infância de Tom Valle.

Seria no mínimo uma curiosidade.

Afinal, hoje em dia a única coisa mais popular do que negar os próprios pecados é confessá-los na televisão. Os Estados Unidos sempre nos lembram de que fazer algo errado não é grave, desde que você possa apresentar uma razão.

Mas eu resisti à tentação.

Ainda estou resistindo.

E por falar em tentação...

* * *

ANNA.

Estávamos sentados no Violetta's Emporium. Só nós dois.

A nossa mesa seguia o roteiro, tinha até uma vela que lançava uma luz bruxuleante sobre o rosto notável sentado à minha frente. Não que eu sentisse falta de uma luz especial para criar o clima. Não diante daqueles olhos.

A mesa era aconchegante e tornava difícil evitar encostar os meus joelhos nos dela. Como se eu quisesse evitar. Como se não estivesse fazendo tudo ao meu alcance para encostar nos joelhos dela. Dois anos atrás, na minha jornada de ignomínia pelo país, parei num resort no Arizona e queimei meus últimos dólares numa massagem de pedra quente. Era como eu sentia os joelhos de Anna — pedras lisas que provocavam arrepios de calor pelas minhas pernas até os pés. E subindo.

É isto. Paixão, do tipo que não dá para esconder.

Estou tentando aqui pintar um quadro, sentar com o meu artista interior e recriar o que me pegou tanto.

Pedimos o mesmo prato de massa, mas eu não fiz mais do que ficar passeando com o vermicelli pelo meu prato.

Mulheres que têm o azar de sair pela primeira vez comigo geralmente imaginam que eu não tenho muito apetite.

Mas o meu apetite é pantagruélico.

Acontece que minha outra fome tem prioridade. Vivo com a fome perpétua de *amor* e *aprovação* — de acordo com o Dr. Payne, que tentou mergulhar nas razões íntimas do meu comportamento sociopático.

Você teve um pai ausente e uma mãe alcoólatra e violenta, concluiu ele. *O que mais poderia fazer se não buscar constantemente doses maciças de tapinhas nas costas?*

Pareceu sensato.

Afinal, ajuda a explicar a quantidade de primeiros encontros que não se materializaram em segundos encontros. Aparentemente, carência não era uma qualidade atraente num homem. A única mulher que achou minha carência atraente casou-se comigo. E viveu comigo o bastante para se arrepender.

Anna e eu jogamos conversa fora.

Ela me perguntou sobre o trabalho no jornal.

— Estudei jornalismo na universidade — disse com um beicinho, acredito que para indicar sua total incapacidade. — O que, quando, onde, como... qual é mesmo a quinta? De qualquer forma, não era pra mim. Não sou uma *observadora*. Não tenho objetividade. Levei bomba.

— Então você não é repórter. O que faz? Não estava escrito no seu perfil.

— Claro que estava. Gosto de charadas, lembra?

— Ah, é. Bacana.

— Você acha?

— Acho.

— Trabalho para uma organização sem fins lucrativos. Muito Berkeley, apesar de estar em Santa Monica.

— Uma organização sem fins lucrativos, *com que objetivo*?

— O de sempre. Planeta limpo, política limpa, filmes sujos. Tudo o que fala a um coração democrata.

Ela correu o dedo pela vela, recolhendo uma gota de cera e segurando-a contra a luz.

— Já tentou?

— Tentou o quê?

— Cera quente. — Ela deu uma risadinha e tomou mais um gole de Chianti.

— Tentar como? Deixar *pingar* em mim?

— É.

— Pingar em mim mesmo vale?

— Não sei. Na época você estava se flagelando?

— Eu enchia tampinhas de garrafa para jogar *scully*. Tinha 7 anos.

— O que é *scully*?

— Um jogo de rua em Nova York. Você enche as tampinhas com lápis de cera, desenha um quadrado de giz na calçada e tenta expulsar o adversário do quadrado. É bocha com tampinhas de garrafa.

— Nova York, hein?

— É. Nova York. Então, você não percebeu o sotaque?

— Pensei que fosse lituano. Que bobagem!

Eu queria dizer que ela não era boba. Apesar de saber que ela estava fazendo uma piada. Queria dizer que ela era a mulher mais atraente, mais especial, mais maravilhosa que eu já tinha visto. É claro que já tinha dito isso para outras mulheres em outros Violetta's Emporiums. Tinha o hábito infeliz de me apaixonar perdidamente após a segunda dose. Procurando *doses maciças de tapinhas nas costas*.

— E o que um nova-iorquino está fazendo neste deserto?

— Tentando me bronzear.

— Não. Sério. Por que *está* aqui?

— Precisava dar um tempo. — Era uma daquelas respostas que uma comissão do governo poderia considerar enganadora, ainda que não chegasse a ser um perjúrio.

— Por quê? — Ela insistiu na pergunta. As suas faces brilhavam com as cores do vinho, de creme flambado com cobertura de framboesa.

— Tive problemas no último emprego. — Eu tinha de mudar de assunto. — E você, tem namorado?

— Namorado? O que é isto?

Senti uma onda de esperança sedutora.

— Há muito tempo?

— Muito. Sou casada.

— Ah...

A esperança disse *adeus* e explodiu em chamas como o carro na rodovia 45.

— Não precisa ficar tão deprimido. Estou pensando seriamente em largá-lo.

— Está mesmo?

— Bem, ele está morando com uma instrutora de pilates de 24 anos. Então, a ideia já me passou pela cabeça.

— Então você vai se divorciar?

— Não sei. Claro, um dia desses eu vou. Não é fácil. Nós temos um filho.

— É mesmo? Quantos anos?

— Quatro anos.

— E como ele se chama?

— Cody. Posso bancar a mãe insuportável e mostrar um retrato dele?

— E eu vou ter de ser o chato que se desmancha diante dele?

— Vai.

— Está bem.

Ela pegou a carteira e a abriu para mim.

— Pode se extasiar.

Um querubim montado numa espécie de bicicletinha e Anna pairando acima dele.

— O que é que você está segurando?

— Você nunca ouviu falar no mais novo aparelho para estimular autoconfiança e independência no seu filho pré-escolar?

— Acho que não.

— É uma bicicleta pro seu filho pedalar enquanto você empurra. Ele acha que está disparando pela rua como Dennis Hopper em *Easy Rider*, mas é você quem dirige. Um truque sujo, não acha?

— É. Será que eu consigo uma?

— Quando passar por uma loja da Toys "R" Us, eu compro pra você — prometeu ela. — E quanto a você?

— Eu o quê?

— Solteiro? Casado? Divorciado? Divorciando?

— Número três.

— Ah! E como é? Divorciar?

Hesitei e Anna pediu desculpas por ser intrometida.

Mas respondi.

— Foi culpa minha. Eu estraguei tudo.

Lembrei-me de uma coisa. Não queria — alguém começa a falar sobre o próprio casamento fracassado e a memória tóxica o sufoca como a um fumante passivo. Minha doce esposa saiu para comprar café e nunca mais voltou. Murmurando alguma coisa sobre ter de pensar *sobre esse problema* no momento em que saía pela porta do apartamento. O problema era a fraude que eu havia perpetrado num grande jornal norte-americano — e acho que também no meu casamento, pois ela tinha dito *sim* para um jornalista investigativo sério que não era sério. Minha ex, arquiteta especializada em arranha-céus, tendia a ver a vida em termos estruturais — o projeto de uma boa relação deve ter um sólido alicerce de confiança. Eu tinha feito muitas rachaduras nas paredes de contenção e a estrutura não se sustentou.

— Lamento muito que não tenha dado certo.

— Eu também.

Perguntei por que ela não tinha me dado o número do telefone naquela noite no estacionamento.

— De certa forma eu dei.

— Você escreveu o seu nick no AOL na minha *transmissão.* Como sabia que eu ia olhar?

— Eu não sabia. Mas você olhou, talvez porque o destino quis assim.

— Destino?

— É. O seu motor está um horror... quero dizer, você já trocou o óleo *alguma vez*? Achei que não ia demorar para você abrir o capô outra vez. Por falar nisso, eu escrevi no seu carburador, não na sua transmissão.

Eu ri e ela riu e quando estendi a mão para pegar o meu cálice, derrubei o vinho em cima do vestido dela.

— Merda — falei.

Nós dois pulamos, Anna tentando fazer escorrer o excesso de vinho, e eu pegando um guardanapo, umedecendo na água e tentando sem jeito limpar o vestido arruinado.

Foi quando ela fez uma coisa muito simpática. Além de não sair correndo do restaurante e me chamar de Shrek.

Ela disse:

— Se queria abusar sexualmente de mim, bastava pedir.

DEZESSETE

Nate me informou de que uma *dona* tinha telefonado.

Girou o dedo ao lado da orelha para indicar que era *louca de papel passado.*

A razão para ele ter atendido ao telefonema dessa louca foi eu ter dormido demais e não estar lá.

Acordei com o que parecia ser um sorriso estúpido no rosto, o que foi confirmado quando me vi no espelho embaçado do banheiro e não vi a cara fechada. Lá estava minha cara estúpida, retornando do exílio forçado. Eu já estava com saudade dessa cara.

Quando entrei dançando na redação, Norma tirou os óculos e apertou os olhos.

— Você está diferente.

— Quem era? — perguntei a Nate the Skate.

Ele estava ao celular, provavelmente conversando com a namorada nudista.

— Não sei. O número está na sua mesa.

Encontrei o número: era da *Sra. Flaherty.* Provavelmente querendo saber o progresso feito, que era zero. Senti uma ponta de pena dos desamparados deste mundo, um estrato social que antes era o meu lar.

Não liguei imediatamente. Não.

Saboreei o meu café da manhã, abençoei os pobres colombianos que penaram nos campos para produzi-lo para mim. Acho que quem recebe muito amor e aprovação acaba gastando o excedente.

Como Hinch, por exemplo.

Ele saiu da sala com o olhar vazio. A barba malfeita estava crescendo. A camisa amarrotada estava meio fora da calça.

— Como está a sua mulher, Hinch?

Norma começou a mexer nos papéis em sua mesa.

— O quê? — Ele me olhou como se eu fosse uma Testemunha de Jeová diante da porta da casa dele no seu dia de folga.

— Perguntei como está passando a sua mulher.

De repente seus olhos ficaram vermelhos. Instantaneamente. Primeiro sem vida e sem foco, e em seguida sinais de tempestade. Podemos chamar de A Inundação da represa Aurora Parte 2.

Desajeitado, ele enxugou um dos olhos, olhou para os sapatos e murmurou alguma coisa inaudível.

— O que foi, Hinch? Não ouvi.

— Como a minha mulher está passando... Como a minha mulher está passando não lhe interessa — respondeu. Não foi por mal, foi mais por tristeza.

— Desculpe. Espero... que tudo... você sabe... — e deixei a minha tentativa de consolo cair na incoerência.

Hinch voltou para sua sala.

Houve um silêncio embaraçoso. Nate, que tinha interrompido o telefonema, retomou a conversa, com um sussurrado *tenho de desligar, meu bem*. Norma me olhou de lado e deu um suspiro.

— Ela voltou para o hospital, Tom. Deus sabe que ela não está bem.

— Sinto muito. Eu não sabia.

Minha disposição alegre desapareceu. Achei melhor telefonar para a Sra. Flaherty.

Depois de dizer alô, ela perguntou:

— Você quer conversar com ele?

— Conversar com quem, Sra. Flaherty?

— Com Dennis.

— *Dennis*? Do que a senhora está falando?

Eu já devia saber do que ela estava falando. *Meu filho voltou e disse oi*, disse-me a centenária Belinda. Aquilo já estava ficando repetitivo.

FOI UMA CONVERSA AGRADÁVEL.

Dennis e eu.

Um tanto unilateral, pois Dennis Flaherty não era um grande papo, e parecia estar falando debaixo d'água. Bati o telefone na mesa, tentando melhorar a recepção. Mas não era a recepção: era Dennis.

— São os remédios — explicou a Sra. Flaherty quando ele lhe devolveu o telefone e foi dormir no seu quarto de criança. — Ele fica sonolento.

Que remédios?

Os remédios que os médicos do hospital psiquiátrico lhe deram para mantê-lo dócil e feliz.

Depois de me apresentar, eu perguntara a ele:

— Você sabia que se envolveu num desastre de automóvel?

— Sim — respondeu ele num tom lúgubre que não mudou durante toda a conversa.

— O que você acha que aconteceu?

— Não sei.

— Alguém estava com a sua carteira.

— É.

— Dennis, você está entendendo? Você foi *enterrado*.

— Fui.

— Onde você perdeu a carteira?

— Não sei. Na rua.

— Na rua? Você quer dizer que estava *morando* na rua?

— É.

— E quando viu a sua carteira pela última vez?

— Não sei. Ela não estava comigo no hospital.

— Que hospital?

— Dos veteranos.

— Você estava num hospital militar?

— É.

— Por que você foi para o hospital?

— Minha cabeça não estava boa.

— Sua cabeça não está boa. O que está dizendo? Você tem problemas mentais?

— É.

— Você já esteve em Littleton, Califórnia?

— *Onde?*

— Você não estava na Califórnia uma semana atrás?

— Hein?

— Esqueça. Você entende que alguém morreu no acidente? Não foi você, foi outra pessoa que, por uma razão qualquer, estava com a sua carteira.

— É.

— Mas você não sabe como ele a conseguiu. Como você perdeu a carteira? Quem sabe, na rua?

Nate se aproximou da minha mesa como se estivesse seguindo o aroma hipnotizante de moo goo gai pan. Até mesmo ouvir pedaços da conversa parecia irresistível. Alguém que estava morto reaparecia vivo. Não é muito comum.

Dennis não respondeu à minha última pergunta. Parecia estar roncando.

— Dennis. Alô, Dennis.

— Hein?

— Eu perguntei se você perdeu a carteira na rua?

— Eu estou cansado. Cara, eu estou cansado.

— Só um momento, mais algumas perguntas, está bem?

— Que horas são? Já é de noite?

— É uma da tarde, Dennis — respondi, ajustando para a diferença de fuso horário. — Só mais umas perguntas. — Não tinha mais perguntas. Ele estava dopado e lerdo. Uma hora ele estava com a carteira, e em seguida não estava mais. E ela tinha aparecido no bolso de uma vítima irreconhecível em um acidente.

Dennis deve ter passado o telefone para a Sra. Flaherty; ouvi a voz dela.

— Você tinha razão, Tom — falou num sussurro. — Depois da nossa conversa, eu fui à igreja. Pela primeira vez em muitos anos. Acendi uma vela. Rezei para Dennis estar vivo e para ele voltar para casa. E ele voltou.

— Durante quanto tempo ele ficou no hospital?

— Não interessa. Você não está vendo, foi *um milagre.* Meu filho voltou.

— É. É um milagre. — Fiz mais um sinal para Nate se afastar. — Tenho de desligar. Posso ligar para a senhora mais tarde, Sra. Flaherty? Talvez eu tenha outras perguntas.

— Claro, Tom. Pode me ligar quando quiser. Obrigada.

— Por quê? Eu não fiz nada. O seu filho não estava morto. Alguém roubou ou achou a carteira dele. Talvez a pessoa que estava dirigindo aquele carro. Dennis teria voltado de qualquer jeito para casa.

— Ah, é? Eu é que sei.

DEZOITO

Resisti à tentação de contar aos outros.

Mantive Nate the Skate e a sua expressão inquisitiva em total ignorância.

Saí, depois de pedir um cigarro a Norma, que me censurou por retomar um vício perdido. *É só um*, disse a ela, *pelos velhos tempos.*

Acendi o cigarro sob a marquise que protegia o restaurante Foo-Yang do calor abrasador, enquanto a filha de 13 anos do Sr. Yang me observava através do vidro empoeirado.

A onda de nicotina me animou.

O acidente.

Duas pessoas numa colisão na estrada.

Dennis Flaherty e Ed Crannell.

Só que os dois não eram Dennis Flaherty nem Ed Crannell.

Não havia registro de Ed Crannell. Dennis Flaherty estava vivo.

Vamos brincar de editor.

Vamos fingir que a história — até aqui era apenas uma história — tenha sido colocada na mesa de um editor. Vocês também sabem de *qual* editor, o que usa óculos bifocais e uma expressão de conhecedor do mundo que conquistou por mérito próprio. Esta história, em particular, foi trazida para aprovação por um jornalista que já teve melhores dias, cuja reputação está abaixo de zero, que literalmente desgraçou a profissão.

Vamos observar o editor tirar da boca o lápis marcado de dentes, enquanto eu lhe digo que Dennis Flaherty nunca esteve naquele carro.

Muito bem, diz ele, *então o médico tinha razão. O morto era negro. Roubou, achou, comprou a carteira de Dennis de algum ladrão de rua. De alguma forma, a carteira estava com ele. E daí?*

Você está esquecendo do *outro* carro. Ninguém sabe quem é Ed Crannell.

Então o homem mentiu sobre a própria identidade. Ed Crannell mentiu. As pessoas sempre negam a própria identidade. Ele talvez estivesse dirigindo sem carteira. Talvez ele já tivesse ficha na polícia. Talvez não tenha pago a pensão devida no estado da Califórnia. Ou talvez ele seja mesmo Ed Crannell, mas não trabalha como representante de vendas de laboratório farmacêutico. E talvez não more em Cleveland. É possível que ele tenha mentido. Acontece.

Não havia marcas de pneus.

Você não está prestando atenção. Ed Crannell mentiu. Você sabe o que é uma mentira, não sabe, Tom? O acidente foi culpa dele. Ele estava mudando de estação de rádio, ou falando ao celular. Estava admirando a paisagem, sonhando acordado. Quando percebeu, havia provocado um acidente. Foi o único sobrevivente e inventou uma história — o outro motorista entrou na sua pista, e só o viu quando já era tarde demais, pisou no freio. Ninguém pisou no freio. Ele inventou.

O editor me olha com um sorriso sarcástico. Tem a expressão cansada de quem está diante de um mentiroso compulsivo. *Não insulte a minha inteligência*, diz o sorriso. Chega.

Mas não é só o acidente, recomeço hesitante.

Ele suspira, balança a cabeça cansada.

Não é só o acidente. Ainda há Belinda.

Belinda, diz ele. *Essa não.*

Ela me disse que o filho morto apareceu para ela e disse oi. Eu sei, ela tinha 100 anos. Talvez não estivesse boa da cabeça. Mas há o bilhete do Benjy. *Feliz cem aniversário.* O Sr. Birdwell disse que ninguém a visitou, mas Benjy esteve lá. Que outro Benjamin poderia ter aparecido e deixado aquele bilhete?

O filho dela morreu. Você sabe o que significa morrer, não é, Tom?

O filho da Sra. Flaherty também morreu. Só que ele está vivo.

E você verificou se não há outro Benjy morando no asilo? É Nova York outra vez, não é? O editor já se cansou de mim. Está apontando a porta, me manda embora. *Não há ligação. Você está me oferecendo duas histórias sem ligação entre elas.*

E então eu digo. Não sei por que não disse antes. Pego o lápis e traço sobre a toalha de papel do restaurante Acropolis uma linha trêmula entre o filho morto de Belinda e o motorista carbonizado.

Meu pai sorri, estende o braço sobre a mesa e passa a mão pela minha cabeça.

Meu filho.

Sei o que o senhor está pensando, Dr. Payne.

Meu pai. Meu editor.

Não escuto mais.

DEZENOVE

— Então acho que vou ter de telefonar para Iowa e pedir para exumarem o corpo.

Parecia que o xerife Swenson estava relendo sua lista de compras. Comprar leite e margarina, fritas congeladas, seis latas de atum e, ah, telefonar para Iowa e pedir para desenterrarem o corpo no cemitério onde está o falso *Dennis*. É isso. Se eles estiverem interessados, o que ele, obviamente, não estava.

Estava no ambiente refrigerado e estéril da delegacia de Littleton. Que não era igual a nenhuma outra delegacia, parecia mais o escritório de uma corretora de seguros. Tudo muito limpo, organizado e pré-fabricado.

Nenhum crime havia sido cometido. Era esse o ponto de vista do xerife Swenson. Nenhum crime havia sido cometido, talvez o roubo da carteira de Dennis Flaherty pudesse ser considerado um crime, mas estava fora da sua jurisdição, não é mesmo? Talvez o acidente não tenha ocorrido como Ed Crannell o descreveu, mas ainda assim era um acidente. Não um crime. E se Crannell mentiu sobre a própria identidade, tudo bem, ele se safou dessa. Não era razão suficiente para criar uma força-tarefa.

— Por que você está tão interessado? — perguntou ele, não como quem espera uma resposta, mais como se estivesse me mandando embora para poder tratar de assuntos mais sérios: a emissão de multas por estacionamento proibido, por exemplo.

Eu não contei a ele a respeito sobre o bilhete que tinha descoberto no porta-retrato de Belinda.

— Duas pessoas se envolvem num acidente e nenhuma delas é quem deveria ser. Isso não o incomoda?

— Na verdade, não.

Talvez ele não se incomodasse por ser eu quem estava perguntando.

— Você não tem por acaso uma reportagem sobre a inauguração de uma concessionária de automóveis?

É. Provavelmente era por isso.

— Vi o encanador outra vez.

O xerife descruzou as pernas que estavam sobre a mesa numa atitude de *quem manda aqui sou eu*. Acho meio humilhante ter de ficar olhando para as solas do sapato de alguém.

— Você viu? Onde?

— No Muhammed Alley. Há umas duas noites.

— Hum. Tem certeza?

— Claro que tenho certeza.

— Agora, o que eu quero saber é por que você não me chamou?

— Ele fugiu.

— *Fugiu*? O que quer dizer com isso? Você saiu atrás dele?

— Não. Ele estava lá, e logo depois não estava mais. Quando percebeu que eu o tinha visto, ele se mandou.

— Ele foi embora. Ótimo. E ele correspondia à descrição que você me deu no outro dia?

— Era ele. Não é difícil reconhecer o cara. Não houve outros?

— Outros o quê?

— Arrombamentos.

Ele não respondeu.

— Você devia ter me chamado, Lucas. Entende?

— Entendo.

— Tudo bem. Se ele aparecer de novo no boliche, você me avisa, tá bom?

— Claro.

Levantei-me para sair e parei.

— Sabe alguma coisa sobre a inundação?

— Que inundação?

— A inundação da represa Aurora. Lá pelos anos 1950.

— O que tem ela?

— Alguém que devia ter morrido... alguém foi descoberto mais tarde? Alguém que foi incluído na lista de mortos, mas que de alguma forma sobreviveu?

Por um momento tive a impressão de que ele ia concordar. Dizer outra coisa e então:

— A inundação ocorreu muito antes de eu vir para cá. Eu não sei nada sobre ela.

Mas foi isso que ele disse.

Em seguida pegou o telefone, um convite mudo para eu ir embora.

PERGUNTEI A NORMA SE JOHN WREN TINHA DEIXADO SUAS ANOTAÇÕES.

Quando perguntei a Hinch se podia fazer uma reportagem sobre os cinquenta anos da inundação, ele me desejou boa sorte e disse que o meu predecessor já tinha tentado.

— Não — respondeu ela. — E se deixou, provavelmente já foi tudo jogado fora.

—Tem certeza?

— Noventa e nove por cento. — Norma estava tentando ler a última edição da *Us*. Ler não é bem o termo que se aplique a uma revista tendo na capa uma Britney Spears de véu e grinalda. A manchete: *Olha! Ela de novo!*

— Mas se não foram jogadas fora, onde poderiam estar?

— *Meu Deus*... Você não é capaz de deixar uma assistente executiva ler o lixo dela em paz?

— Bem que eu gostaria, mas esse é o trabalho de uma assistente executiva.

Norma largou a Britney sobre a mesa. Foi até o arquivo que também servia de mesa de café e de fax. Ela havia sido casada com o maestro de um coro de igreja, que fugiu com a organista. Ela estava do lado de cá da meia-idade — ou do lado de lá, dependendo de ela estar ou não fazendo dieta e exercícios. Atualmente fazia a dieta de South Beach e malhava ao som de Andre 3000 e sua turma. Abriu a terceira gaveta e começou a procurar.

— Não — disse. — Só pastas vazias.

Tinha nas mãos algumas pastas antigas que pareciam absolutamente vazias.

— Posso vê-las?

— Aqui não tem nada, Tom.

— Mesmo assim eu quero vê-las.

Ela largou-as sobre o meu laptop.

— Essa Britney é uma babaca, sabia?

Cada pasta era dedicada a um assunto, conforme vinha escrito na frente. Com a letra de Wren, que eu já conhecia por ter visto vários papeizinhos dele enfiados em vários lugares na minha casa.

Uma relação de banalidades: *A maior coleção de bambolês do mundo*, *A parada do 4 de Julho*, *Concurso de socos na vaca*. Provavelmente estariam na minha relação de reportagens do ano seguinte.

Mas havia exceções. Uma pasta com o título: *História de um veterano*.

Esta não estava vazia, não totalmente — quando a abri, caíram duas fotografias.

O Memorial do Vietnã em Washington, DC.

Uma delas era panorâmica: o grande V em granito preto que consegue ser gracioso e imponente ao mesmo tempo. A outra era em *close* — dava para ver a relação melancólica dos nomes de mortos gravada na pedra.

O artigo que eu tinha encontrado em casa.

Uma história triste.

O veterano traumatizado que chegou a Littleton numa tarde de outubro, ficando tempo suficiente para que se soubesse que ele não tinha família nem endereço conhecido, e usava o nome de um companheiro desaparecido em combate com quem havia servido no delta do Mekong. "*Quem é Eddie Bronson?*" O lamento de um ex-combatente, carregado de culpa por ter sobrevivido — tudo o que Wren havia conseguido descobrir antes que o soldado desconhecido fosse expulso da cidade e do coreto e internado num hospício. Wren tinha usado o incidente para escrever uma reportagem comovente sobre o desprezo debilitante a que são submetidos os ex-combatentes que os Estados Unidos preferiam esquecer.

— Norma, Wren foi visitar o Memorial do Vietnã em Washington? Quando ele escreveu a reportagem sobre o veterano?

— Não com o dinheiro do Hinch. Por quê?

— Porque ele foi. Tirou umas fotografias.

— Hum. — Norma voltou à sua mesa para mergulhar novamente na vida dos ricos e idiotas.

Olhei a foto em *close*. *Eddie Bronson* estava ali, claramente legível — o nome do soldado desaparecido em combate que ele havia feito seu, marcado no granito preto, ainda que os seus ossos estivessem perdidos em algum túnel em Chu Lai.

Segundo Norma, a reportagem de Wren, apesar de bem escrita, não foi muito apreciada. Em primeiro lugar, Hinch acreditava que um jornal de cidade pequena deveria se dedicar às notícias de cidade pequena. Inauguração de shopping centers, por exemplo. Em segundo lugar, parte do descaso pelo veterano havia sido uma cortesia do povo bom de Littleton, que não gostou de ter um vagabundo desgrenhado acampado no coreto da cidade.

Tudo isso coincidiu com a loucura do próprio Wren. É possível que toda aquela animosidade o tenha perturbado. Ou os ventos de Santa Ana sopraram na cidade. Ou o calor escaldante finalmente assou o seu cérebro.

Não importa o que aconteceu, sua oportunidade de uma reportagem séria e socialmente relevante alimentou seus sonhos de grandeza. Inaugurações eram coisas de incompetentes. Ele imediatamente se afundou numa reportagem-denúncia sobre a inundação da represa Aurora. O que era evidente pela data na terceira pasta, cuidadosamente anotada ao lado do título: *Inundação*. Uma semana depois da reportagem sobre Eddie Bronson.

A pasta estava vazia.

— Você acha que ele levou tudo com ele? *Norma*?

— Levou o quê? — Ela ergueu os olhos dos seios siliconados de Britney Spears.

— As anotações. Os *arquivos*. Você acha que ele levou tudo com ele, ou você jogou tudo fora depois que ele foi embora?

— Não lembro. Ele não estava com todos os parafusos no lugar. Entende o que eu quero dizer? Uma noite ele se trancou aqui na redação e começou a uivar para a lua.

— Ele *uivou para a lua*?

— Modo de dizer.

— Sei. O que ele estava fazendo aqui?

— Só Deus sabe. Só sei que eles tiveram de chamar o xerife pra tirá-lo daqui.

— E quando ele foi embora?

— No dia seguinte. Verdade. Ele devia estar morrendo de vergonha. Deus é testemunha de que ele precisava mudar de cenário.

Ele havia se mudado para algum lugar ao norte, lembro que Norma me disse. Os detalhes eram confusos.

— Ele deixou um número, Norma?

— Número?

— É. Aqueles números que a gente aperta quando quer falar com alguém. O número do telefone.

Ela procurou no seu arquivo de mesa.

— Não. — Então levantou a cabeça e disse: — Espere.

Entrou na sala do Hinch, onde ouvi sons de gavetas sendo abertas e fechadas. Reapareceu trazendo um pedaço de papel amarrotado.

— Obrigado, Norma — disse ela.

— Obrigado, Norma.

O último telefone de John Wren. A julgar pelo código de área, algum lugar no norte da Califórnia. Anotei o número no verso de uma das fotos e guardei na carteira.

A voz de Wren na secretária eletrônica já soou levemente irritada, apesar de ele não ter sido obrigado a atender ao telefone.

Estamos pescando, mas se quiser deixar um recado, tudo bem.

— Alô, aqui é Tom Valle. Fiquei no seu lugar no *Littleton Journal*. — Poderia ter completado, *fiquei também na sua casa*. — Gostaria de lhe perguntar sobre uma reportagem que você estava escrevendo quando foi embora. Você poderia me telefonar?

Deixei os números do meu celular e do telefone do trabalho.

Em seguida telefonei para Anna.

Ela ia embora no dia seguinte. De volta a Santa Monica. Tínhamos combinado de sair outra vez e eu queria confirmar o lugar e a hora, como faria qualquer jornalista responsável.

Ela atendeu no quarto toque.

— Olá — disse eu.

— Olá.

— Então, vamos sair esta noite?

— Claro. Como combinamos.

— Claro. Só queria saber se o combinado ainda estava de pé.

— Eu teria telefonado, se houvesse algum problema.

— Está bem. Ótimo. Então estamos combinados. — Ai, além de carente eu era burro. — *Onde* vamos nos encontrar?

— No Violetta's. Como combinamos anteontem. Você tem um jeito meio compulsivo. — Pelo menos aquilo soou amistoso.

— Só para confirmar.

— Ah, só uma coisa. Desta vez nós vamos pedir vinho *branco*.

— É. Sinto muito. O seu vestido estragou?

— Não tem problema. Eu uso uma lavanderia que é a inimiga mortal das manchas. Se Monica Lewinsky tivesse levado aquele vestidinho azul dela para minha lavanderia, nunca teria havido ameaça de impeachment.

Ri e imediatamente me perguntei se a alusão a manchas seminais não seria uma espécie de convite. *Bastava pedir*, ela havia dito enquanto eu tentava limpar o vestido.

Houve um silêncio breve, como se a alusão a sexo tivesse consumido todo o ar disponível, e então eu perguntei como estava o pai dela. Antes eu tinha evitado o assunto, imaginando que, se quisesse, ela própria tocaria no assunto. Mas o silencio sobre a questão já estava me incomodando.

— Na mesma. Obrigada por perguntar.

— A sua mãe ainda está viva?

— Está, mas eles se divorciaram. Portanto eu sou sozinha.

— Deve ser duro.

— Não sei. É o que se faz por alguém que se ama, não é? Ele é o meu pai. Eu faria qualquer coisa por ele. E você?

— Eu?

— Os seus pais? Ainda são vivos?

— Não. Os dois estão mortos.

Mortos. Um rótulo que meu pai conquistou quando eu ainda brincava nas calçadas do Queens. Voltou uma vez, antes do enterro, e me perguntou se eu queria dar uma volta no caminhão dos bombeiros como nos velhos tempos. Demos uma volta no quarteirão e estacionamos à sombra da igreja de Santo Antônio. *O que aconteceu, Tommy*? Sentado ao meu lado na cabine, mas sem me olhar. Olhando para o retrato de nós quatro preso no para-brisa. *O que aconteceu?*

— Irmãos, irmãs? — Anna perguntou.

— Não. Eu... não tenho mais.

— O que isso quer dizer?

— Tive um irmão. Morreu. Há muito tempo.

— Ah! Sinto muito. O que aconteceu?

— Nada. Ele apenas morreu. Foi um acidente.

— Meu Deus. Que idade ele tinha?

— Seis anos.

— Meu Deus, que horror. Acho que você não quer falar disso.

— Não. Só que... foi há muito tempo...

— Claro. Compreendo.

Não. Você não compreende, pensei.

Certas coisas estão além da capacidade de compreensão.

VINTE

Kara Bernstein.

Kara Betland.

Kara Bolinsky.

Kara Brill.

Depois do banho, de me barbear, pentear e repentear o cabelo e borrifar uma boa dose de Stetson for Men e então lavar o rosto pois estava cheirando a couro velho, passei a meia hora que eu ainda tinha antes de sair de casa procurando por *Kara Bolka* na internet.

Não tive sorte.

Não que não houvesse um número generoso de *Karas* na Califórnia; eu imaginava legiões de moças com aparelhos nos dentes, exibindo os corpos firmes nas praias ou nas salas de espera da indústria da pornografia em San Fernando. Kara Bolka parecia um nome que os imigrantes da Europa Oriental dão às suas filhas norte-americanas. Soava meio mulher meio ninfa.

É claro que talvez soasse assim por causa da minha libido.

A noite ainda não tinha começado, mas já me preocupava com o seu final. Vinha fazendo uma contagem regressiva depois do meu último encontro íntimo e tentando me lembrar se era realmente como andar de bicicleta, e se neste caso seria uma bicicleta de dez marchas ou uma mountain bike.

Eu não tinha sido um eremita sexual desde a minha chegada a Littleton. Não. Havia coabitado no Days Inn com uma mulher casada que apareceu no boliche pela mesma razão que eu: esconder-se. No caso dela, de um marido infiel que gostava de bater nela quando o jogo de golfe era cancelado ou um negócio fracassava. Ele era corretor, área em que os negócios se desenvolviam regularmente — especialmente em Littleton, que se orgulhava de dois resorts inacabados.

Não vou dizer o nome dela. Não é importante. Íamos ao motel, e não na minha casa, porque eu não queria ver o marido parado na porta da frente. Fomos lá três vezes, e só foi satisfatório de acordo com a definição mais rudimentar do termo. Como comer comida sem sabor quando se está com fome.

Quando ela ligou para o meu celular depois do terceiro encontro, eu não telefonei de volta. Uma semana depois descobri uma mensagem dela: *Então é assim? Seja feliz.*

Para quem quer terminar um caso, não existem palavras melhores.

Agora eu estava num mar de Karas, ou seja, perdido no mar.

Deixei-as para me encontrar com Anna.

Em algum momento entre a salada e a entrada, entre uma conversa e um flerte, entre 20 e 21 horas, Anna mencionou John Wren. Disse que o tinha conhecido.

Acabamos por voltar ao assunto jornalismo. E não estávamos apenas conversando. Eu estava fazendo proselitismo, ainda que a maior parte da conferência hipócrita pudesse ser efeito do vinho. Eu falava como um novato, ainda tomado pela febre. Um estudante de religião discutindo a própria fé. Afinal, eu tinha trabalhado para a bíblia da indústria.

Aos poucos, pecado por pecado, eu tinha subvertido a própria razão de ser de um jornal, ao virar a verdade pelo avesso. Assim como aqueles agentes soviéticos que nos anos 1930 se infiltraram na democracia britânica. E assim como Philby e companhia derramaram sangue inocente, eu também derramei.

Omiti alguns detalhes aqui. A modéstia me impede.

A carnificina que resultou da descoberta de minhas mentiras e consequente demissão incluiu um editor brilhante, dedicado e venerado cujo único pecado fora acreditar em mim.

Afundou com o navio.

Ou com o rato.

Quando escrevia as minhas reportagens, eu o sentia às minhas costas, como uma presença divina me acompanhando. Ele era um monstro sagrado, conquistara um tipo especial de reputação, mesmo trabalhando num jornal onde os luminares eram a regra.

Por alguma razão, ele se interessou por mim, viu alguma coisa que valia a pena cultivar. Talvez ele simplesmente visse em mim um menino sem pai. Certa noite convidou-me para uns drinques e, como tudo correu bem, como eu não enchi a paciência dele com bajulações, ele me convidou outra vez. Depois de algum tempo, passamos a trocar confidências tarde da noite na sua sala em torno de deliciosos sanduíches de linguiça alemã. Passeávamos pelo Bryant Park quando ele queria esticar as pernas. Quando andava pela redação eu o sentia às minhas costas e corava, tentando fazer as teclas criarem algo inteligente, incisivo e brilhante. Elas às vezes me atendiam.

Não importa.

Ele tinha o hábito de não elogiar muito para nos deixar querendo mais. O que se escrevia geralmente recebia um *nada mal*, *ficou bom* ou apenas *competente*. Um jornalista deve escrever para os seus leitores — essa massa de almas famintas de notícias e sedentas da verdade.

Mas eu escrevia para ele.

Tinha apenas um leitor. Precisava transformar o *bom* em *brilhante.*

A ironia foi eu ter atingido o meu objetivo com a história de um soldado morto da Guarda Nacional chamado Lowell Beaumont.

Evidentemente, surge um problema quando se alcança o que se busca com tanta ânsia. Recebido o primeiro elogio, a gente quer mais, quer receber todo aquele amor e aprovação se derramando como o champanhe dos campeões.

Eu continuei por mais tempo do que seria oportuno.

Continuei mesmo quando já não era possível.

Até a noite em que saí com um repórter para uns drinques e a coisa estourou.

Em uma semana, esse editor, esse *amigo*, passou de *ombudsman* glorificado a incompetente aviltado. E terminou algumas semanas depois com a sua *aposentadoria* inesperada.

Ele *devia ter percebido*, muitos alegaram — e esses "muitos" eram os luminares menos brilhantes eclipsados por sua ascensão. Devia ter *controlado o que estava se passando.* Devia *ter feito o seu trabalho.*

Se a sua execração pública foi ligeiramente menos brutal que a minha, a sua queda foi dez vezes mais violenta.

De todas as coisas que consegui destruir — e eu era sozinho uma equipe de demolição, capaz de destruir a minha carreira, o meu casamento, minha reputação — destruí-lo foi o que mais me envergonhou, o verme que continuamente me corrói, e que às vezes tento afogar com muitas doses de tequila.

Às vezes este mesmo verme me força a telefonar para ele na sua velha casa em Putnam County e recitar palavras inaudíveis de contrição.

Digo, alô, sou eu. Me perdoe.

Eu o imagino lá, sentado, o telefone antigo na mão, os bifocais na ponta do nariz prodigioso, e engulo as palavras sem mastigá-las, e elas me causam náuseas.

Mas não nessa noite.

Não.

Nessa noite eu era *Carl Woodward*, um misto de fervor jornalístico e desejo sexual. O vinho me soltou a língua; estava no púlpito improvisado sem nenhuma intenção de descer. Estava me exibindo.

— Estamos no ramo da exportação de democracia, que é o que parece ser a nossa política externa hoje, nossa *cruzada*. Mas quem protege a democracia numa democracia? Aqueles nove Matusaléns da Suprema Corte? O que protege os Estados Unidos hoje é o *USA Today*. Assustador, não é? Não estou brincando. Querendo ou não, a democracia depende das mãos suadas da imprensa. Ainda que isto não esteja claro na nossa consciência. Ainda que não o *queiramos*. Aqui eu uso *nós* de modo geral. Porque a verdade é *sempre* a primeira vítima.

Verdade — usava irresponsavelmente a palavra que menos me era familiar.

Eu me ouvia sem saber se soava como um louco perigoso, ou se era apenas chato. Mas Anna parecia ouvir com atenção quase emocionada. Parecia *gostar* deste eu, deste super-herói da verdade, da justiça e do *american way*.

Então ela perguntou:

— Por que precisou parar?

— Hein?

— Você disse que veio para cá porque precisava dar um tempo. De *quê*? Você amava tudo aquilo, adorava o seu trabalho. Participar de reportagens importantes. Por que se enterrou aqui? Quer dizer, não *enterrar* mas...

Eu devia ter sido mais cauteloso.

Começara a noite falando de coisas não relacionadas ao jornalismo, não é? Dos New Yankees, de cascavéis, trivialidades. Sem perceber, havia conduzido o meu jantar com Anna para águas perigosas.

— Tive problemas no meu último emprego.

— Ah! Que tipo de problemas?

— Éticos. Mais ou menos.

— Éticos, mais ou menos — repetiu ela. — Você quer falar ou prefere fingir que eu não perguntei?

— É algo que eu prefiro fingir que você não perguntou.

É possível ficar instantânea e surpreendentemente sóbrio — minha aura azul havia desaparecido como se soprada por um vento terrível.

— Ótimo. Ética parece ser um tema interessante. Até um pouco sujo.

— Não aconteceu como você está pensando — disse eu.

— Bom, seja o que for, eu lamento. Quero dizer, é lógico que você adorava ser repórter, você *ainda* é repórter, você entende...

— Eu inventei coisas.

Pronto.

Mais cedo ou mais tarde teria de acontecer. Mais cedo ou mais tarde ela iria mencionar o meu nome para um amigo e ele lhe diria o quanto aquele nome era familiar — que era o mesmo nome de um repórter que quase destruiu um grande jornal. Que escreveu sobre coisas que nunca aconteceram.

O mentiroso.

— Tom Valle — disse ela, como se fosse uma palavra estrangeira. — Ah! *Merda*!

Tentei entender a sua expressão — os segundos de puro choque em que ela não teve tempo de levantar a guarda. Foi embaraço o que eu vi? Desprezo? Piedade?

— Nossa! — disse ela, levando o cálice aos lábios e recolocando-o na mesa com a deliberação desajeitada de alguém que aprende a usar as mãos depois de um derrame. — Quando você disse que precisava dar um tempo, era mesmo verdade. Posso perguntar... *por que você fez o que fez?* Se preferir eu não pergunto.

Não respondi imediatamente. Poderia dizer que preferia que ela não perguntasse e mudar de assunto. Poderia tentar uma saída já testada, exclusivamente para uso público: *Eu errei. Não era o que eu queria. Estava passando por um momento difícil naquela época.* Poderia ter editado.

Disse a verdade.

Como tudo começou. A manhã que acordei tarde. O exercício de redação criativa.

— Quantas vezes mais? — perguntou ela baixinho. — Depois dessa vez?

— Não sei. Auditaram todas as reportagens que escrevi. Disseram que foram 56. Os casos em que, total ou parcialmente, eu inventei uma história. Não pensava que fossem tantas, mas talvez fossem.

— *Por quê*? Você era um bom repórter, não é verdade? Quero dizer, você era respeitado. Trabalhava num grande jornal. Não *precisava.*

Não precisava. O grande mistério da vida criminosa de Tom Valle.

— Você já entrou num bar de jornalistas? — perguntei a ela. — Existe uma hierarquia nesses lugares. Ou você é o rei, ou está fazendo reverência a alguém. Talvez fosse bom, para variar, ter alguém fazendo reverência a mim. Além disso, quando se é um aluno medíocre, ser o queridinho do professor é uma sensação muito gostosa. Estar na página um e não no caderno dois é ainda mais gostoso. Fui até convidado do *Larry King Live.* Uma vez, Ben Bradlee participou do painel. Estagiários da Faculdade de Jornalismo da Universidade de Columbia me procuravam pra recolher pérolas de sabedoria jornalística. Outros repórteres fincavam alfinetes em bonecos de Tom Valle, quando não estavam brigando para me pagar uma bebida. O que foi a razão da minha queda, um desses repórteres me pagou vários drinques. É difícil lembrar os fatos depois de quatro margaritas.

Ela perguntou como eu havia terminado aqui.

— Este foi o único lugar que me aceitou. Na semana em que eu soube que tudo estava acabado, que tudo ia desabar em cima de mim, pois os editores já estavam colocando as carroças em círculo e peneirando os escombros, eles colocaram auditores para verificar meus gastos e comparar com as minhas reportagens. Quero dizer, se comi ovos com bacon no almoço em Nova York, como eu *poderia* estar numa reunião do Comitê do Partido Democrata em Washington? Eu fiquei completamente bêbado e fui à redação às três da madrugada. Devo ter tido a vaga intenção de roubar alguma coisa incriminadora, o que significa que eu iria precisar de um caminhão. Não sei bem o que eu queria. Arrombei a sala do editor nacional e tentei encontrar os arquivos de computador; acabei apagado no chão. Era a desculpa que eles queriam para poder me acusar de roubo, em vez de me dar uma simples demissão pública. Não fui preso, tive direito a *sursis*, ninguém queria me mandar para cadeia por *aquilo*. Durante um ano eu hibernei. A minha agente da condicional é parente de Hinch Edwards, o dono do *Littleton Journal*. Ele ficou com pena. Fim da história.

— É. Ele é um cara legal.

Foi quando me ocorreu que Anna talvez soubesse de coisas que eu não sabia que ela sabia.

— Você conhece Hinch?

— Conheci uma pessoa que trabalhou para ele.

— Quem?

— John.

— John? John Wren? Você o conheceu?

— Sim.

— Por que não me contou?

— Para quê? Nós só jantamos uma vez. Eu também não disse o meu nome do meio. Que, aliás, é Alicia.

— Então vocês eram amigos?

— Mais ou menos. Não tem tanta importância assim.

— Não. Só que é engraçado você conhecer dois repórteres que viveram na mesma casa.

— Ah, ele morou na sua casa. É claro, cidade pequena. Não há muitas casas.

— Isso mesmo. — Tomei um gole de vinho, tentando desesperadamente recapturar um pouco de alegria ilusória. — Você ainda mantém contato com ele?

— Não sei se ele ainda mantém contato com alguém. Vim visitar o meu pai uma vez e ele tinha desaparecido. Nós nos conhecemos no asilo. Ele estava entrevistando os velhos a respeito daquela... inundação... a que aconteceu na década de 1950. Você sabe, não é? Horrível, uma cidade inteira coberta pelas águas. Acho que ele foi ao asilo para ver se desencavava algumas lembranças.

— Acho que ele não teve sucesso. A reportagem nunca foi publicada.

— É mesmo? Ele parecia muito interessado. Ele me mandou um e-mail depois de ir embora de Littleton. Tive a impressão de que ele se escondeu em algum lugar para trabalhar a história.

— Estranho. Considerando que ele estava desempregado. De qualquer maneira, o que se diz é que ele era um sujeito muito impressionável. Ficou meio demente.

— *Demente*? Não é um termo da psiquiatria?

— Uma noite ele se trancou no jornal e teve de ser retirado à força. Acho que isso é demência. E eu tenho experiência.

— Foi o que eles disseram de você? Que você ficou demente?

— Só os mais simpáticos. Todos os outros disseram que eu era o próprio diabo.

— Você não parece o diabo.

— Obrigado — corei e tomei mais um gole de vinho. — O seu pai vivia aqui? Quando aconteceu a inundação?

— Vivia. Mas não tem condições de dizer muita coisa. Pelo menos não agora.

Silêncio.

— Tentei telefonar para ele — disse eu. — Wren.

— Para quê?

— Queria conversar com ele a respeito de uma reportagem que estou fazendo.

— Mas você disse que ele ficou louco.

— Talvez tenha se recuperado.

Tive a tentação de dizer a Anna que a reportagem em que eu estava trabalhando era a mesma que Wren tinha tentado fazer. O *louco* Wren já mencionado.

Poderia parecer paranoia. Poderia soar como um repórter desesperado tentando recuperar o seu talismã.

Não que fizesse alguma diferença.

O jantar ficou desagradável. Era como se alguém tivesse arrancado a rolha da garrafa de conversa de Anna e Tom; o conteúdo havia escoado para o chão, e sobraram apenas algumas gotas.

Eu me sentia incompleto diante dela, alguém eticamente deficiente. O clima havia azedado. Ela fez um esforço desanimado para ressuscitar as coisas, mas parecia estar apenas cumprindo uma obrigação chata.

Quando paguei a conta, saímos e eu a acompanhei até o carro, não sabia se devia dizer boa-noite ou adeus.

Paramos diante do seu Fusca vermelho — marrom sob o luar — e foi como aquele momento diante da porta do apartamento da garota, quando não se sabe se vai ser dispensado ou convidado e não se tem a menor noção do que esperar.

Ela se inclinou e me beijou.

No rosto.

— A gente se vê. Obrigada pelo jantar.

Eu quis perguntar: *então é isso?*

Eu queria pegar aquela borboleta que voava no meu peito quando ela consertou o meu carro e nunca mais tinha parado — queria prendê-la. Exibi-la onde pudesse, erguê-la contra a luz e olhar para ela.

Um dia ela poderia me ligar. E *então*? Ela iria me ligar como amigo, como conhecido, ou como alguma coisa mais? Ela iria me ligar porque queria, ou nunca mais iria me ligar?

— De nada — respondi.

VINTE E UM

A viagem de volta foi uma excursão à autocomiseração.

Eu conhecia bem o terreno, já o tinha visitado várias vezes — principalmente durante o período de um ano em que passei enfurnado no meu apartamento em NoHo como prisioneiro na solitária. Naquela época fiz muitas viagens à autocomiseração, provando tequila e rabiscando cartões-postais para o Dr. Payne: *Está tudo muito chato. Bem que você poderia estar aqui.*

Eu tinha tentado poupar Anna da baboseira psicológica, mas o Dr. Payne não se contivera.

Por que este mentiroso mentiu?

Quer mesmo saber, Anna?

Tem certeza?

Porque acordei tarde certa manhã e precisava mentir.

Porque o paizão dos editores me deu um tapinha na cabeça e disse que a reportagem estava boa.

Não basta?

Quer mais?

Porque menti para mim mesmo aos 9 anos, menti que meu pai não estava dormindo com a garçonete, que ele logo ia chegar em casa, que minha mãe não era uma bêbada sádica, que os homens que subiam ao seu quarto gostavam realmente de mim, quando não gostavam nem mesmo *dela.*

Que Jimmy era desajeitado.

Filhos de alcoólatras tendem a ver o que querem e não ver o que não querem, disse o Dr. Payne.

Vocês não fazem ideia.

Ele escorregou no gelo e machucou a cabeça.

Ele escorregou.

No gelo.

Mentir é um mecanismo de defesa, disse o Dr. Payne. *Use-o.*

Mentir como paliativo, um elixir, um reparador.

Mentir como um tapete barato ou uma prostituta de mil dólares.

Mentir como o meu *modus operandi.*

Mentir para as assistentes sociais do Serviço de Proteção ao Menor. Para a polícia. Para todo mundo.

O que aconteceu, Tommy?

Ele escorregou.

No gelo.

Machucou a cabeça.

Quando notei uma figura de preto entrando no jardim da minha casa, não registrei o fato.

Mesmo quando notei que ele levava uma sacola na mão esquerda, levei alguns segundos para organizar o pensamento em alguma coisa mais ou menos coerente. *Interessante*, disse para mim mesmo, e tirei o pé do acelerador.

Ele parou. A meio caminho da porta da minha casa. Onde o seu rosto, aquelas feições repulsivas, foi momentaneamente iluminado pela luz azul púrpura da armadilha para mosquitos montada num galho de árvore no meu jardim.

É você.

O amigo encanador. De volta para atender a mais um chamado.

Ele percebeu que não estava sozinho.

O meu Miata parou no meio da rua, como se aquele fiozinho traiçoeiro tivesse se soltado mais uma vez.

Ele voltou correndo para a camionete e disparou, ultrapassando rapidamente o limite legal de velocidade, admitindo-se que não se deve dirigir a 130 numa área residencial.

Liguei o motor e segui as suas lanternas traseiras.

Corriam como loucas diante das casas revestidas de alumínio de Redondo Lane, passaram diante das casas estilo *hacienda* da West Road, da loja do 7-Eleven, dos restaurantes Shakey's e IHOP, do colégio San Pedro e do bar de motoqueiros. Ignoraram cinco placas de parada obrigatória, dois sinais vermelhos e um grupo de adolescentes bebendo cerveja embalada em sacos de papel no meio da rua que tiveram de sair correndo para não serem atropelados.

Acho que nunca dirigi a tal velocidade antes.

Talvez num videogame.

Ainda não tinha notado o meu grau de embriaguez, só quando bati no primeiro carro numa curva aberta ao lado do campo de futebol do colégio, uma leve sacudidela acompanhada pelo barulho horrível de lataria rasgada, o som chegando logo depois da sensação, como se as ondas sonoras chegassem atrasadas.

Bati no segundo carro nas proximidades do campo de golfe. Desta vez nem cheguei a ver no que estava batendo — sabia apenas que tinha batido em alguma coisa, porque o meu Miata deu um salto para a direita e a vítima deu um berro de dor, o alarme apitando num acesso de fúria.

De repente alguma coisa me atingiu.

Eu tinha virado uma esquina e só vi a rua vazia.

Olhei para a direita. Olhei para a esquerda.

Devia ter olhado para trás.

O encanador tinha dobrado a esquina de uma transversal e saído em seguida.

Atrás de mim.

Era como um daqueles desenhos. Hortelino Troca-Letras caçando furiosamente aquele coelho até que suas posições se revertiam magicamente na animação — e o pobre Hortelino, arma nas mãos, corria com o Pernalonga nos seus calcanhares.

Só que não era um coelho que me perseguia e, se alguém tinha uma arma, era ele.

Ele bateu outra vez na minha traseira, uma vez, duas vezes e uma terceira, com tanta força que poderia ter me jogado contra o painel.

Meu queixo bateu no volante; minha cabeça foi jogada para trás.

Senti o vinho subir, junto com o vermicelli alfredo.

Não podia parar.

Se pisasse no freio, ele ia acabar sentado ao meu lado no banco da frente.

Vi aquela carcaça incinerada na rodovia 45. Era eu.

Pisei no acelerador, resistindo à vontade de olhar o velocímetro, pois a velocidade real poderia me assustar, sem querer tirar os olhos da estrada cada vez mais indistinta. Uma ou duas vezes passamos por outros carros, que pareciam objetos de cena, imóveis no mesmo lugar. Vi um rosto com expressão de espanto e puro medo.

Era recíproca.

O encanador bateu outra vez. Senti uma dor subindo pela minha espinha quando meu carro derrapou para a direita e subiu no meio-fio.

E outra vez — uma dor mais forte arrancou a minha mão do volante quando o carro virou para a esquerda.

É assim que a gente se sente quando querem nos atropelar.

É assim que a gente se sente quando uma força bruta está nos nossos calcanhares.

Não há para onde ir.

Você não pode parar; não pode ir para a direita nem para a esquerda.

Só pode tentar correr mais do que ela.

Até não poder mais.

Dobrei voando uma esquina onde a rua de repente se alargou e as casas desapareceram.

Eu sabia onde estava.

Uma via de acesso com dois cartazes luminosos: o da Spex in the City, uma loja de óculos, e o do Cassino Binions, com as quarenta coristas atraindo-me para a possível salvação.

Uma estrada aberta à minha frente.

Se chegasse a ela, eu ainda teria uma chance.

Pisei fundo no acelerador e rezei.

Só vi as luzes da viatura policial quando elas começaram a piscar no meu retrovisor.

— O QUE VOCÊ PENSA QUE ESTÁ FAZENDO, LUCAS?

As primeiras palavras ditas pelo xerife Swenson.

Eu disse a ele o que estava fazendo em palavras que misturavam a gratidão de alguém que acaba de ser salvo.

— Que camionete? — perguntou ele.

Ele estava de pé ao lado da porta do motorista me cegando com a luz da lanterna contra os meus olhos, fazendo-me sentir menos grato e mais como se estivesse no meio de um interrogatório. Só faltava o cassetete de borracha.

— Uma picape azul que vinha atrás de mim. Quem estava dirigindo era o homem que arrombou a minha casa outro dia e me espancou.

— Picape? Do que você está falando? Eu não vi nenhuma picape.

Foi quando eu senti aquele insidioso arrepio de frio que sobe pelas pernas quando se está numa sala muito quente com as meias encharcadas. Você sabe que vai ficar doente.

— Não é possível. Ele estava colado na minha traseira.

— Saia do carro.

Os faróis da viatura de Swenson iluminavam a carcaça destruída do meu carro. O para-lama dianteiro estava afundado; havia riscos de cores estranhas na porta do passageiro. O para-choque traseiro tinha dois amassados enormes.

— Eu o peguei tentando entrar outra vez na minha casa. Depois ele tentou me tirar da estrada.

— Hum. E você disse que a picape era azul?

A cor tatuada na porta do passageiro era um vermelho vivo.

— Brincando de carrinho bate-bate, Lucas?

— Está bem. Eu bati em alguém.

— Parece um monte de alguéns. Ande em linha reta para eu ver. — Não era um pedido. — Vamos, Lucas. Em qualquer direção.

— Eu já lhe disse que ele estava tentando arrombar a minha casa outra vez. E tentou me arrancar da estrada. Podia ter me matado.

— Ande um pedacinho para eu ver, Lucas.

— Sem problema.

Eu esperava que fosse verdade. Que *não* tinha problema.

Andar seguindo uma linha reta e voltar até o meu carro, sem problema. Eu era capaz de percorrer a menor distância entre dois pontos, não era?

Talvez não.

É difícil executar uma ação normal da vida diária quando a sua liberdade individual depende disso. Eu nunca tinha prestado atenção à física envolvida em colocar um pé na frente do outro. É complicado.

Troquei os passos, balancei e adernei para a direita.

Ainda assim consegui caminhar três metros sem cair. Então dei meia-volta, sentindo a segurança fugir de mim, e comecei o caminho de volta.

Despenquei.

Alguma coisa me derrubou.

Ou alguém.

Só percebi que foi a bota do Swenson depois de cair de cara no chão e ele pisar no meu pescoço.

VINTE E DOIS

Luiza precisava entrar e limpar o meu quarto.

Foi o que ela disse no seu inglês estropiado através da fresta da porta.

Isso foi ontem.

Ela pareceu estar sozinha. Digo *pareceu*, porque a minha visão periférica estava limitada pelo tamanho do olho mágico na porta. Dava para vê-la. Consegui ver o aspirador, o balde azul e o carrinho com a roupa de cama.

Mas não consegui ver se havia alguém ao seu lado.

— Por favor, Señor Valle. Já pasáran dos semanas.

Tanto tempo assim?

Duas semanas?

Era possível.

Havia de tudo pelo chão. Embalagens de carne, caixas de biscoitos vazias, jornais amarelecidos. Moscas mergulhando sobre uma lata meio cheia de Fresca. Minhas roupas, ou o que havia sobrado delas, estavam jogadas no tapete gasto. As cortinas estavam bem fechadas.

— Por favor... Señor Valle.

Abrir, ou não abrir?

Ela parecia genuína. Mas como saber o que era *genuíno* saindo da boca da Luiza? Havia o problema do sotaque. A genuinidade pode se perder na tradução.

Mas se eu não a deixasse entrar logo, ela poderia voltar com o gerente para interceder a seu favor.

Eu e meus amigos, *Smith* e *Wesson*, não queríamos companhia agora.

Toquei o volume no bolso direito da minha calça, dei um suspiro profundo e destranquei a porta.

Voltei para o centro da sala.

— Está bem, Luiza, pode entrar.

A porta se abriu lentamente. Um ou dois segundos depois a cabeça de Luiza espiou pela fresta.

Possivelmente ela estava com tanto medo quanto eu. Com certeza se perguntava o que a esperava do outro lado da porta. Ou podia ser outra coisa? Talvez ela soubesse exatamente o que a esperava — já tivesse sido instruída.

Ele vai estar no centro da sala para se proteger. Vai estar armado e perigoso. Mas não se preocupe, nós também estaremos.

Sussurrei um olá para o Sr. Smith e tranquilizei o Sr. Wesson de que estávamos armados e carregados.

O corpo pequeno de Luiza seguiu a sua cabeça através da porta.

Ela evitou os meus olhos, olhou em volta e começou a puxar o carrinho para dentro da sala. A luz do sol passou por sobre os ombros dela e iluminou a roupa de cama retorcida, as roupas amarrotadas e o festival de lixo em que tinha se transformado a minha casa.

Dei um passo para a direita, para melhorar a visão. O sol forte doía como cacos de vidro.

Qual é a primeira regra em uma guerrilha?

Pegar o inimigo com os olhos para o sol.

Passei correndo por ela, fechei e tranquei a porta.

Luiza se voltou ao ouvir o som da corrente. Parecia, como direi, nervosa.

— De quanto tempo vai precisar? — perguntei.

Ela deu de ombros. Em vez de responder ela puxou um saco grande de plástico preto do carrinho e começou a enchê-lo com os detritos de duas semanas.

Sentei-me na única cadeira da sala e observei-a cuidadosamente.

— De onde você é, Luiza?

— Equador — ela respondeu sem olhar para mim. Usava luvas amarelas de plástico nas duas mãos.

— E há quanto tempo você mora aqui?

— Dos años.

— Dois anos, é? E você tem família aqui?

— Mi marido. — Desta vez ela me olhou com o rabo do olho.

Pode parecer que nós estávamos apenas conversando polidamente. Mas não. Eu estava fazendo um interrogatório no estilo Abu Ghraib. Sem as fotografias humilhantes e os choques elétricos.

— Alguém perguntou por mim, Luiza?

— No entiendo...

— Estou perguntando se alguém, qualquer pessoa, perguntou a meu respeito. Tipo, quem é aquele homem do 4? Alguma coisa assim?

— Não.

— Ótimo. Ótimo. Então ninguém disse qualquer coisa para você?

— O gerente.

— O gerente? — Senti um calafrio. — O gerente perguntou por mim?

Ela fez que sim com a cabeça.

— O que ele perguntou?

— Ele preguntó por que o señor no me permite limpiar o quarto.

— E o que você disse?

— Eu dijo que o señor no quiere limpiar. Está dormindo. Ou trabalhando.

Esta foi a história que eu contei quando ela bateu na minha porta. Que eu estava dormindo. Ou trabalhando. Que ela voltasse no dia seguinte. E isso por duas semanas.

— Estou trabalhando. Veja — e mostrei o laptop em cima da mesa atulhada. *Estou escrevendo o mais rápido que posso.*

Ela concordou com a cabeça.

— Escrevo... *peças*. É por isso que eu não respondo à porta. Porque não quero ser perturbado. Porque estou terminando uma peça. Pode dizer a ele.

— Está bién.

— Ótimo. Estou quase acabando.

Ela não pareceu se interessar em saber se eu estava terminando ou não. Passou rapidamente pelo banheiro, trocou as toalhas e começou a aspirar.

— Outro homem também preguntó — disse ela depois de colocar o saco de lixo no carrinho e caminhar para a porta.

— *O quê?* O que você disse, Luiza?

— Outro homem. Preguntó quem era o señor. Eu esqueci.

VINTE E TRÊS

Eu cometera pelo menos duas ilegalidades.

Bêbado o bastante para não ver a bota número 44 do xerife Swenson no meu caminho. Notei-a no meu pescoço. Deitado no asfalto ainda quente do sol do deserto, senti seu peso e entendi a mensagem inconfundível da hierarquia.

Entendi que era o fim de tudo. *Tudo* sendo a minha vida. Aqui seria o fim, nessa estrada vazia no meio do deserto da Califórnia.

Na verdade, o xerife estava simplesmente defendendo o seu ponto de vista sobre as consequências do comportamento irresponsável.

Entendido.

Soprei num bafômetro, fui interrogado sobre onde eu tinha batido em quê, recebi uma multa por dirigir embriagado e por abandonar a cena de um acidente.

Em seguida, surpreendentemente, fui liberado.

Ele poderia me fazer passar uma noite na cadeia para pensar nos meus crimes, o que ele não deixou de me lembrar para mostrar toda a sua bondade.

Agradeci.

Mas agradecer não era o que me preocupava.

Ele não viu a camionete. Como era possível?

De alguma forma, contrariamente a todas as leis da física, ele não viu uma picape azul agarrada ao meu para-choque traseiro, a 130 quilômetros por hora.

Onde foi parar a picape? Talvez o encanador tenha visto o carro da polícia, parado e ido embora por uma rua lateral.

Talvez Swenson não a tivesse visto.

Considerei a possibilidade de ser alucinação minha.

Havia o rosto na pista de boliche, o mesmo que eu vi iluminado pela luz azulada no meu jardim — tinha desaparecido duas vezes.

Será que eu não estava bom da cabeça? Que eu, tal como Dennis Flaherty, precisava urgentemente de psicotrópicos fortes?

Não.

É fácil se questionar deitado na cama à uma da madrugada com uma ressaca de Chianti e um Miata na garagem praticamente condenado ao ferro-velho.

Mas havia mais.

Tirei o bilhete do Benjamin da gaveta da mesinha de cabeceira.

Feliz cem aniversário.

Gramaticalmente estava errado. Interessante eu não ter notado antes. Ele deveria ter escrito feliz aniversário *de 100 anos.* De quando seria o bilhete, se fosse realmente do filho? Peguei na gaveta o retrato dos dois ainda marcado por manchas esmaecidas de sangue.

Com certeza era inverno quando o retrato foi tirado.

Não que os invernos fossem particularmente frios por aqui. Suficientemente frios para aconselhar o uso de um casaco de lã e vestir o filho único com um casaco marrom grosso com cinco botões pretos. Ela o segurava no colo e o menino parecia sentir cócegas, parecia ter passado o minuto anterior, enquanto o fotógrafo enquadrava a foto, brincando no colo dela, rindo às gargalhadas. Tinha o sorriso maroto com janelas nos dentes, como se a qualquer momento fosse explodir em gargalhadas. Dizem que uma foto não é capaz de roubar a alma, mas é comum ela mantê-la refém.

Quem foi o fotógrafo?

O marido de Belinda? Tentando guardar esse momento para a posteridade? *Que* momento? Os dois estavam sentados sob a tabuleta do Littleton Flats Café. Quem sabe foi um almoço de comemoração por alguma coisa importante. O quê? A formatura de Benjamin no jardim de infância? Na foto ele parece ter 6 anos.

A idade de Jimmy.

A tragédia deve ter-se abatido pouco depois do dia da foto. Talvez seja esta a razão de ela ser tão carregada de presságios — por causa do que viria em seguida.

Três dias de chuva contínua — incomum no deserto, mas acontece. A Mãe Natureza enlouqueceu e o inferno desabou sobre a Terra.

Pelo menos desabaram as paredes de concreto.

Outro domingo igual em Littleton Flats.

Talvez Benjamin estivesse olhando as tiras de quadrinhos do jornal, aprendendo a ler, Jane correndo, Dick jogando e Spot latindo, e talvez se perguntando por que todos aqueles meninos que corriam, jogavam e latiam eram brancos; ou, pelo contrário, talvez os meninos nessa idade ainda não tenham consciência da cor. Talvez ele estivesse apenas se perguntando quando a mãe iria fazer mais uma torta de pêssego. Não sei se Belinda fazia tortas de pêssego — ocupada demais limpando a casa da família branca em Littleton, o que geralmente faziam os negros se queriam pôr comida na mesa. Ela devia estar fazendo as camas, preparando o café da manhã, dando banho nas crianças que a retiveram no fim de semana, quando ouviu o primeiro trovão, mas o dia estava claro — nem uma nuvem no céu. Que *estranho*, ela deve ter pensado — *todos* devem ter pensado — ouvir trovoadas sem uma nuvem no céu.

A primeira coisa que a água atingiu foi a torre de água da cidade. Conforme li nos microfilmes.

De certa forma é irônico: a água derrubar a si própria.

Quando finalmente a água parou, encontraram a torre de água a 11 quilômetros de distância de onde estava originalmente. Mas não tão longe de onde encontraram a única sobrevivente — uma menina de 3 anos que navegou a inundação sobre uma porta arrancada. Boiou tempo suficiente para que a menina fosse levada pela onda de destruição como uma surfista precoce em Waimea.

A cidade ficou completamente destruída. Os relatos na imprensa a compararam com Hiroshima, na época a imagem padrão norte-americana da destruição total.

Encontrei algumas fotografias.

Tinham razão.

Aqui e ali, pedaços de estruturas de concreto ou aço ainda de pé, como estranhas esculturas abstratas. Seria difícil identificar o que foram.

A área foi isolada devido à ameaça de epidemia — todos aqueles corpos se decompondo na água pútrida. Foram necessários meses para completar a limpeza do local, recuperar os corpos, salvar o que podia ser recuperado, demolir e levar embora o que sobrou. Então veio o sofrimento, e depois, inevitavelmente a busca de culpados. Foi formada uma comissão independente para investigar a construção da represa, para se debruçar longamente sobre os desenhos da construção, as requisições, as...

Trrriiiim, trrriiiim.

O som do telefone me assustou. Estava perdido na Littleton Flats de cinquenta anos antes, e de repente o aqui e agora me exigia atenção.

Atendi.

— Tom Valle?

— É. Quem está falando? — O som do telefone colocara em funcionamento o bate-estaca dentro da minha cabeça. *Pum... Pum...*

— John Wren. Você me ligou? — disse ele num tom de voz levemente acusatório.

— Liguei. Obrigado por telefonar.

— Sem problemas.

Por um momento eu não soube como prosseguir a conversa.

Como está passando, John? Ainda uivando para a lua?

Ele continuou a conversa por mim. Perguntou por Hinch.

— Está ótimo. Na verdade, não está bem. A mulher dele está doente outra vez.

— É uma pena.

— É.

Silêncio.

— Então, o que quer?

— A inundação da represa Aurora. Hinch me disse que você tentou fazer uma reportagem.

— A *inundação*? Ah, é verdade.

— O que aconteceu?

— Pouca coisa.

— Não entendi.

— Era difícil fazer as pessoas falarem. A maioria nem estava mais viva.

— Então você não achou alguém?

— Não foi o que eu disse. Disse que foi *difícil.* Por que você está fazendo uma reportagem sobre o assunto?

— A mesma razão que você: 893 pessoas mortas.

— Foram 892. Você está esquecendo a menina.

— Claro. A menina.

— Eu a conheci. Ela ainda está viva.

— Em Littleton?

— Em San Diego. Eu a descobri lá. Foi a minha primeira entrevista.

— E como foi?

— Bem, para alguém que tinha 3 anos quando tudo aconteceu, ela tinha uma memória impressionante. — Ouvi um fósforo sendo riscado e o som de uma tragada. — Havia um problema com as coisas que ela lembrava.

— O quê?

— Ela se lembrava de umas coisas muito imaginativas daquele dia.

— Imaginativas?

— Se você considera comum aparecer uma nave espacial cheia de robôs para salvá-la, então não era imaginativo.

— Robôs alienígenas?

— Isto mesmo. Robôs alienígenas.

— Você mesmo disse: ela só tinha 3 anos na época.

— Claro, alguma coisa do que ela se lembrava era parcialmente crível. As coisas no estilo *National Enquirer* é que me deram muito trabalho.

— Você quer dizer que havia outras coisas além dos robôs alienígenas?

— É. Muita coisa aconteceu naquele dia... — Não completou a frase.

— Por exemplo?

— Posso perguntar uma coisa?

— Claro.

— Tom Valle. Você tem o mesmo nome daquele... *impostor*... você sabe de quem eu estou falando; deve acontecer com você a toda hora. É duro estar na mesma profissão, não é?

— É. É difícil.

— Já pensou em mudar de nome?

— Não.

— Isto é bom. Por que mudar o seu nome se foi outro cara que o sujou, não é mesmo?

— Claro.

— O que aconteceu com ele? Foi para a cadeia?

— Não, não foi.

— Eu poderia jurar que ele foi preso. Merecidamente.

— Eu sou Tom Valle.

— Eu sei.

— Não, o Tom Valle de quem você está falando. O que não foi para a cadeia.

— *Eu sei* — repetiu. — Eu me informei quando recebi o seu recado. Não sabia se você ia me contar.

— Pois é. Contei.

— Para falar a verdade — é hora de *falar a verdade*, não é? — estou meio surpreso por você não ter mudado de nome. E mais surpreso ainda por você estar trabalhando num jornal. Mesmo que fosse o *Planeta Diário*. Suponho que Hinch saiba.

— Sabe.

— Isso é bom. Seria uma experiência de reabilitação jornalística?

— Você teria de perguntar a ele.

— Talvez eu pergunte. Quero dizer, é como permitir a um corruptor de menores para voltar à sala de aula, não é?

— Tudo isso é notícia velha. Eu já paguei a minha dívida para com a sociedade como mandou o tribunal. Vamos deixar isto de lado? Eu queria saber se você tem alguma informação sobre...

— Minha preocupação é com a sua dívida para com o *jornalismo* — ele me interrompeu. — *Essa* dívida não pode ser paga. Gente como você aparece e deixa um fedor que impregna a todos nós. Quebra o elo sagrado. Transforma a nós todos em profissionais da imprensa marrom. — Ele ergueu a voz. — Você era autêntico. Você chegou aonde todos nós sonhamos chegar. Mesmo que seja impossível. Você fez o leitor comum pensar que talvez *tudo* seja mentira. Um reality show, tudo inventado. Foi por isto que eu telefonei. Queria dizer tudo isso a você pessoalmente.

Ouvi tudo sem desligar.

Talvez porque ele ainda estivesse um pouco louco, mesmo que tivesse razão.

Pode-se ser louco *e* ter razão, não é? Ou talvez fosse a passagem do tempo, muito tempo, desde a última vez em que alguém me expôs tudo em toda a sua majestade. No dia em que tentei sair da redação carregando uma caixa com os meus parcos pertences, evitando os olhares malévolos e o desprezo evidente, alguns vingadores me cercaram no corredor e me deram um banho de indignação jornalística. Entre eles estava o meu parceiro de copo, o que tinha riscado aquela mensagem estranha na minha mesa. *Minto, logo existo*. Aceitei aquela crítica, e aceitava a de Wren agora — não corri para o elevador, estoico como Chuck Connors quando lhe arrancaram as divisas da farda, no primeiro episódio da série. Em parte foi por causa das insistentes admoestações do Dr. Payne de que eu teria de suportar calado. Em parte foi por eu merecer. Em parte porque tinha a esperança de que, se aceitasse o que vinha deles, não teria de aceitar o que viesse *dele*. O homem no fim do corredor que eu havia destruído pessoalmente. Aquele que foi expulso do forte poucas semanas depois e nunca mais pôde voltar. O homem para quem eu ligava quando ficava completamente bêbado e não conseguia dizer uma única palavra.

— Então, hoje você está, como se diz, *recuperado*?

— Eu não era um viciado, inventava histórias. Parei.

— Feliz em saber.

— Estou curioso sobre essa história. A inundação da represa Aurora.

— Você já disse.

— Foi a razão de eu ter telefonado. Você sabe... coisa sobre o número de mortos? Se todos os corpos foram realmente encontrados?

— Encontrados, como?

— Se alguém supostamente morto na inundação... alguém apareceu depois?

Silêncio.

— Acontece que eu não acho que as leis da cortesia jornalística se apliquem a você.

— Acho que alguém que devia ter morrido na inundação não morreu. Acho que ele reapareceu recentemente e foi procurar a mãe de 100 anos. Acho que foi a mesma pessoa incinerada num acidente de carro com a carteira de outra pessoa no bolso. Não tenho certeza, acho que é possível. Estou tentando ligar os pontos.

Ouvi o ruído do cigarro batendo no cinzeiro.

— O que quer de mim? Ajuda? *Como*? Quer que eu examine as minhas anotações? É isso o que você quer?

— Se não der muito trabalho.

— Não dá trabalho algum. Se eu quisesse. Mas não quero. Para você não.

Agora eu ouvia impaciência na voz dele, o desejo implícito de desligar o telefone.

— Talvez esta seja a forma de eu pagar a minha dívida.

— O quê?

— A dívida que você mencionou, para com o jornalismo. Talvez seja assim. — Não sei exatamente por que tive essa ideia, mas quando falei, senti que parecia ser o argumento certo. Pareceu, na falta de uma palavra melhor, *verdade*.

Ouvi outra tragada, imaginei a espiral de fumaça azulada subindo lentamente até o teto.

— Vou pensar — respondeu depois do que me pareceu um intervalo muito longo.

— Obrigado.

— Não agradeça. Ainda não prometi nada.

VINTE E QUATRO

A cor do terreno foi a primeira pista.

De repente ficou mais vermelho, como se a terra tivesse sangrado.

Tinha levado o meu Miata à oficina de Marv naquela manhã.

— Talvez seja possível recuperar, se você não se importar de andar por aí no calhambeque da Família Buscapé — disse ele, me oferecendo um carro enquanto executava a cirurgia reconstrutiva.

Segui pela rodovia 45 num T-Bird sem o banco de trás.

Passei por uma placa desbotada e por uma estrada que levava a lugar nenhum.

Era impossível deixar de notar a *ausência* de alguma coisa.

Era como estar nas ruínas de um foro romano sem colunas para defini-lo. O espaço falava como uma boca aberta.

E então, aqui e ali, surgiram colunas, estruturas de aço enferrujadas. As ruínas corcundas de fundações de concreto marcando a paisagem lunar. Ou seria mais como as planícies de Marte — toda aquela terra vermelha?

Parei o carro e saí onde antes ficava Littleton Flats.

Você já deu um passo para trás num cemitério e sem querer se viu pisando em cima de uma sepultura? Chega-se quase a *pedir desculpas*, não é?

Andei por ali, passei por pedaços inidentificáveis de pedra, cascalhos parecidos com vidro opaco, latas enferrujadas de cerveja.

Tentei imaginar o que havia ali.

Quem sabe o Littleton Flats Café. O pequeno banco de madeira embaixo da tabuleta, onde uma jovem mãe negra sorridente segurou o filho de 6 anos para a câmera.

Contornei um grande círculo.

A *torre de água*? A que foi encontrada a 11 quilômetros de distância depois que as águas baixaram?

Tentei imaginar o momento em que caiu.

Já tinha visto filmes de *tsunamis* na Indonésia.

O mar se afastando para o oceano, deixando presos na areia os barcos de pesca como brinquedos. Minutos de um vazio estranho, até o oceano rugir de volta, negro e com a altura de dois andares, parecendo um reles truque cinematográfico até se perceber que a praia, os barcos e hotéis estavam cheios de gente. Braços e pernas agitados, pulmões estourados e corpos aleijados.

A população de Littleton Flats era constituída principalmente pelos empregados da hidroelétrica ligada à represa Aurora. A energia que o povo da cidade controlava e regulava de repente se voltou contra ele. A usina foi destruída e, com alternativas mais baratas rio abaixo, nunca mais foi reconstruída.

Nem Littleton Flats.

Olhei para a terra vermelha e percebi que alguém me olhava. Uma moeda de um centavo, escurecida pelo musgo, o que fazia dela uma espécie de monstro do pântano. *O Monstro da Lagoa Negra* — um dos filmes em que eu me enterrava, o volume no máximo, para não ouvir o que se passava no quarto ao lado. Para onde ela levou Jimmy. *Criança sofre*. Como Benjamin. A menos que ele tenha conseguido escapar, de alguma forma retornar à superfície, e depois desaparecer.

Como?

Feliz cem aniversário.

Tomei consciência do silêncio absoluto.

Além do sopro da brisa, não ouvia nem um grilo ou pássaro. Estranho. Nem cascavéis — o que era confortador para alguém solitário perdido por ali.

Só que eu não me sentia assim.

Estava sentado numa laje de concreto, contemplando a moeda que talvez tenha comprado um chiclete para Benjamin. Estava revirando-a na minha mão, esfregando a superfície coberta de musgo entre o indicador e o polegar, quando senti que alguém me observava.

Era um homem.

Estava a uns 50 metros de distância.

A uns seis metros do T-Bird que usei para chegar até aqui. Não notei outro carro e me perguntei como ele tinha chegado. E me perguntei outra coisa: o que ele estava fazendo ali.

De início temi que fosse o encanador que eu tinha visto chegando à minha casa com uma sacola grande na mão.

Ele.

Mas não era ele.

Este era bem mais velho. Se tivesse passado por ele na loja da Sears local, ou cruzado com ele à noite na rua, nem teria notado. Mas não ali.

Levantei com um pulo e dei dois passos para trás, tentando recuperar o equilíbrio, que pareceu ser afetado pela simples presença dele.

Ele se virou e começou a se afastar.

— Olá — gritei para ele.

Ele continuou andando, sem alterar o passo, um homem na sua disposição matinal, incapaz de ouvir alguém chamando.

Corri atrás dele.

Quando me aproximei, notei que ele parecia ainda mais velho do que eu calculara. Mesmo de costas, ele tinha uma aura de estranha dignidade. Fazia perto de 40 graus, mas ele usava um agasalho azul com riscas prateadas. Não tinha calçados especiais de caminhada, mas sapatos pretos bem engraxados. Usava um chapéu de feltro antigo caído sobre a cabeça num leve ângulo.

— Olá, por favor. Por favor, poderia falar com o senhor um instante?

Ele parou. Virou-se.

Bem mais de 70 anos, perto dos 80. O cabelo, o que consegui ver, era cinza aço e cortado curto, quase um corte militar.

— Pois não — disse ele, calma e educadamente, como a alguém que perguntasse a hora.

— Estou curioso. O que o senhor está fazendo aqui?

— Engraçado. Eu me perguntava a mesma coisa a seu respeito.

Ele tinha olhos que só poderiam ser classificados de *penetrantes* — aquele tom de azul quase cegante.

Apresentei-me.

— Tom Valle, do *Littleton Journal.*

— Ah, você é jornalista?

Tive a impressão de que ele estava me avaliando — a sensação desagradável de estar sendo submetido a uma ressonância magnética, as vísceras expostas a um exame meticuloso.

— Fazendo uma reportagem sobre o quê? Este *lugar*? — perguntou.

— É. Sobre a inundação da represa Aurora.

— Ah. — Ele tirou o chapéu e limpou a testa com um lenço branco limpo que surgiu misteriosamente do bolso do casaco. — Você devia usar um — disse ele, recolocando o chapéu e enfiando o lenço no bolso do casaco. — Insolação é uma coisa terrível.

Ele tinha razão. Eu já começava a sentir a tontura, como uma embriaguez sem graça.

— A inundação — disse ele. — Foi há muitos anos.

— Cinquenta anos. — Eu sentia um filete de suor escorrendo pelas minhas costas. — Então, o que o trouxe até aqui?

Eu ia lhe perguntar também *como* ele tinha chegado, mas vi a grade de um carro estacionado atrás de uma estrutura de aço a cerca de 12 metros.

— Curiosidade — respondeu.

— O senhor leu a respeito da inundação?

— Li.

— O senhor é daqui?

— *Daqui*? Acho que não existe ninguém daqui. *Hoje.*

— Não quis dizer de Littleton Flats. O senhor é da região?

— Não. Não sou da região.

— Ah, então só está interessado na inundação?

— Bem, eu passei por aqui há muito tempo.

— Aqui? O senhor quer dizer Littleton Flats?

— Isso mesmo.

— Antes da inundação.

Ele confirmou com a cabeça.

— Não sobrou muita coisa, não é?

— Não. Como era ela?

— *Ela*?

— A cidade.

Eu já tinha lido muito sobre a inundação, mas quase nada sobre a cidade em si. Ali estava alguém que tinha andado pelas ruas, que talvez tivesse visto Belinda e Benjamin a caminho do Littleton Flats Café para tomar o café da manhã.

— Igual a qualquer outra cidade pequena. Absolutamente comum. Famílias, lojas, casas, quintais. Uma cidadezinha comum.

— Em que ano foi?

— Ano?

— Quando o senhor passou por aqui?

— Em 1954.

— Foi o ano da inundação.

— Foi.

— E o senhor nunca mais voltou? Até hoje?

Ele balançou a cabeça.

— Não. Estava de passagem e pensei, por que não?

— Deve parecer meio estranho para o senhor.

— Estranho? Acho que seria estranho para qualquer um. Toda cidade-fantasma é estranha.

É verdade, ele tinha razão. A brisa soprando através da estrutura de aço enferrujada soava como um bando de fantasmas irritados.

— Foi uma coisa terrível, não é? — disse ele. — Dá para sentir ainda hoje.

Procurei o meu bloco e a caneta no bolso.

— Posso perguntar o seu nome? O senhor não se importa de ser citado, importa? Na minha reportagem?

— Acho que não tenho muita coisa a dizer. Como você disse, apenas alguém interessado na inundação.

— Mas o senhor esteve aqui.

— É verdade. Mas muita gente também esteve.

— Muita gente não gosta de falar sobre ela. Pelo menos em Littleton. O senhor parece não se importar.

Ele olhou os sapatos engraxados, os dois pés numa paralela exata, o que me fez imaginar que ele talvez fosse militar.

— Está bem. Meu nome é Herman Wentworth.

Anotei.

— Posso perguntar, Sr. Herman, qual era a sua ocupação?

— Sou médico. Claro, não exerço mais a medicina.

Engraçado, pensei. Aquela sensação estranha de estar sendo examinado quando o cumprimentei. Não foi por acaso.

— O senhor tinha seu próprio consultório?

— Não. Era médico do *exército.*

— Do exército. E onde o senhor estava aquartelado?

— Por toda parte. Praticamente em todo o mundo. Comecei no Japão.

— Ah, Japão. Quando teria sido isso?

— No final da guerra. Logo depois da rendição.

— Tóquio?

— Não. Outra parte do país. Estava com o 499º Batalhão Médico.

— Cuidando de soldados feridos?

— Tratando de todos, inclusive japoneses. O juramento de Hipócrates não distingue entre amigos e inimigos, só entre os que podem ser salvos e os que não podem.

— Então, em algum momento de 1954 o senhor passou por aqui.

— Foi um dia só.

— O senhor conhecia alguém em Littleton Flats?

Balançou a cabeça.

— Não. Só passei por aqui. Como hoje.

Fiquei pensando para que lugar alguém poderia estar indo para passar por Littleton Flats. Não era exatamente a encruzilhada do mundo. Parecia mais o seu beco sem saída.

Mas ele respondeu por mim.

— Fui transferido para San Diego. Queria ver um pouco da paisagem do deserto. Sou do norte. Minneapolis. Não se vê muito deserto por lá.

— Então o senhor parou aqui durante um dia?

— Isto mesmo. Só um dia.

— Que época do ano? O senhor se lembra?

— Acho que não.

Repetiu o ritual de alguns minutos antes, puxou o lenço, tirou o chapéu e enxugou a testa.

A tonteira que eu sentia se agravou. Sentia uma dor bem no meio da testa.

— O senhor se lembra de alguma coisa em particular?

— Com relação a quê?

— À cidade?

— Foi há muito tempo. Como eu lhe disse, era apenas uma cidadezinha.

— Onde o senhor estava quando ficou sabendo?

— Sabendo?

— Da inundação.

Ele deu de ombros.

— Sinto muito. Não me lembro.

— Certo. Obrigado. Agradeço por ter respondido às minhas perguntas.

— Não consigo ver qual seria a minha ajuda.

— O senhor esteve aqui. É bom ver alguém que conheceu a cidade antes da destruição.

Estendi a mão e ele a apertou, um aperto surpreendentemente forte para alguém perto dos 80. Ele então se afastou, mas voltou.

— Se fosse você, eu não ficaria muito tempo aqui. — Tocou a testa. — Insolação mata. Lembre-se, eu sou médico.

— Obrigado. Não vou demorar.

Observei-o voltar ao carro. Ouvi o motor, durante um instante em marcha lenta, e então ele se afastou da coluna de aço enferrujada.

Partiu e deixou no lugar um silêncio mortal.

Minha dor de cabeça chegou ao nível 3; sentia náuseas quando voltei ao meu carro. Abri a porta e desabei no banco do motorista.

Senti-me melhor do que lá fora, mas estava tonto e fechei os olhos.

Baixei o encosto e resolvi descansar por alguns minutos.

Pouco depois eu já estava novamente andando por Littleton Flats.

A cidade estava cheia de gente. A torre de água estava outra vez de pé, na rua principal. Os homens usavam chapéus antigos. Senti o aroma de panquecas de framboesa e de mel saindo do Littleton Flats Café.

Quando entrei, a bela garçonete, por quem meu pai nos abandonou — *Lillian* era o seu nome — sorriu para mim. Corei quando ela me trouxe uma toalha de papel com os liga-pontos.

Comecei a traçar as linhas de um ponto para o próximo, e de vez em quando quase via a figura formada, mas quando quis mostrar ao meu pai, estava tudo em branco.

Senti uma frustração terrível, uma vergonha lancinante, enquanto tentava desenhar e mostrar alguma coisa naqueles pontos para o meu pai e para a Lillian, mas todas as tentativas fracassavam. Sentia o desapontamento crescente do meu pai, o tédio de Lillian, e finalmente desenhei a figura que queria, ignorei completamente os pontos, desenhei uma mulher e o filho sentados num banco.

Quando tornei a abrir os olhos, já estava escuro e eu estava encharcado de suor frio.

Não sabia se o médico do exército foi parte do sonho.

VINTE E CINCO

Marv tinha razão.

O meu Miata parecia realmente o calhambeque da Família Buscapé. Foi desamassado, mas o metal parecia papel-alumínio amassado. O para-choque dianteiro foi trocado pelo de outro carro — evidentemente não um Miata — empenado e bem mais largo.

O motor parecia não ter problema.

Corria a 110 quilômetros por hora pela Pacific Coast Highway, em viagem para o norte para encontrar John Wren.

Ele tinha me telefonado alguns dias depois.

Tinha encontrado as suas anotações. Como tinha mencionado, havia coisas interessantes. Colocou numa balança o fato de não gostar de mim e sua crença na reportagem. A reportagem venceu. Mas, se quisesse as suas anotações, eu teria de ir buscá-las. Não tinha fax, e o mais próximo estava a mais de 60 quilômetros, pois ele havia se instalado numa área deserta de pesca às margens de um lago remoto.

Tive a impressão de que ele se escondeu em algum lugar, Anna havia dito. Aparentemente, ele se transformara num verdadeiro ermitão.

Eu disse a Hinch que ia tirar uns dias de folga.

Não disse o que estava fazendo, pois tinha medo de que ele fosse rir de mim. E em seguida me demitir.

Acho que poderia ter tomado um avião, mas o dinheiro andava curto e, tal como Henry Wentworth, eu desejava ver outras paisagens.

Quando se viaja para o norte pelo litoral, pode-se ver muitas paisagens.

Desaparecem as casas de praia de 1 milhão de dólares, os motéis vagabundos dos surfistas, as redes de vôlei e os píers. A costa se torna mais acidentada, montanhosa e mais espetacular, como se a Califórnia tivesse sido arrastada pela areia para o sul. Saindo de San Francisco, pinheiros enormes ocultam a arrebentação, mas ainda é possível ouvir o ruído constante acima do barulho do tráfego.

Parei apenas uma vez, num motel em Big Sur, onde fiquei com o último quarto disponível, o mais perto da estrada. Parecia um sistema de som estéreo natural — motores de um lado, o oceano do outro —, um balanço estereofônico que me ajudou a dormir. Tive sonhos barulhentos cheios de cores vívidas — dos quais eu não me lembrava ao acordar sob uma luz cinzenta que se filtrava pelas persianas fechadas. O colchão estava encharcado pela brisa marinha.

Precisei de dois cafés para varrer as teias do cérebro.

Nunca tinha chegado tão longe no norte da Califórnia. Os estados assumem as características dos vizinhos nas proximidades da fronteira. Tecnicamente eu estava na Califórnia, mas parecia já estar no Oregon. Já era quase julho, mas eu ainda sentia o ar frio. A vegetação era rica e cheirava a decomposição.

Eu tinha marcado cuidadosamente a minha rota até a porta da casa de Wren.

Mesmo assim eu me perdi. Passei sem ver pela saída correta e só fui descobrir o erro 30 quilômetros mais adiante. Os trechos da floresta eram absolutamente iguais. Tinha a sensação de estar num jardim labiríntico em que, não importa que direção se tome, sempre se termina diante de uma parede verde impenetrável.

Finalmente refiz a trajetória e desta vez acertei.

Segui as placas que indicavam Bluemount Lake.

Logo consegui ver faixas de azul através das árvores. Mas a estrada estreita parecia contornar indefinidamente o lago, sem nenhuma oportunidade de acesso.

Então, depois de uns vinte minutos, outra placa: *Bluemount Fishing Camp — entrada a vinte metros.*

Reduzi a velocidade e procurei a entrada, o que não era fácil, pois escurecia rapidamente e os pinheiros enormes lançavam sombras sobre tudo.

Quase perdi a entrada.

Parei e finalmente distingui uma placa com apenas uma seta presa a uma árvore indicando *por aqui.*

O meu Miata não foi construído para operar fora de estrada. Mesmo quando novo, um símbolo de status do proprietário, ele não seria capaz de enfrentar o terreno irregular e cheio de curvas melhor do que agora.

Mas agora os amortecedores eram praticamente inexistentes.

Cada metro avançado era acompanhado de um choque de quebrar os ossos. Estranhos sons saíam da suspensão — gemidos, chiados. Parecia que o silencioso estava raspando no chão. Em certo ponto pensei em abandonar o carro onde estava e continuar a pé. Mas a floresta era ainda menos convidativa que o interior do carro. Além do mais, o lago estava cada vez mais próximo, eu já sentia o cheiro.

Contornei um carvalho centenário e de repente vi uma fileira de cabanas de madeira na margem do lago. Que já não era azul, mas uma espécie de roxo à luz do poente.

Uma delas soltava fumaça pela chaminé.

Parei diante dela.

Quando desci do carro, ninguém saiu para me receber.

Estranho.

Meu Miata castigado fazia um barulho horroroso, especialmente aqui, onde só se ouvia o barulho dos pássaros.

— John — chamei, sem jeito de caminhar até a porta e bater.

Não houve resposta.

Chamei outra vez. Mais uma vez, nada.

Subi os três degraus e bati na porta.

Não houve resposta.

Bati outra vez.

— Sr. Wren, sou Tom Valle. O senhor está aí?

Depois de esperar um pouco, empurrei a porta, que não tinha maçaneta, apenas uma tramela de madeira presa à porta.

Ela se abriu.

Uma confusão. Um ninho de ratos, que me fez lembrar da aparência do porão quando me mudei para a minha casa. Um monte de coisas empilhadas na cama, no sofá, na mesa e no chão. Um fogão de ferro fundido irradiava um pouquinho de calor.

Nada de Wren.

Voltei-me e olhei para o lago.

Nada — nenhum barco, ninguém nadando. Nenhum pescador. Apenas as marolas levantadas pela brisa crescente. O que me acordou para o fato de que agora eu realmente sentia frio. Vestia a roupa adequada para o verão em Littleton. Uma camiseta desbotada dos New York Yankees que não oferecia muita proteção contra o frio de uma noite à margem do lago. Tinha um agasalho no porta-malas, mas não ia adiantar muito.

O que fazer?

Não me sentia bem entrando e me instalando ali. Não era a minha casa — pertencia a outra pessoa. Que não era um amigo. Alguém que me chamou francamente de *impostor*. Provavelmente ele não ia gostar de chegar em casa e encontrar o impostor sentado no sofá.

Voltei para o carro, peguei o agasalho no porta-malas e o vesti. Sentei-me no banco do motorista, levantei os vidros e comecei a esperar.

Escurecia rapidamente.

Era pior que a noite no deserto. Lá havia a lua. Aqui ela estava escondida pelas árvores, apesar de eu ver a sua luz na outra margem do lago.

Liguei o rádio, mas só consegui sintonizar uma estação de música clássica de Sacramento. *Agora vamos ouvir Debussy*, anunciou a voz. Tentei pensar em alguma coisa para passar o tempo e fiquei imaginando se tinha errado a data. Será que eu disse que seria na semana que *vem*? Não. Eu me lembrei claramente de lhe dizer que chegaria naquele dia — provavelmente tarde da noite, dependendo do trânsito, mas naquela data, com toda certeza.

Então, onde ele estava?

Quem sabe ele foi pescar e se acidentou? O bote virou, ele bateu a cabeça numa pedra, e naquele momento estaria inconsciente em algum ponto no meio do lago. Ou coisa pior.

O que fazer?

Eu não conseguiria ficar muito tempo no carro.

Talvez voltar.

Um olhar para a muralha de árvores me dissuadiu instantaneamente.

Não sabia onde estava a estrada. Não naquele momento. Além do mais, *estrada* era generosidade minha. Imaginei o meu Miata afundado num buraco, e eu me abraçando aos troncos igual ao Tom Hanks em *Náufrago* — a segunda metade do filme, quando ele já estava conversando com a bola de vôlei manchada de sangue.

Fiquei quieto.

Ouvi Beethoven, Lizst, Chopin.

Minha mãe me matriculou em aulas de piano quando eu tinha 11 anos, quando uma professora que vendia de porta em porta os benefícios da educação musical a encontrou numa ocasião oportuna — quase coerente e cheia de magnanimidade. Eu gostava das aulas quase tanto quanto a professora, que era obrigada a perseguir a minha mãe para conseguir receber. Às vezes era obrigado a pisar com força o pedal direito para afogar o som da cama que gemia furiosamente no andar de cima.

"E agora um belo concerto de Schubert", o locutor sussurrou, pois a música clássica merecia um tipo especial de reverência.

Será que eu estava dormindo? Não sei.

Ouvi a floresta sussurrando para mim. O vento entre as folhas.

Mas parecia dizer alguma coisa.

Ouça.

O ruído de botas pisando as folhas mortas. Alguém se aproximava do carro. Alguém parado ali fora.

Ao lado da janela. Olhando para mim.

Está dormindo...

A pessoa carregava alguma coisa. Ergueu-a sobre o ombro. Um machado de cabo longo? Uma pá suja de lama? Alguma coisa comprida e pesada. E letal.

Ele ia arrebentar o para-brisa.

Ia me cortar em pedaços.

Pare...

Eu estava tremendo.

Quando acordei sobressaltado, não havia ninguém.

Saí do carro e voltei à cabana.

O fogão ainda estava aceso, mas já apagando. Havia uma pilha de lenha cortada no fundo da sala. Joguei duas achas no fogão e esperei o fogo aumentar, esfregando os braços, no esforço de me livrar do frio.

Afastei alguns livros e abri espaço para me sentar. O sofá tinha um leve cheiro de peixe.

Depois de algum tempo, comecei a folhear aquele material. Tudo que estivesse ao alcance da mão. Por que não? Estava aborrecido. Os livros refletiam o mesmo gosto eclético que vi no meu porão — tudo, desde uma edição de bolso de *Lolita*, até uma biografia de Enrico Fermi. Estavam cheios de marcadores variados — uma lista de armazém, um ingresso de cinema, uma carta. Abri a carta e olhei, imaginando que a qualquer momento Wren poderia entrar pela porta e me pegar lendo a sua correspondência pessoal. Era de um Dearborne Labs, em Flint, Michigan: *Ao Sr. Wren*, iniciava no tom desapaixonado das más notícias oficiais. *Resultados preliminares do material enviado confirmam as suas preocupações. Favor verificar os resultados laboratoriais em anexo.*

Wren estava doente? Seria essa a razão do colapso nervoso lá em Littleton? Por que ele havia se isolado ali?

Os resultados em anexo já não estavam anexados. Eu os procurava quando o meu celular tocou.

— Você ainda está aí? — perguntou uma voz.

Aí, *onde*?, pensei. Levei um segundo para perceber que era Wren. Não parecia particularmente amistoso.

— É. Estou na sua cabana. Onde você está?

— Há quanto tempo você está esperando?

— Acho que umas duas horas.

— Tive de vir a Fishbein para comprar mantimentos.

Fishbein. Onde seria?

— Meu carro quebrou. Só vai ser consertado amanhã.

— E você está em Fishbein?

— Isso mesmo. Por quê?

— Pensei...

— O quê?

— Tive a impressão de que alguém estava se aproximando do meu carro. Acho que foi um sonho.

— Então, você está sentado na minha *cabana*?

Tive a impressão de alguma coisa oculta na voz dele.

— É. Bonitas as suas varas de pescar — respondi tentando evitá-la.

Havia três varas encostadas na parede.

Fiz uma reportagem sobre um concurso de pesca de truta em Vermont — reportagem *legítima*, tomei um avião e viajei duas horas por estradas horrorosas até um rio na fronteira com o Canadá. Pescadores profissionais têm tanto ciúme das suas varas quanto os jogadores de beisebol dos seus tacos. As que se apoiavam na parede pareciam caras.

— São boas — ele respondeu.

Perguntei que tipo de vara ele usava. *Varas para truta*, respondeu. Então perguntei se ele vivia sozinho.

— Vivo. Por quê?

Quando não respondi, ele disse:

— Ah, o recado na secretária eletrônica.

Estamos pescando, mas se quiser deixar um recado, vá em frente

— É o hábito. Sempre fingir que não está só caso alguém esteja planejando um assalto; vai pensar duas vezes.

Quem poderia querer assaltar uma cabana no meio do nada? Só um ladrão de varas de pescar.

— Bem — continuei —, você vai voltar?

— Eu já disse que o meu carro quebrou. Só fica pronto amanhã.

— Ah!

Tinha viajado dois dias, Wren não estava.

— Bem, posso ir até onde você está?

— Claro. Se quiser se perder, venha. Você entra na floresta agora e só é achado no ano que vem.

— Ótimo. Eu viajei muito para encontrá-lo. Desde Littleton.

— O que você queria mesmo eram as minhas *anotações*. Eu encontrei.

A julgar pela aparência do lugar, deve ter sido mais difícil do que parecia. Havia todo tipo de material espalhado — jornais, roupa suja, revistas rasgadas, blocos rabiscados. Sem falar das notícias ruins do laboratório de Michigan.

Ouvi-o riscar um fósforo, e em seguida uma tragada interrompida por uma tosse. *Câncer de pulmão?*

— Você sabe, depois da inundação eles conduziram uma grande investigação.

— Sei — concordei. — Já li a respeito. Foi criada uma comissão qualquer de governo.

— Qualquer, claro. Intimaram a construtora. Contrataram seus próprios especialistas para revisar o projeto da represa, verificar as requisições de materiais. Uma coisa. As audiências foram *fechadas*. Não foram abertas ao público.

— E isso é anormal?

— No caso de um projeto público, muito anormal. Disseram que havia reputações em jogo. Ninguém foi condenado. Até hoje. Não queriam arrastar o nome de ninguém na lama.

— Mas isso é razoável, não é? Quero dizer, é um argumento defensável.

— Qualquer coisa é defensável. — Tornou a tossir. — Deixe-me perguntar uma coisa. Na primeira vez... você teve crise de culpa?

— Que primeira vez?

— A primeira *mentira*. Ela feriu a sua consciência?

— É verdade. Feriu a minha consciência.

— É. Mas você mentiu de novo.

— É. Eu menti de novo.

— Por quê?

Essa era a pergunta da semana. Primeiro Anna, agora ele.

— Que diferença faz? Eu menti. Escolha a razão que quiser. Vamos voltar ao nosso...

— Eu li.

— O quê?

— O seu *cânon* de mentiras. Pesquisei na internet. Ainda está na rede, na revisão interna feita pelo seu jornal para mostrar ao mundo como eles eram diligentes. Notei uma coisa. Como as suas reportagens ficavam cada vez mais loucas. Você passou por um aumento geométrico de suspensão de descrença. No início tudo era aceitável, mas, e mais tarde? Ora, vamos. Aquela história do pediatra que explodia clínicas de aborto? Anagramas, reuniões secretas em locais desertos. Parece um filme ruim. Eu me pergunto se a aceleração da loucura foi proposital. Talvez você quisesse ser pego.

— Eu tinha de alimentar a besta — respondi. — Só isso.

Poderia ter acrescentado que a besta era assustadora e voraz. Depois de algum tempo me vi preso num jogo de "você é capaz de superar isso?" Só que eu jogava contra mim mesmo. Era extremamente exaustivo.

Ouvi-o tragar outra vez — o tilintar de talheres no fundo. Um restaurante?

— Onde eu estava mesmo? — perguntou.

— Na comissão fechada.

— Claro, a comissão. Eles ouviram depoimentos e publicaram o relatório, e no fim alguém pagou. Alguém foi para a cadeia.

— Disso eu não sabia. Quem?

— Um engenheiro. Lloyd Steiner. Sujeito interessante, quase um gênio. Um daqueles esquerdistas intelectuais dos anos 1930, quando era moda.

— E ele foi o culpado?

— De quê? De ser um judeu liberal? Então foi.

— De ter construído uma represa perigosa.

— Não sei. Ele era assistente do assistente do engenheiro. Difícil acreditar que ele tivesse suficiente controle sobre *qualquer coisa* para ser culpado.

— O que está sugerindo?

— Não sei bem.

Ele então baixou a voz, assumindo um tom quase conspiratório; evidentemente ele não queria que ninguém mais ouvisse.

— Sei que ele ficou preso durante dez anos e, quando saiu, a família mudou de um apartamento de um quarto num conjunto do governo para uma casa de quatro quartos em La Jolla. Eu verifiquei. É claro que ele não podia mais trabalhar como engenheiro. Aprendeu mecânica na cadeia, foi o que ele passou a fazer depois que foi solto. Deve ter sido um padecimento para ele. O menino-prodígio da engenharia consertando carros para viver. Ele era provavelmente o único morador do bairro que trabalhava de macacão.

— Então você acha que ele foi subornado? Que ele foi um tipo de laranja?

— Como eu disse, não sei. Ao contrário do seu método de jornalismo, eu não posso dizer se ele foi subornado ou não. Isso eu não posso escrever. Seria preciso provar. Pense: eles podiam ameaçá-lo com toda aquela baboseira anticomunista. Lembre-se de que estamos falando de 1954, McCarthy, abrigos antinucleares, toda aquela paranoia. E se mesmo assim ele não concordasse? Poderiam dar um *incentivo*. Um dinheirinho para a família. A cenoura e a chibata. Ou você aceita, ou nós o enterramos. Mas para mostrar que somos generosos, vamos dar à sua família o sonho norte-americano de uma casa no subúrbio. Eu vi a casa em La Jolla, um senhor subúrbio. Parei lá quando fui entrevistar a menina. Você se lembra dela?

— A dos robôs alienígenas?

— Isso.

— Ele ainda está vivo? Lloyd Steiner?

— Mal e mal.

— Você tentou falar com ele?

— Sim. Digamos que ele não quer falar.

— Então você acha que Lloyd Steiner foi para a cadeia por dez anos para acalmar a opinião pública e se calou durante todo esse tempo?

— É plausível. Mais plausível que o seu pediatra antiaborto, você não acha?

Aqui se faz, aqui se paga...

— Alguma coisa mais?

— Sempre há alguma coisa mais. Cabe a você procurar.

Ele largou o telefone. Ouvi-o pedir a conta. Quando voltou, ele começou a falar quase sussurrando.

— Estou fora do jogo. Você não. Deixaram você voltar. Você disse que queria pagar a sua dívida. Vá em frente. *Pague.* Se conseguir.

A janela da cabana bateu; soou como um tiro. Eu estava quase ficando louco.

Perguntei pela menina.

— O que tem ela?

— A entrevista com ela. Está nas suas anotações?

— Entre outras coisas.

— E ela ainda acredita naquilo tudo? Nos robôs alienígenas que a salvaram da inundação?

— Veja você mesmo. Elas estão na minha escrivaninha.

Examinei a escrivaninha de tampa de correr. Parecia a saída de uma explosão — mas consegui ver um caderno espiral no alto da pilha, como um vencedor da Olimpíada.

— Quem se importa? Podemos admitir com segurança que nenhum ET visitou Littleton Flats.

— A menos que você acredite em contos de fadas. Acredita?

— Em quê?

— Em contos de fadas?

— Não.

— Já leu algum depois de adulto?

— Acho que não.

— Pois devia. Mesmo quando você deixa de acreditar em duendes, eles ainda são assustadores. *Especialmente* quando se deixou de acreditar.

Não soube o que responder.

— Vai querer passar a noite aí? — perguntou.

— Se não for incômodo.

— Incômodo algum. Há seis cabanas vazias. Pode escolher qualquer uma.

Agradeci e lhe desejei boa sorte com o carro em Fishbein.

— As minhas *anotações*. Você pode copiar ou decorar. Não quero que elas saiam de onde as deixei. Eu escolheria uma das cabanas com revestimento de madeira. Bons sonhos.

VINTE E SEIS

A entrevista com Bailey Kindlon obviamente tinha sido gravada e depois os dois lados da conversa foram transcritos.

A Regra nº 2 de Wren: transcreva suas gravações para qualquer eventualidade.

Começou anotando a sua impressão geral dela. A sobrevivente de 3 anos da inundação da represa Aurora já estava na meia-idade. Era divorciada e vivia sozinha. Ele observou que as paredes estavam cobertas de livros que tratavam de abduções por seres extraterrestres.

E logo ele descobriria a razão.

Agradeceu a ela por recebê-lo e reiterou o objetivo da visita. Estava fazendo uma reportagem sobre a inundação da represa Aurora e esperava que ela pudesse se lembrar de algumas coisas daquele dia, apesar de ainda ser muito nova na ocasião.

Na verdade, eu me lembro de muita coisa. Você não acredita no que o cérebro de uma criança de 3 anos é capaz de reter. É claro que toda a terapia ajudou.

Wren reconheceu que deve ter sido uma experiência pavorosa para ela.

Sabe, na época, ser uma criança pequena até que foi bom. E, de certa forma, não foi. Eu me lembro de ter sido fotografada para os jornais dois dias depois de ter sido salva, com um sorriso enorme porque ia sair na primeira página. Dois dias depois de eu ficar órfã. Então foi bom eu ter só 3 anos, mas vou lhe contar, a passagem dos anos, e toda aquela loucura chovendo sobre a minha cabeça, não foi tão bom. As crianças enterram tudo, só isso. E, de certa forma, é muito pior.

Wren perguntou se isso queria dizer que ela só se lembrou de tudo mais tarde.

Não. Ela sempre se lembrou de *algumas* coisas. De estar brincando no quintal naquele domingo de manhã.

Eu me lembro de ter colocado a minha boneca no andador e de cantar uma canção de ninar para ela. Lembro de minha mãe saindo correndo pela porta de tela, gritando alguma coisa, mas não ouvi bem por causa do estrondo — igual a um motor a jato, mas não um motor a jato, parecia um 747 aterrissando perto de você. Perto demais. Eu me lembro da confluência de som e sensação. Depois foi como se alguém me levantasse — meu pai gostava de me levantar, me pegava de costas pela cintura e me jogava para o alto, fazendo um loop. Foi desse jeito. De repente eu fui levantada, só que não era o meu pai, e minha mãe também tinha sumido, e tudo estava molhado. Então eu estava numa piscina — mas a piscina era todo o meu quintal, toda a rua. Lembro de ter passado pela casa da Sra. Denning — nossa vizinha — e ver a casa; toda a casa começou a mexer, passou girando por mim, era como se eu estivesse no Mágico de Oz, *naquela cena em que a Dorothy é pega pelo furacão e tudo gira em volta dela no ar, só que ali era tudo água. Eu me lembro de tudo.*

Wren perguntou: então foi isso? Tudo que ela lembrava antes da terapia?

Não. Ela se lembrava de ser resgatada.

Ela se agarrou a um pedaço de madeira, ou ele se agarrou a ela. Quem sabe? Foi o que a salvou. A velha porta de um celeiro. Ela ficou sobre a porta durante pelo menos um dia até ser encontrada.

Quem a encontrou? A polícia, os bombeiros?

Não. *Nem a polícia, nem os bombeiros.*

Quem, então?

ETs.

Wren conseguiu disfarçar a incredulidade. Perguntou sobre eles. Os ETs.

Bem, não foram exatamente os ETs. De início não. Foram os robôs.

Eu estava em cima da porta. Lembro de que estava com fome, com sede e molhada. Sentia que estava num sonho do qual não podia acordar. Muitas bonecas flutuando. Meninas e meninos. Mas não eram bonecas. Quando o meu terapeuta me fez voltar, eu as vi. Todas aquelas pessoas mortas na água, centenas e centenas, de olhos abertos, mas olhos iguais aos de peixe morto, sabe como é, aquele olhar branco e sem alma. Eles batiam contra a porta, balançando na água como se quisessem subir e ficar comigo, mas é claro que não podiam. Estavam todos mortos. Foi quando chegaram os robôs.

Wren lhe pediu para contar tudo sobre os robôs.

Ela estava boiando sem destino. Talvez tenha dormido. De repente acordou e ouviu um ruído estranho na água. Eles vinham pela água para buscá-la. Robôs brancos. Tinham braços e cabeças, mas nem mãos nem rostos. Foi assim que ela soube que não eram humanos. Moviam-se lentamente, como bonecas mecânicas.

Wren perguntou: quantos?

Seis ou sete.

E eles falaram com ela?

E como eles iam falar? Não tinham rostos nem bocas. Só faziam sons iguais aos dos golfinhos.

Os robôs levantaram-na da porta e carregaram-na.

Para onde?

Para a nave espacial.

Eu estava numa mesa. Alguma coisa eu lembrava, o resto eu lembrei depois sob hipnose. Eu estava amarrada à mesa de metal e eles me examinavam com aqueles instrumentos horríveis. Não sei se você sabe, mas isso é comum nas abduções dos ETs. Você já leu o livro de Whitley Schreiber?

Wren disse que não.

Ela disse que era a bíblia dos abduzidos por ETs. Schreiber foi abduzido *três* vezes.

Wren prometeu ler. Pediu a ela para continuar.

Eu estava na mesa. Não podia mexer os braços nem as pernas. Tinha uma... luz brilhando em cima de mim — uma luz azulada — era infinita, como se não tivesse uma fonte, entende? Estavam começando a me examinar.

Wren lembrou a ela de que eles não tinham olhos.

Aqueles eram os *robôs*, corrigiu ela. Agora eram os ETs. Eles tinham olhos, mas não tinham boca. O que significava que eles não podiam falar com ela. Mas podiam *comunicar-se* com ela. Colocavam os pensamentos diretamente na cabeça dela. Como *telepatia.*

E que pensamentos eram esses?

Ela não se lembrava bem. Que ela não precisava ter medo. Que eles não iam machucá-la. Ainda que não fosse inteiramente verdade.

Algumas coisas doeram. Eles enfiaram um instrumento na minha... boca, e, bem... mais embaixo. Eu lembro de ter chorado e chamado papai e mamãe.

Wren lhe pediu para descrever como era a nave.

Ela não conseguiu ver. Ela estava amarrada. Havia aquela luz azul acima dos olhos dela. Ela só via *eles*. Eram muitos. Mas um deles, esse parecia ser o líder.

Era ele quem me examinava. Os outros pareciam ser... bem... ajudantes.

E, segundo ela, isso continuou, como se ela tivesse ficado amarrada na mesa durante vários dias. Ela sabia que não foram muitos dias, que não era possível ela ter ficado lá tanto tempo, mas era o que ela sentia. Depois simplesmente acabou.

Wren lhe perguntou se ela era capaz de descrever como acabou.

Não era.

Essa é a parte que eu não lembro. Eles devem ter me colocado de volta na porta.

Onde?

Num lugar seco, onde me encontraram. Acho que me encontraram — porque eu estou aqui, não é? Sou a única sobrevivente. Fui notícia durante um ou dois dias. É claro. Se tivesse acontecido hoje, eu ia aparecer na CNN. Não naquele tempo. Fui criada por uns primos em Sacramento. E nunca voltei lá — não tem mais nada para ver. A água levou tudo.

VINTE E SETE

No dia seguinte, Wren ainda estava ausente.

Entrei na sua cabana para devolver as anotações e fazer um pouco de café.

Não dei sorte.

Ele tinha ido a Fishbein para comprar *mantimentos*. E precisava mesmo. Não encontrei café — ao que parecia ele não tinha nada.

Uma névoa cinza pairava sobre o lago. Parecia outono. Eu esperava ver folhas secas atapetando o chão.

No caminho de volta à rodovia, quando estiquei a mão para aumentar o aquecimento interno, um veado em pânico cruzou a estrada de terra, bateu no capô com os cascos traseiros e caiu no mato.

Virei para a direita e estaquei. Depois precisei de um ou dois minutos para recuperar o fôlego.

Meu coração não era a única coisa disparada. Também a minha mente, repassando a história surreal de Bailey Kindlon. Casas descendo a rua. Centenas de pessoas mortas boiando na água. Esta parte da história era real.

Você acredita em contos de fadas?

Se acredita, então vai acreditar no restante da história. Pequenos robôs brancos sem rosto. Exames médicos no interior de uma nave espacial.

Um conto de fadas digno dos Irmãos Grimm. Se consumissem cogumelos.

Dirigi pela Pacific Coast Highway sem parar.

A floresta foi ficando para trás, diminuiu o barulho das ondas e os despenhadeiros se transformaram em areia de praia, as cabanas em motéis e restaurantes de peixe frito. Encontrei uma estação de rock clássico com um DJ chamado Frankie Foo e fui batucando no volante ao ritmo de "Soul Sacrifice", "Layla" e "Brown Sugar".

Depois de o sol se pôr, só conseguia ver as luzes da roda gigante de Santa Monica. O que me fez pensar na única visita a um parque de diversões da minha infância. Não era realmente um parque — um daqueles parques itinerantes com barracas de jogos do tipo atirar bola na boca do palhaço. Foi depois da morte de Jimmy. Depois de eu ter dito à polícia e às assistentes sociais que ele tinha escorregado no gelo. Que ele caiu na banheira. Que ele bateu com a cara na porta. *O que aconteceu, Tommy?* Um acidente. Ele era desajeitado. No parque a minha mãe levou o filho mentiroso para uma volta na roda gigante e vomitou quando ficamos suspensos no alto. Os berros resultantes nada tinham a ver com a emoção barata de ser levado até as estrelas. Quando voltamos à terra, o seu bafo foi suficiente para lhe garantir um sermão sobre as responsabilidades da maternidade — feito por um pregador itinerante que também parecia ter bebido mais que o suficiente. Foi o bastante para ela me proibir para sempre a ida a qualquer parque de diversões — mas não o bastante para afastá-la do uísque. *Você ainda a culpa?*, perguntou o Dr. Payne. Ele queria saber se eu ainda a culpava por ser uma bêbada, por ser verbalmente agressiva, por trepar com qualquer coisa que vestisse calça. Ele não sabia do que eu realmente a culpava.

Como poderia saber?

Eu não contei.

Não sei bem quando decidi não pegar a 405, quando tomei a decisão consciente de continuar até o centro de Santa Monica.

Talvez eu quisesse dar mais uma volta na roda gigante, no sentido figurado. Cerca de 2% do cérebro é capaz de aceitar qualquer coisa. Eu sei — usei generosamente essa parte no cérebro dos outros. As assistentes sociais, por exemplo, que acreditaram que um menino de 6 anos tinha uma estranha afinidade por superfícies duras. Outro exemplo, o meu editor, que engoliu histórias sobre os intelectuais de Jesus, atores mafiosos, e pediatras que jogavam bombas em clínicas de aborto. São os mesmos 2% que afirmam que a linda mulher à sua frente no restaurante Violetta's considera-o irresistível. Ou, no mínimo, mais ou menos atraente. Os 2% onde reside a esperança burra.

Eu não tinha um plano.

Tinha quase certeza de que não ia cumprir a ameaça do meu e-mail e sentar na rua dela e esperar ela passar. Tinha uma ideia do seu endereço e o número do seu celular — mas era covarde demais para usá-los. Na verdade, 98% do meu cérebro se lembravam da expressão dela quando lhe contei a boa nova: que ela estava jantando com um mentiroso famoso. Lembro-me da tentativa simpática de manter a conversa; mais dolorosa que o silêncio.

Parei num estacionamento na rua Quatro e andei um pouco.

O centro da cidade estava num horário nobre. Antigamente, num passado não tão distante, o centro de Santa Monica era o refúgio da escória norte-americana — gente sem eira nem beira, os sem-teto, gente que havia acabado de sair do hospício. Afinal de contas, lá não era frio e sempre havia um lugar num píer para se deitar a cabeça.

O calçadão da rua Três tinha mudado tudo. Transformou o centro de Santa Monica num lugar movimentado, repleto de malabaristas de rua, músicos e topiaria de dinossauros.

Corri as vitrines, imaginando quem poderia ser aquele senhor desgrenhado de meia-idade que me encarava da vitrine de uma loja de discos e não me surpreendi ao descobrir que era eu mesmo.

Fugi da multidão esgueirando-me por um beco até a próxima rua, onde ainda havia muita gente, mas não tanta. Onde pelo menos eu conseguia respirar.

Sabia que estava lentamente procurando um lugar, ainda que não o admitisse.

Havia um café chamado Java na Quinta.

Uma loja Adidas. Uma Blockbuster.

Dois edifícios residenciais ligados por um único saguão de entrada, com uma única área interna com piscina. Senti o leve odor de cloro.

Ela havia dito que morava na Quinta.

Parei e observei a paisagem. Gostei dos rododendros e das buganvílias na frente dos prédios. Notei uma nova mão de tinta preta no corrimão da entrada que eu percorria atendendo ao aceno amistoso do saguão.

Iluminado por dois conjuntos de lâmpadas fluorescentes azuis.

Dos dois lados havia caixas de correio, uma para cada edifício. Passei os olhos pelas duas, sem muito interesse, embora, está bem, nunca se sabe, eu estivesse à procura de algo difícil de encontrar.

A garota com olhos de Botticelli. A que me fez contar a minha história e me arrepender instantaneamente.

Não havia nenhuma Anna Graham.

Em nenhum dos dois edifícios.

Ela tinha dito que morava na Quinta, portanto rua Cinco. Mas a rua tinha muitos quarteirões.

Saí do saguão. Parei, ponderando a decisão importante de tomar a esquerda ou a direita. Escolhi a esquerda, mudei de ideia e cruzei a rua e entrei numa lanchonete Fatburger para comer alguma coisa grande e gordurosa.

Não era mentira. Saí de lá com a metade de uma vaca.

Encontrei-me diante de um teatro. Ou talvez eu não me encontrasse lá por acaso. Talvez eu tivesse sido guiado até lá.

Era uma peça chamada *O Píer*.

Evidentemente era uma comédia, pois os atores mostrados em várias fotografias pareciam estar num corpo a corpo para atrair uma plateia. Uma das atrizes segurava uma calcinha diante de um homem com uma expressão de *Tudo bem, você venceu* nos olhos arregalados.

Eu ia continuar andando. Para onde?

Não sabia.

Poderia andar até cansar. Até encontrá-la, uma probabilidade quase nula.

Mas algo me fisgou o olhar.

Fisgou é a palavra certa.

Imagine uma das trutas do lago de John Wren com o anzol saindo na barriga.

Era uma fotografia do conjunto — o momento em que o elenco se alinha no palco para agradecer os aplausos.

Eram mais ou menos oito.

Curvei-me até a minha respiração embaçar o vidro. Recuei e limpei, depois me agachei para olhar de novo.

Fiquei ali, paralisado. Alguém poderia achar que eu estava lendo meticulosamente a resenha do *Santa Monica Weekly*, que prometia uma noite de muitas gargalhadas.

Você vai chorar de tanto rir, dizia a resenha.

Ou de medo.

COMPREI UM INGRESSO. CORREDOR CENTRAL, NONA FILA.

Eu tinha razão: era uma comédia. Uma farsa de alcova francesa, mas tudo acontecia no píer de Santa Monica. Tinha identidades trocadas, amantes trocados, e muitas insinuações sexuais. O mais engraçado era o cenário — um painel pintado representando o píer que se dobrava o tempo todo. Um ator qualquer se afastava das marcações no meio de uma cena, passeava pelo palco e recolocava a roda gigante no lugar.

Ainda assim a plateia parecia estar gostando. É difícil dizer, pois as plateias de teatro parecem sempre condescendentes. Deve ser a proximidade dos atores, que não estão numa tela de celuloide, mas ali mesmo, bem na frente. Ninguém quer parecer indelicado.

No segundo ato se resolveu toda a questão das identidades trocadas. Com uma única exceção.

Ele só apareceu no final do primeiro ato.

Representava um ator gay fingindo ser o companheiro de quarto hétero para impressionar uma representante da agência William Morris, que estava interessada no companheiro de quarto, que ela pensava ser ele. A agente estava sempre conversando ao celular dizendo coisas por alto-falantes invisíveis que as pessoas pensavam serem dirigidas a elas. Esta era a grande piada, levando a toda sorte de mal-entendidos e a uma hilaridade incontrolável.

Ele apareceu pela primeira vez à direita do palco, de camiseta e calção de corrida, quase derrubando a agente que informava a um produtor — pelo celular, lógico — sobre um grande projeto, usando palavras ambíguas.

Eu me inclinei na cadeira, quase encostando o queixo no ombro da pessoa à minha frente.

Era uma cena noturna, a hora do crepúsculo tão cara a Shakespeare. Coisas mágicas acontecem ao anoitecer; as pessoas se transformam em burros, lançam ou neutralizam feitiços, amantes se separam e se reconciliam. Eu me inclinava porque era difícil ver com a pouca luz e eu ainda não tinha plena certeza.

Mas quando ele reapareceu no início do segundo ato sob a luz gloriosa da manhã todas as dúvidas se dissiparam.

Era ele.

NÃO HAVIA PORTA PARA OS BASTIDORES.

Era um teatro off-off-off-Broadway. Os atores saíam pela mesma porta que a plateia.

Tive de esperá-los na calçada, misturado aos outros espectadores que esperavam pelos atores.

Depois de uns dez minutos eles começaram a sair. Primeiro uma atriz se encontrou com um casal idoso que eu imaginei serem os pais dela. Eles a envolveram em abraços e falaram sem parar sobre como a peça era hilariante, exibindo os mesmos genes teatrais que deviam ter passado à filha.

Em seguida saiu um ator gritando no celular.

Que história é essa de eu não ser o ator certo para o papel? Diga a eles...

Quando ele saiu — de acordo com o programa, seu nome era *Sam Savage* — vinha com dois outros membros do elenco, um homem e uma mulher. Eu estava de frente para a parede sem saber se o abordava agora ou esperava até mais tarde.

Resolvi esperar.

O homem se despediu e Sam ficou com a jovem atriz loura. Os dois saíram de mãos dadas pela calçada.

Eu os segui, tentando manter uma boa distância. Meio quarteirão, mais ou menos.

Quem nunca seguiu uma pessoa não sabe como é difícil.

Os dois paravam, olhavam uma ou outra vitrine, principalmente ela. Ele esperava e às vezes olhava para trás na minha direção.

Eu tentava imitá-los: parar, virar para trás e esperar que ainda estivessem à minha frente quando voltasse a olhar.

Viraram à direita na Santa Monica e continuaram até a rua Sete.

O tempo todo, seguindo, virando e me escondendo, eu me fazia uma única pergunta. Como um mantra. Esperando que, se a repetisse muitas vezes, eu finalmente seria capaz de entender.

Estava começando a ligar os pontos — aqui e ali aparecendo linhas trêmulas ligando uma coisa a outra. Mas era como o sonho — toda vez que eu olhava para a figura inacabada, ela desaparecia, como Littleton Flats.

Entraram num bar na rua Sete.

Piñata.

Não precisei entrar para saber como era. Margaritas congeladas com pequenas sombrinhas cor-de-rosa, mesas com sombrinhas, tigelas de madeira com salgadinhos e molhos. Esperei do lado de fora, ouvindo os acordes do Los Lobos quando as pessoas entravam ou saíam.

Finalmente, abri a porta e entrei.

Era barulhento e estava lotado.

Ela estava sentada sozinha no bar. A atriz. Tomando uma gigantesca margarita, do tipo que só em sonhos se poderia tomar no Muhammed Alley.

Onde estava ele? No banheiro?

Fui para a ponta do bar mais distante dela. Consegui me espremer no meio de um grupo de cinco mulheres muito bêbadas e pedi um Excellente, que de acordo com o menu era a especialidade da casa: uma margarita feita com Cuervo Gold, licor de pera e um ingrediente secreto que eles se recusavam a divulgar.

Estava no meio do meu Excellente quando o vi.

Eu já o tinha visto há algum tempo, mas não soube que era ele. Lá estava a atriz, começando a segunda margarita. O casal sentado ao lado dela — ele de cabeça raspada e óculos escuros, ela bronzeada e seios siliconados. E lá estava o garçom, atendendo. Só depois de ele fechar o bloco de pedidos, sorrir e sussurrar alguma coisa ao ouvido da atriz, eu vi que era ele.

Claro.

Ele era ator. Num teatro vagabundo. O que significava que ele também era corretor de imóveis, operador de telemarketing, manobrista. Ou garçom. Depois que as cortinas baixavam, ele simplesmente trocava uma fantasia pela outra.

Comecei a sentir a margarita. Boa.

Ajudava a acalmar o medo.

Eu estava chupando o restinho da minha segunda margarita pelo canudinho quando as luzes começaram a piscar, piscar, piscar.

Hora de fechar.

As cinco mulheres desapareceram.

Mas não a atriz loura.

Ele veio do fundo, sem o avental preto, e puxou-a do banco.

Aproveitei a oportunidade para me esgueirar para fora, e me postei longe da porta do bar.

Já não se faziam calçadas como antigamente; esta balançava como uma ponte de corda na ventania.

Os dois saíram pela porta e passaram por mim sem me reconhecer. Eu não passava de alguém na plateia, alguém sentado no escuro.

Fiquei mais ousado ao perceber que não fui reconhecido e passei a segui-los mais de perto. Trocando passos atrás deles como uma terceira roda.

Viraram a esquina e cinco segundos depois eu também virei.

Então aconteceu uma coisa esquisita.

Vi a calçada vazia.

Nada.

Havia um carro estacionado ilegalmente, mas quando olhei pela janela não havia ninguém.

Senti o pânico de quem entra num quarto escuro e desconhecido, e não tem a menor ideia de onde se acende a luz.

Se perder alguma coisa, refaça os passos.

Voltei para a esquina, procurando uma entrada que me passou despercebida. Um esconderijo qualquer.

Senti o braço dele me bater nas costas antes de vê-lo. Caí sobre os joelhos, olhando diretamente para o chão.

— Seu filho da puta. Por que você está nos seguindo?

Minhas costas estavam em fogo. Quando tentei me levantar, ele me forçou novamente para baixo. Senti a sua saliva quente no pescoço.

— *Responda*, filho da puta.

— Eu tenho mais uma pergunta.

— Hein?

— Esqueci de perguntar uma coisa a você.

Então eu vi a garota. Eles deviam ter se escondido atrás de um poste de luz e esperado eu passar.

— Do que está falando?

— Estou falando da reportagem.

— Que reportagem? Quem é você?

— Quero me levantar.

Estava a ponto de vomitar. Excellentes demais.

Ele hesitou, então disse:

— Está bem. Mas bem devagar, cara.

Consegui ficar de pé sem cair. O joelho esquerdo da minha calça estava rasgado e sangrava.

Quando me voltei e o encarei, vi alguém que simplesmente havia representado um papel — do *hombre* macho — mas que agora parecia apenas um ator que não sabia bem as suas falas. Ele recuou quando eu me voltei, rendendo um território duramente conquistado.

Talvez ele tenha me reconhecido.

— Olá, Ed.

Ele não respondeu.

— Ele não é nenhum *Ed* — disse a garota, assustada. — Ele é o Sam. Você pegou o homem errado. Pensamos que você queria nos assaltar. Agora nós vamos para casa, está bem?

— Eu sei que o nome dele não é Ed. Mas ele representou alguém chamado Ed. Você se lembra, não? Um vendedor de produtos farmacêuticos chamado Edward Crannell. Numa estrada perto de Littleton.

VINTE E OITO

Los Angeles não tem tantas boates quanto Nova York. L.A. vai dormir cedo. Talvez seja a vida saudável — todos têm de correr na Mulholland Drive às seis da manhã.

Mas havia pelo menos esta boate em L.A.

Segui o Mustang cinza de Sam até lá.

Sam negou, negou e negou, e depois desistiu quando prometi lhe enviar a primeira página do *Littleton Journal* com o seu retrato. Eu não o fotografara naquela manhã.

Mas ele não sabia.

Paramos diante de um lugar com as vitrines totalmente pintadas de preto, entre um bar que anunciava *Garotas totalmente nuas* e uma lanchonete de tacos, os dois já fechados. O lugar também parecia fechado, mas quando Sam bateu na porta alguém atendeu e nos deixou entrar.

O lugar estava cheio de atores — vários graus de beleza e um ar de certo desespero.

Sentamos num banco de couro que parecia ter vindo diretamente de *Os bons companheiros*. As mesas eram de vários estilos, desde *art déco* às das lanchonetes da década de 1950.

— O dono fazia cenários na Paramount — Sam explicou.

Sam pediu um *dry martini*, mas a namorada o proibiu — ela se chamava Trudy — e pediu para ele um refrigerante sem gelo.

— Não estou disposta a carregar você para casa. Vi você bebendo escondido no Piñata.

Ele concordou sem discutir.

Quando o refrigerante foi trazido pela garçonete de uniforme preto, perguntei.

— Muito bem. Quem contratou você?

— Um sujeito.

— Um sujeito. Só isso? O sujeito não tinha nome?

— Não lembro. Não é mentira. Era só um sujeito que precisava de um ator.

— Tudo bem. Onde vocês se encontraram?

— Ele viu o meu nome na internet. Sabe como é, você coloca um retrato no site e mente sobre as produções de que participou, e às vezes alguém te procura. A maior parte é como figurante.

— O que ele disse? O cara cujo nome você não sabe?

— Ele precisava de um ator para um dia de trabalho. Nem chegava a um dia, era só uma manhã. Um trabalho em outra cidade.

— Você perguntou que tipo de trabalho era? Um filme, um comercial?

— Claro. Ele disse que era tipo teatro de rua.

— Por um dia? Por uma manhã? Não achou esquisito?

— Achei.

— Mas mesmo assim você foi?

— Ele me ofereceu 5 mil dólares.

Trudy interferiu na conversa.

— Então foi assim que você ganhou o dinheiro? Você disse que vendeu os presentes do seu bar mitzvah. Mentiroso.

Sam olhou para ela com uma expressão obediente. Não consegui evitar o sentimento de empatia — só por um instante — que um mentiroso tem por outro. Noutro contexto eu seria capaz de lhe oferecer uma bebida e sofrer com ele, como duas almas gêmeas.

— Sabe quanto ganha um figurante? Dois e cinquenta por dia. *Se* conseguir. E é mais do que estou recebendo naquela peça mongoloide. Eram 5 *mil* dólares. Tenho contas para pagar.

— Você viajou para Littleton com esse benfeitor generoso, ou foi encontrá-lo lá?

— Fui sozinho.

— Até a rodovia 45?

— É.

— E o que havia lá?

Ele começou a brincar com uma caixa de fósforos.

— O carro já estava em chamas — respondeu baixinho.

— E o que você fez? Ligou para a emergência? Acenou para um carro que passava?

— Ele disse que não tinha ninguém no carro. Só um boneco, parte do espetáculo. Juro por Deus, pela vida da minha mãe.

— A sua mãe já morreu — Trudy disse secamente.

— Força de expressão. Está bem. Juro por Deus e pela minha vida.

Ele me olhava com uma expressão de súplica, como se fosse importante eu acreditar nele.

— Não havia ninguém lá dentro. Foi o que ele disse. Ninguém de verdade. Você acha que eu teria me envolvido em algum... — A voz foi sumindo.

— Algum *o quê*? — perguntou a namorada, cada vez mais indignada.

— Quero dizer, *crime* ou coisa assim. O sujeito precisava de um ator e me pagou 5 mil dólares para representar. Só isso.

— Ele já estava lá quando você chegou? O homem que pagou?

Sam confirmou com a cabeça.

— Como era ele?

Tomou um gole do refrigerante.

— Estranho. Sabe... como... é difícil descrever em palavras, ele tinha uma espécie de cara afundada... Não. Afundada não.

Era como se não tivesse sido puxada totalmente para fora... Achatada, entende o que eu quero dizer? Tinha uma voz muito aguda. Como uma garota...

É você, eu lembrei.

— Está bem. Havia um carro em chamas. E ele. Alguém mais?

— Só depois. Ele disse que viriam outras pessoas. Sabe, polícia, uma ambulância... Eu devia representar como se nós dois tivéssemos batido, eu e aquele carro, ainda que não houvesse ninguém lá dentro. Era só uma representação.

— E acreditou nele?

Ele confirmou com a cabeça.

— Eu estava lá, Sam. Lembra?

Sam desviou o rosto, olhou para o chão, para o bar, para as paredes decoradas com desbotadas imagens de Peter Max, como se estivesse procurando a saída mais próxima.

— Lembra do cheiro, Sam? Lembra do cheiro que vinha do carro? Você sabia o que havia lá dentro. Você sabia o que o cheiro significava? Ninguém é idiota aqui.

Sam voltou o olhar para o copo de refrigerante, como se quisesse mergulhar e se afogar nele. Seus olhos se encheram de lágrimas. Pela primeira vez naquela noite eu tive certeza de que ele não estava representando.

— Eu... — Juntou as mãos num gesto de remorso desesperado. — Olha, eu tentei *acreditar* nele. O sujeito disse que era uma representação. Eu já tinha ido até lá, ele me disse que não tinha ninguém no carro, depois chega a polícia, uma ambulância, e depois você...

— O outro carro, o seu carro. O Sable amassado. De quem era?

Ele balançou a cabeça.

— Não sei. Já estava lá quando eu cheguei. Acho que era *dele*.

— Está bem. E depois?

— Depois do quê?

— Depois que eu fui embora? Depois de você ter respondido polidamente às minhas perguntas sobre o acidente? Por falar nisto, você estava improvisando, ou lhe deram um roteiro?

— Ele me disse o que dizer. Mais ou menos. A ideia básica de como aconteceu o acidente. Eu inventei a partir daí.

— Para o xerife?

Ele concordou.

— E para você.

— Certo. E você não ficou preocupado por inventar coisas para a polícia?

Uma garota negra sobre saltos sete e meio se aproximou do nosso banco. Abaixou-se para abraçar Trudy.

— *Rudey...* — disse ela. — Não te vejo há séculos, garota. Novidades?

— Tudo na mesma.

— Me falaram que você está fazendo *te-a-tro.*

— É — Trudy respondeu sem entusiasmo.

— Com o seu importante parceiro.

— Ele não é tão importante assim.

Sam voltou-se para olhá-la com uma expressão canina de pura agonia.

— Olha — Trudy pediu a ela. — Estamos no meio de uma conversa meio particular. Prometo te telefonar.

— Particular, hein? — disse a garota lançando um olhar levemente lascivo na minha direção. — Tudo bem. A gente se vê.

— Depois que eu saí, o que aconteceu? — perguntei.

— Nada. Ele me pagou. Só isso.

— Só isso. E você não perguntou sobre o que era a *peça*? Chamam você até o meio do deserto da Califórnia, você encontra um carro em chamas com o cheiro evidente de carne humana queimada, depois você mente para o xerife, o repórter local, pega o seu dinheiro e não pergunta nem uma vez, o que há de errado?

— Eu perguntei — disse ele quase num sussurro.

— E o que ele disse?

— Disse que era um *reality show*. Continue a sua boa vida.

— Só isso? Você não perguntou de novo?

Ele balançou a cabeça.

— Acho que não queria saber.

Como o outro. De repente me lembrei. Houve momentos em que este outro se sentou e ouviu as minhas explicações acaloradas, minhas racionalizações de uma inconsistência após a outra, e eu pensei, ele sabe, está na ponta da língua dele, mas ele não diz nada. Não quer dizer.

— Então você voltou e foi só isso?

— É.

— Nunca pegou um jornal, nem procurou na internet para ver se alguém tinha realmente morrido lá no deserto? Nenhuma curiosidade?

Ele balançou a cabeça.

— Eu já disse. Eu queria esquecer tudo.

A primeira luz da manhã começou a brilhar através dos furos na pintura da vitrine da frente; parecia um céu de estrelas mortas.

— Fale do site. Onde ele descobriu você.

— O que tem ele?

— Como o cara sabia que você não ia chegar lá, dar meia-volta e sumir?

— Eu já disse, era muito dinheiro.

— Sei. Você me disse. Mas há um limite para o que uma pessoa se dispõe a fazer, mesmo por muito dinheiro. Como ele sabia que você ia topar?

Trudy cruzou os braços e olhou para ele com uma expressão assustadora.

Sam deu de ombros.

— Não estou entendendo.

— Lógico que está. Estou perguntando por que ele escolheu *você*. Ora, Sam. De que tipo de site nós estamos falando?

— Já disse. Um site onde atores procuram trabalho.

— Que *tipo* de ator?

Sam deu um suspiro, mexeu-se na cadeira e olhou para o teto, quem sabe em busca de orientação divina.

— Outro ator me falou desse site novo que ajuda atores, você sabe, que precisam de um dinheirinho extra.

— É?

— Atores dispostos a atuar em formatos não tradicionais.

— *Formatos não tradicionais*. É este o nome que vocês dão?

— Do que ele está falando? — Trudy não estava entendendo. Ela já tinha engolido muito sapo naquela relação, mas não conseguiria digerir esse. Ainda não.

— Diga a ela, Sam. *Diga*.

— Bem. Você sabe...

Eu disse por ele.

— *Criminosos*. Se o dinheiro for suficiente, você se presta a este tipo de trabalho. É o único trabalho que paga 5 mil dólares a um ator por uma manhã, não é?

Sam não respondeu. Não precisava.

Um frio subia lentamente pela minha espinha, uma vértebra de cada vez.

— Se eu fosse você, ficaria de olho — eu disse a Trudy.

Sam olhou para mim com uma expressão assustada.

— O homem que pagou a você. Ele pode não gostar de ver você andando por aí. Está entendendo?

O CHOQUE DO RECONHECIMENTO.

Estava diante de uma coisa já conhecida e lembrada.

Um grupo de atores de Hollywood desesperados que se vendem à máfia russa para cometer crimes.

Lembram?

Uma das minhas reportagens.

Só uma daquelas reportagens.

Estava agora num site da internet mantido pelo jornal que eu quase pus de joelhos.

Matéria-prima original do prodigioso cânon de mentiras de Tom Valle.

Dramaticamente construída. Elaboradamente detalhada. Rigorosamente relatada.

Mas não verdadeira.

Nem uma palavra sequer.

VINTE E NOVE

Ouço helicópteros em volta do meu hotel.

Parecem militares. Se tivesse de adivinhar, diria que são Black Hawks, voando baixo em formação.

Meu primeiro instinto foi o de me esconder, mergulhar debaixo da cama e ficar quieto até tudo passar.

Não consigo me mexer. Estou paralisado. Preso na areia movediça.

Então eu acordo.

A TV está ligada. São quatro da manhã. Está passando um filme sobre o Vietnã. Explosões de napalm e o pipocar das metralhadoras contra os tetos de sapê de onde foge o povo da aldeia.

Tudo bem. Não há helicópteros.

Ainda assim isso me lembra que eles estão atrás de mim.

Tenho um prazo a cumprir.

Estou escrevendo o mais rápido que posso.

Sim.

Não haverá prorrogações. Ou eu termino, ou não termino.

A probabilidade é de meio a meio. No máximo.

Criei o hábito de espiar pela janela para ver se aquele homem está lá fora.

O homem que Luiza me disse que perguntou por mim.

Quando perguntei como ele era, ela teve um calafrio e fez cara de nojo.

Perguntei o que ele queria saber.

Há quanto tempo o señor está aqui, respondeu.

E você disse?

Ela balançou a cabeça. *Eu disse que no sabia.*

Só isso?

El preguntó como era o señor.

Ótimo. E você disse como eu era?

Sí.

Luiza se lembrava de que ele tinha um distintivo.

Não sabia se era da polícia ou da carrocinha de cachorro.

Só sabia que tinha medo deles. Dos distintivos.

Afinal, havia a *Imigración.*

E é por isto que eu não posso confiar completamente nela. Não posso.

Eles podem ameaçar um ilegal. Ela me contou quando se convenceu de que eu não me importava e não iria machucá-la. A viagem torturante pela América Central e a travessia do Rio Grande, à mercê de um *coyote* de 19 anos cheio de mescalina. A fábrica de papéis que fornece documentos quase perfeitos. Mas não para os agentes de imigração. Para eles não.

E eu estou numa parte crucial da reportagem. O ponto crítico.

Você já percebeu, não?

Você está aí ligando os pontos, como eu fazia. Tenho de apresentá-la assim para você, cronologicamente, para que você possa segui-la e ver como tudo aconteceu, passo a passo. E no final vai *acreditar.* Mesmo que não confie no mensageiro, vai acreditar na mensagem.

Você vai saber o que fazer.

TRINTA

Quando apareci no *Littleton Journal*, Hinch estava no hospital com a mulher.

Norma tinha chorado.

— Pode ser a qualquer momento — disse ela.

Nate estava igualmente infeliz. Tinha recebido uma carta de despedida de Rina — ou melhor, um e-mail de despedida, tempos modernos — e curtia a fossa na mesa do fundo.

O ambiente estava fúnebre e circunspecto.

Hinch havia deixado o número normal de reportagens locais a serem escritas. Passei por elas como um motorista que só está concentrado no destino, seguindo as placas. A Feira de Littleton ia ser inaugurada naquela semana. O Lone Star Rodeo, que apresentava um torneio de mulheres, estava chegando à cidade. Uma reunião da Sociedade Histórica da Califórnia na Biblioteca de Littleton.

Terminei em tempo recorde. Dei uns tapinhas nas costas de Nate e lhe disse para aguentar firme. Trouxe um café para Norma e lhe disse para não perder a fé.

Em seguida, desapareci no arquivo de microfilmes.

Estava caindo numa toca de coelho e queria saber onde iria cair.

Avançava recuando ao passado.

Ao lugar que tinha visitado quando tinha sido contratado, quando estudei a história local como um viajante que estuda um guia do próximo destino. Quando comecei a xeretar a história e a pedir às pessoas as suas lembranças. Não importa aonde eu fosse, seguindo pela rodovia do Pacífico nos dois sentidos, ou a meros 30 quilômetros da cidade, ou através do espelho, eu sempre voltava ao mesmo lugar.

Estava me esperando todo aquele tempo.

1954.

A inundação da represa Aurora.

A morte de Littleton Flats.

TRINTA E UM

Estavam ouvindo Eddie Fisher e Rosemary Clooney pelo rádio.

Hey there, you with the stars in your eyes...

Iam ao Odeon na esquina da rua Seis com a principal para ver Marlon Brando representar um ex-boxeador com consciência.

Liam notícias de Seul no *Littleton Journal*. A Guerra da Coreia tinha recém-acabado — o último ensaio para outra guerra asiática que ainda estava por vir. Procuravam nas últimas páginas os resultados do beisebol, no ano em que o New York Giants arrasou a Liga Nacional para conquistar o campeonato.

Quem tinha uma TV GE podia escolher entre duas grandes lutas de boxe naquele ano: Marciano *x* Ezzard Chavez, ou Exército *x* McCarthy.

Não foi um ano bom para McCarthy.

Os Estados Unidos gostavam de Eisenhower, mas já não tinham tanta certeza quanto a McCarthy, o hidrófobo caçador de vermelhos que jurou sobre uma pilha de bíblias que havia um comunista embaixo de toda cama. Ou pelo menos em todo departamento do governo norte-americano. A incrível ironia das suas alegações belicosas ainda estava longe de ser desmascarada — aquele McCarthy mentiroso, aquele oportunista cínico que se tornou sinônimo de assassinato injustificado de caráter, estava mais ou menos certo. *Havia* comunistas espalhados pelo governo norte-americano — só que o senador McCarthy não sabia.

O que na verdade ele já percebia, ou estava começando a perceber o seu cheiro perigoso, era a sua própria mortalidade política. Estava irritado com o exército por não ter liberado o seu capanga favorito. De repente o exército também ficou cheio de comunistas. Houve audiências públicas para tratar do assunto, em que McCarthy questionou a lealdade de um assistente do principal advogado do exército, Joseph Welch, e este pronunciou a hoje famosa frase perguntando ao senador se ele não tinha nenhum *senso de decência*, e em que a relativa novidade da televisão captou todos os momentos mesmerizadores de destruição de carreiras que ali se passaram. Ao final das audiências, McCarthy só era poderoso no nome. Suas atitudes intimidadoras e o seu caráter abjeto foram expostos para todos os norte-americanos verem. Estava acabado politicamente.

Evidentemente, havia o homem e havia o movimento.

O medo do comunismo ainda estava muito vivo e forte.

A visão da nuvem em cogumelo pairando sobre a Rússia foi suficiente para despachar os norte-americanos correndo para o seu abrigo antinuclear. *A Rússia tinha a bomba H!* O *Littleton Journal* estampou uma fotografia do abrigo mais moderno, estocado com toda uma parede coberta de sopas Campbell e duzentas caixas de Kellog's.

Eram os inocentes anos 1950.

De uma inocência envenenada pelo medo. Sempre se soube que a morte é inevitável; agora se sabe como.

Ainda assim, em Littleton Flats as pessoas limpavam as casas, trocavam as fraldas das crianças e fritavam hambúrgueres. Três quartos dos homens da cidade — pouco mais ou pouco menos — trabalhavam na usina hidrelétrica ligada à represa Aurora. Usavam capacetes de segurança e tapavam os ouvidos com algodão por causa do rugido constante das máquinas. Faziam churrascos aos domingos, ouvindo a gloriosa vitória dos Giants por 4 a 0. Dançavam como William Holden e Kim Novak nas festas da igreja local. Os adolescentes passavam as noites de sábado em pegas na estrada. Um artigo mencionava o número incrível de carros destruídos e os esforços do xerife para canalizar aquela energia juvenil para objetivos mais sadios.

Como os esportes.

Havia uma liga infantil de beisebol constituída de três times. O time de futebol da escola do ensino fundamental local era conhecido pelo nome de de Littleton Flat Ratters.

A turma do ensino médio montou uma produção de *Oklahoma!* em 1953. O papel principal foi de Marie Langham; o jornal do colégio chamou-a de *transcendente* e o garoto que representou o papel de Curly era também jogador do time de futebol do colégio. Colégio este que se orgulhava de ter cinco finalistas na competição nacional patrocinada pela Westinghouse.

No dia 1º de maio daquele ano, a cidade comemorou a primavera na praça. Dançaram em torno de um mastro e cantaram "It Might as Well Be Spring".

Na época do natal, traziam e iluminavam uma árvore grande, coroando tudo com uma brilhante estrela de Belém. A turma do quarto ano da Franklin Pierce Elementary School enviou uma carta ao presidente Eisenhower prometendo ajuda na luta contra o comunismo ateu.

Havia na cidade um fã-clube de Bing Crosby.

O Rotary Club, decididamente republicano e obrigatório para quem tinha esperanças de ocupar um cargo na cidade, anunciava um evento social em junho.

Toda semana aconteciam sessões de bingo na Igreja de Nossa Senhora das Dores.

O Littleton Flats Café servia um desjejum especial, com três ovos — qualquer estilo — batatas fritas, suco de laranja, café e uma torrada, tudo por apenas 50 centavos. O café era gratuito.

Havia concertos de verão no coreto — um quarteto de barbeiros chamado Flats Four era a maior atração.

Em toda a sua história, o *Littleton Journal* publicou apenas duas manchetes de página inteira. A segunda foi um dia depois que Lee Harvey Oswald abandonou o seu posto no edifício do Texas Book Depository.

A primeira foi na segunda-feira seguinte à inundação da represa Aurora.

Trágica Inundação Arrasa Littleton Flats!

O que, onde, como e quando numa declaração sucinta de cinco palavras. O *porquê* da questão só seria esclarecido mais tarde — o fato de a chuva incessante de três dias ter elevado o nível da água a níveis perigosamente altos.

Esperada perda total de vidas!

Esta foi a manchete do dia seguinte — antes da descoberta e resgate de Bailey Kindlon ainda viva.

Havia fotos.

A cidade engolida inteira, com alguns pedaços saindo da água, como galhos mortos de ciprestes num pântano.

Um fotógrafo deve ter sido levado ao local de helicóptero. Podia-se ver as marolas provocadas pela hélice e uma sombra parecendo a de uma baleia pairando logo abaixo da superfície.

Havia o *close-up* do comandante dos bombeiros, expressão sombria, olhar cansado, como o cirurgião que informa à família que, apesar de todos os esforços, o paciente morreu.

Nos dias que se seguiram, apareceu uma lista. Ficava cada dia mais longa, como se fosse uma coisa viva engordando vorazmente com os corpos dos mortos.

Benjamin Washington, 6 anos, apareceu no terceiro dia.

Até então a lista cobria seis colunas de duas páginas.

A Guarda Nacional havia sido convocada, todo um batalhão vindo de Fort Hood.

O governador da Califórnia já dera a entrevista coletiva obrigatória no local da tragédia, o bispo de Los Angeles havia abençoado o túmulo líquido, que comparou ao Dilúvio de Noé, e a área tinha sido isolada para manter distantes os curiosos e as famílias dos mortos. Havia a ameaça de doenças — todos aqueles corpos mortos sob o sol abrasador. Toda aquela água — um campo de cultura de micróbios perigosos.

No fim da semana começaram a apontar dedos. Não se falava de Lloyd Steiner — ainda não. Somente a curiosidade por uma represa erguida por engenheiros famosos ter desabado como um castelo de areia. Suspeitava-se de corrupção. *Metade do estado está sob as águas, e a outra metade está sob suspeita.*

Um especialista em represas, o major Samson, do Corpo de Engenheiros do Exército, foi citado no *Littleton Journal*: "Deserto ou não, é preciso levar em conta o aumento do nível da água e da pressão. Qualquer outra represa construída nos Estados Unidos teria sido capaz de suportar. São necessárias graves falhas estruturais para precipitar um desastre como esse."

O presidente Eisenhower enviou condolências pessoais às famílias dos mortos. É claro que a maioria das famílias dos mortos também estava morta. Mas não todas. Belinda Washington estava longe — cuidando dos filhos de outra família. Não havia nenhum Sr. Washington na lista dos mortos — ele devia ter desaparecido muitos anos antes.

A Funerária Congrave, de Littleton, ficou sobrecarregada, programando um enterro após o outro, às vezes três por dia. O excedente chegou até San Diego, com corpos enviados a quem quer que tivesse espaço. O cemitério de Littleton aumentou em 50%.

Alguns políticos famosos compareceram aos funerais. O vice-presidente Richard Nixon veio de Washington e segurou a mão de Pat quando baixaram um vereador ao túmulo. O vice-governador da Califórnia compareceu a dois enterros. Billy Graham celebrou as cerimônias fúnebres em lugar do pastor da cidade.

A revista *Life* enviou um fotógrafo que documentou as enormes manifestações de pesar. Uma das suas fotografias foi reproduzida no *Littleton Journal*, um velho de Minnesota, a cabeça baixa, vestido de preto, lenço branco no olho, prestando seus respeitos a ninguém em particular — conforme à estranha noção de que somos todos parentes na família dos homens.

As bandeiras na Califórnia foram hasteadas a meio-mastro durante uma semana.

As fotos de Bailey Kindlon sorridente apareceram quatro dias após a tragédia. Seus olhos eram duas luas cheias e as faces cobertas de sardas.

Única sobrevivente!

O artigo dizia que ela fora encontrada flutuando sobre uma porta do armazém de Littleton Flats, mas estava a mais de 8 quilômetros de distância. Foi resgatada por um homem da Guarda Nacional chamado Michael Sweeney. Não havia menção a robôs alienígenas que faziam ruídos iguais aos dos golfinhos. Estava em boas condições de saúde, apenas alguns arranhões e hematomas.

Na segunda semana, os artigos sobre Littleton Flats seguiram o mesmo destino da cidade e desapareceram. Os jornais estão sempre lembrando o velho clichê dito por todos os sobreviventes em todos os lugares: a vida continua.

As eleições locais foram acompanhadas e relatadas pela imprensa. Os quadros de resultados foram reimpressos e analisados. Houve reclamações sobre as previsões do tempo. Os senadores em Washington que haviam ofendido o senso de decoro foram (discretamente) advertidos, e as explosões nucleares em lugares distantes foram escrupulosamente relatadas. Era preciso correr para alcançar o *Recruta Zero*, *Ferdinando* e *A turma do Charlie Brown*.

A notícia seguinte sobre a tragédia de Littleton Flats tratava da comissão governamental que se propunha a examiná-la a fundo. Ela ia decidir quem ia ser publicamente açoitado para saciar a sede nacional de sangue do culpado; 853 mortos assim o exigiam.

Lloyd Steiner teria os seus 15 minutos de infâmia.

Havia um retrato dele.

Estava saindo do tribunal depois do que deve ter sido um dia de depoimentos inúteis e comprometedores. Uma prova definitiva tinha sido encontrada: um projeto da obra encontrado com ele que ilustrava claramente o conhecimento prévio de algumas simplificações estruturais aprovadas e implementadas.

Ostensivamente pelo próprio Steiner.

Ele foi evidentemente pego de surpresa pela luz do flash, a cabeça lançada para trás, como um ator sendo retirado do palco por uma bengala invisível, os óculos iluminados como luzes de natal. O que metaforicamente era muito apropriado — o bandido da peça sendo retirado do palco nacional para uma prisão federal, onde passaria os dez anos seguintes.

VOLTEI PARA A MINHA MESA.

Tomei um gole do café horroroso da Norma, em seguida voltei à cafeteira e tomei outro.

Nate the Skate me pediu alguma coisa para fazer, evidentemente acreditando que trabalhar muito era a cura para um coração ferido. Pedi que revisasse alguns artigos escritos apressadamente.

Norma vigiava o telefone esperando notícias do hospital. Uma enfermeira do CTI ligava periodicamente com notícias da mulher de Hinch, nenhuma delas promissora.

Sentei-me na minha cadeira giratória e repassei de memória os microfilmes, uma série inumerável de imagens graves que quase me fez dormir.

Quase.

— Nate — chamei.

Ele levantou os olhos da mesa, parecendo repentinamente mais velho. É esse geralmente o resultado de uma perda.

— Quantos são premiados pela Westinghouse a cada ano?

— O quê?

— Os prêmios Westinghouse para alunos do ensino médio. Quantos premiados em ciência você acredita que haja a cada ano?

— Não sei. Por quê?

— Chute.

— Poucos.

— É. Eu também não acho que sejam muitos. Eu diria uns cinquenta, *talvez*. Provavelmente não é mais que isso.

— Por que está perguntando?

— Vou explicar de outra forma. Qual a probabilidade de cinco virem da mesma escola?

— Não sei. Não existe uma grande escola de ciências em Nova York, no Bronx?

— A Escola de Ciências do Bronx. Claro, talvez ela tenha cinco finalistas. E quanto a um outro colégio qualquer?

— É um jogo, ou o quê? Porque eu não estou interessado. Sinto muito, mas realmente não estou. Estou sofrendo. Estou morrendo.

— Eu diria que a probabilidade de encontrar cinco finalistas do prêmio Westinghouse de outra escola que não a do Bronx seria quase nula.

— Está bem. Você ganhou.

— Agora, qual a probabilidade para um colégio muito pequeno? Um colégio literalmente perdido no meio do nada? A probabilidade seria tão minúscula que Vegas nem levaria em consideração. Não concorda?

— Acho que sim. Por quê?

— Nate. Você vai fazer uma coisa para mim. Uma coisa que vai tirar Rina da sua cabeça.

A menção à ex-namorada fez Nate dar um pulo.

— O quê?

— Quero que descubra tudo o que for possível sobre as pessoas que viviam em Littleton Flats.

— Littleton Flats. A cidade que…

— … foi apagada do mapa. Esta mesma. Quero que descubra tudo o que puder sobre quem eram aquelas pessoas.

— Você quer dizer, os nomes?

— Os nomes eu já tenho. Relacionar nomes é fácil. Quero saber quem eram elas. O que faziam para viver. De onde vieram. Essas coisas. Algumas podiam ter parentes que ainda estão vivos. Preciso de tudo o que puder encontrar.

— Desculpe a pergunta, mas *quando* essas pessoas morreram?

— Há cinquenta anos.

— Claro. Vai ser fácil — disse ele, exibindo um raro sarcasmo. Talvez fosse o coração ferido há tão pouco tempo. Lá ia ele patinando pela vida e de repente o primeiro tombo. Ele agora era todo inocência esfolada e otimismo sangrento.

— Tente a internet. Você não é um gênio do computador? Não foi você quem descobriu como entrar no PinkWorld.com sem pagar?

Aquilo pareceu animá-lo um pouco.

— Está bem. Vou tentar.

TRINTA E DOIS

— Alô, quem fala? Alô?

Eu tinha seguido a rotina habitual de me embebedar — o suficiente para ligar para ele, mas não o bastante para esquecer o número. Um equilíbrio delicado.

— Alô, *alô*...

Sou eu. Tom...

Fui a segunda pessoa mais surpresa naquela ligação ao perceber que as palavras tinham realmente sido pronunciadas.

— *Tom?* Tom Valle?

Voltei ao silêncio, por um instante, ao considerar a enormidade de finalmente iniciar uma conversa com o homem cuja vida eu havia pessoal e inapelavelmente destruído.

— É.

Então foi a vez de ele se calar, um silêncio tão completo que pensei ouvir o tique-taque do ponteiro dos segundos do relógio de pêndulo encostado na parede do escritório dele. Nos dias tranquilos de outros tempos eu havia entrado como convidado naquele santuário íntimo, quando eu ainda era o repórter em ascensão e ele a consciência editorial residente.

— Era você? — ele finalmente perguntou. — Todas as outras vezes? Era você ao telefone?

— Sim. Era eu.

— Sei. — Outro momento de silêncio. — Você se importaria de dizer por quê, Tom? Um dia você acordou e resolveu acrescentar telefonemas falsos à sua obra de falso jornalismo?

Tudo bem. Doeu. Mas a dor foi acompanhada de uma sensação repentina de alívio. Uma vez escrevi uma reportagem sobre uma seita de autoflageladores; tive de esperar até aquela noite para entender a felicidade estampada nos seus rostos quando se puniam por pecados cometidos contra Deus.

— Eu queria falar com você. Mas não tive coragem. Toda vez que ligava, eu achava que ia realmente dizer alguma coisa.

— Ainda bem. Estava começando a suspeitar que tinha uma admiradora.

— Não. Só um admirador.

Silêncio novamente.

— Você usou uma maneira estranha de demonstrá-lo.

— O que eu queria dizer, o que eu tinha de lhe dizer, é que eu *sinto muito*. Um arrependimento enorme. Eu devia... veja, eu sei que isso não muda nada, mas eu tinha de dizer. Precisava que soubesse... nunca tive a intenção...

— De quê, Tom? De ser pego? Você não tinha a intenção de quê? Quando você se sentava na sua toca e exercitava o seu jornalismo criativo, onde achava que aquilo ia acabar? Num prêmio Pulitzer?

— Eu nunca pensei tão adiante. Só até o fechamento da próxima edição.

— Sei. — O rangido de uma cadeira e de papéis sendo mexidos. — Não sabia se ia falar com você outra vez. Foi indelicado da sua parte não mandar um bilhete. Ou algo assim.

— Eu sei. Desculpe-me. Foi muito injusto o que fizeram com você. Foi...

— *Injusto?* De forma alguma. Eu fui o responsável. Todas as suas matérias passavam por mim, mas me faltou inteligência, e

Deus não me deu ceticismo. E olhe que todos achavam que era a minha especialidade. Faltou-me sabedoria editorial para ver o que estava bem na minha frente. Fracassei, pública e grandiosamente. Injusto? Que nada.

— Eles não precisavam derrubá-lo junto comigo...

— Não? Sabe, depois que tudo aconteceu, depois de uma longa caminhada até em casa, tive tempo mais que suficiente para repensar tudo. Você era a minha estrela, Tom. Todo editor quer uma. De certa forma, este é o nosso legado, o que fica depois da nossa partida. Talvez eu tenha sido traído, como você foi. Talvez uma voz na minha cabeça examinasse o que eu tinha de aprovar e dissesse: *Espere. Está perfeito demais, Mercúrio está alinhado demais com Marte.* Mas eu mandava a voz passear. Acho que uma vez ou outra eu mandei. Esqueci o mais antigo dos axiomas: não acredite em tudo o que lê nos jornais.

Senti algo imenso e inexorável se apossar de mim. Deixei o fone na mesa e apertei o rosto contra o ombro para ele não ouvir.

— Tom? Você ainda está aí?

— Estou.

— Eu sempre me perguntei sobre você. Onde você estaria. Você ainda está em Nova York?

— Califórnia.

— Califórnia? Fazendo o quê?

— Reportagens.

Uma respiração baixa, mas audível.

— O filho pródigo, hein?

— O quê?

— Nada. O perdão deve ser fácil na Califórnia, só isso.

— Não chega a ser um grande jornal.

— Pode ser. Mas é uma profissão maravilhosa. Não vá olhar os dentes de cavalo dado. Não desta vez, está bem?

— É por isto que eu estou telefonando.

— Pensei que estivesse ligando para oferecer suas desculpas muito atrasadas.

— É. E mais outra coisa.

— Que outra coisa?

— Uma coisa que está acontecendo. Uma reportagem em que estou metido. É uma história notável, aquela que um repórter procura a vida inteira. Eu sei. Ela anda para trás, anda para frente, e já chegou a lugares pouco saudáveis. Mas eu continuo a seguir. Queria que você soubesse.

— Cuidado, Tom.

— Estou tomando cuidado. Acho que uma pessoa já morreu por causa dela. Estou tomando cuidado.

— Não estou falando da sua segurança, Tom. Estou falando de um cheiro nauseante de *déja vu* que me chega pelo telefone. Estou falando da capacidade de concluir suas frases. Entende o que quero dizer, Tom? Já ouvi isso. É história antiga. É uma história cansada de um fabulista cansado. Rasgue tudo.

— Não é como antes. Desta vez é verdade. É autêntico. Alguma coisa muito estranha...

— E eu digo, Tom. Sempre foi verdade. Sempre foi autêntico. O estranho sempre foi você.

— Não desta vez. Desta vez eu estou sendo legítimo.

— Legitimidade não tem a ver com *estar*, Tom. Ou você é ou você não é. Não se pode experimentar, como um casaco. Não é assim que funciona.

— Quando eu terminar, quando juntar todas as peças, você vai ver. Vou mandar para você, e você vai ver.

— Não se dê o trabalho. Já não sou mais o seu editor. E você não é mais a minha estrela. Eu preciso dormir, Tom. Aqui é muito mais tarde do que aí.

Não, pensei. *É muito mais tarde para nós dois.*

TRINTA E TRÊS

Tinha 99% de certeza de estar sendo seguido.

Essa sensação se manifestava sempre que eu virava uma esquina ou entrava num estacionamento, sempre que entrava ou saía da minha casa, sempre que me esgueirava da redação do *Littleton Journal* para fumar, ou entrava numa farmácia para comprar um antiácido, ou ia a uma lanchonete comer um cheeseburguer, ou chegava ao boliche à noite.

Em outras palavras, o tempo todo.

Sempre que parava, me voltava e olhava, sentia que tinha acabado de perdê-lo. Ou perdê-los. Era como ver a sombra sumir quando o sol se esconde atrás de uma nuvem.

Rápido assim.

Fui à loja de armas e munições do Ted e saí de lá com um 38 Smith & Wesson — eu era novato no que se referia aos benefícios de um fabricante sobre outro, mas a pluralidade do nome fez Smith & Wesson parecer mais substancial. Claro, havia um pequeno problema. Por estar em liberdade condicional, eu era proibido de possuir uma arma no estado da Califórnia. Felizmente Ted, que também oferecia gratuitamente alvos com a cara do Michael Moore em toda compra, era pró-armamentista quando se tratava de leis federais ou estaduais relativas a armas.

Ele se recusava a reconhecê-las.

Fui a um local deserto a 3 quilômetros da cidade e pratiquei atirando em cactos. Minha precisão não passou de 25%.

Passei a trancar a porta, manter todas as cortinas da minha casa bem fechadas. Certa noite, desci a escada, arma na mão, para checar o porão. À procura exatamente do quê? *Grampos*, talvez. Mas só descobri um escondido num cano. Verifiquei de novo o buraco que o encanador tinha aberto na minha parede. Reboco e papel rasgado, usado como material isolante. Só isso. Lembro-me de ter pensado em pedir ao Seth para cobrir o buraco — ele já tinha trabalhado na casa algum tempo antes. Foi como eu o conheci, quando ele apareceu para consertar alguma coisa a pedido do proprietário.

Tive a sensação de que todo mundo em Littleton estava brincando, e que eu era o motivo da piada.

Era difícil saber quem representava quem. Precisava de um programa.

Sam Savage representando Ed Crannell, claro.

Outra pessoa no papel crucial, ainda que apagado, do cadáver de Dennis Flaherty. Mas quem, exatamente?

Benjy Washington?

O segundo sobrevivente da inundação da represa Aurora? Como prová-lo?

Então eu consegui. Mais ou menos.

Recebi uma corroboração.

Telefonei para o xerife para saber se haviam exumado o corpo em Iowa, omitindo a informação de que o homem da picape azul tinha contratado um ator desesperado que, por um bom pagamento, aceitava papéis "não tradicionais" — que Ed não era Ed. Queria contar à Swenson sobre o ator que tinha encontrado naquele teatro em Santa Monica, como eu o segui, como fui derrubado no chão, como me levantei e arranquei a história dele.

Mas ouvia a voz do meu editor.

É história antiga. É uma história cansada de um fabulista cansado. Rasgue-a.

Ele tinha razão.

Era uma história cansada. Muito batida. Atores de Los Angeles que trabalhavam como bandidos nas horas vagas. Não era novidade.

O xerife me disse que o corpo ainda estava enterrado no solo de Iowa, que era necessário uma *burocracia* absurda para exumar alguém, mesmo quando o nome na lápide não batia com o defunto. Então perguntei sobre o dia em que lhe contei que Dennis Flaherty ainda estava vivo.

— Você se lembra, eu queria saber se alguém que supostamente teria morrido na inundação voltou. Tive a impressão de que você ia dizer alguma coisa, talvez um sim. Por quê?

— Hein? Ah, aquilo. Só achei um pouco estranho.

— Estranho? Por quê?

— Porque uma semana antes alguém ligara para um dos meus auxiliares, dizendo que tinha informações sobre a inundação da represa Aurora que nós iríamos gostar de saber.

— O que o seu auxiliar disse?

— Ele disse: "Que porra de inundação da represa Aurora?"

— A informação? Qual era? — perguntei sentindo outra vez o que tinha sentido ao ver o retrato na parede do teatro. Como se o mundo tivesse se transformado num gigantesco caleidoscópio que não parava de girar.

— Quem vai saber? Ele marcou uma entrevista, mas nunca apareceu. Claro, o meu auxiliar não se surpreendeu quando descobriu que a inundação tinha acontecido cinquenta anos antes. Quem aplica um trote pelo telefone não costuma aparecer para um café.

— Ele deu o nome?

— Deu. Foi como eu soube que era um trote. Era um dos garotos que tinha morrido naquele dia.

* * *

Mary-Beth, em adiantada gravidez, veio ajudar na redação durante a ausência de Hinch. Andava como uma pata choca e me pediu para trocar de cadeira com ela, pois a sua era pequena e desconfortável, e a minha estava completa com a almofada que eu tinha trazido de Nova York, apesar de o logo do New York Jets já estar bem desbotado.

Cavalheirescamente, eu concordei.

Nate the Skate trabalhava furiosamente ao computador e telefone. Seu novo trabalho parecia ter levantado o véu de desespero que havia baixado sobre ele quando recebeu o inesperado bilhete azul de Rina.

Voltei a procurar a garota dos meus sonhos.

Não, não era Anna. A garota dos meus pesadelos estonteantes e obsedantes.

Kara Bolka.

Aquela cujas saudações nem Belinda Washington nem eu pudéramos responder.

Considerando que tinha varrido todo o estado da Califórnia, tentei outros estados, tentei todos os lugares imagináveis e não achei qualquer coisa.

Telefonei para a Sra. Flaherty e perguntei como Dennis estava passando.

— Ele está ótimo. Está vivo. E você, como está passando, Tom?

— Estou bem, Sra. Flaherty. Eu poderia falar com Dennis?

— Acho que não, Tom. Ele está dormindo.

Calculei que lá seriam três horas da tarde.

Havia mais uma coisa que eu precisava fazer, algo que estava no fundo da minha mente e eu não conseguia lembrar. Algo que precisava ser verificado. Mas alguém interrompeu as minhas elucubrações.

— Lembra dos prêmios de ciência? — perguntou Nate — Eu já sei a razão.

* * *

Ele estava exultante e exausto — como se não tivesse dormido nos últimos dias, e talvez não tivesse mesmo.

— Muito bem. Pronto?

Saímos para acender os nossos cigarros — e para que Norma e Mary-Beth não ouvissem.

— Você queria saber como um único colégio poderia ter cinco finalistas do prêmio Westinghouse, não é? Pois é até fácil quando os pais são verdadeiros gênios.

— Do que está falando?

— Do que eu estou falando? — Ele deu uma longa tragada no cigarro e deixou a fumaça fluir através do sorriso que lembrava o Gato de Cheshire. — Considerei a lista de mortos que você me deu. Você sabe, a lista das vítimas da inundação. Pesquisei no Google um nome de cada vez e consegui quase nada. No começo. Veja, são quase cinquenta anos. A maioria era composta de donas de casa, crianças e empregados da usina, certo? Não surgia nada, e eu estava a ponto de lhe dizer que seria provavelmente uma anomalia estatística... você sabe o que é isso, não?

— Sei, Nate.

Mas ele explicou assim mesmo.

— Eu fiz um curso de estatística e probabilidades. Você não acredita como isso é comum. Grupos de cânceres sem nenhuma razão aparente. Dois tornados varrendo o mesmo local. Eu pensava que a existência de cinco colegiais finalistas na mesma escola sem importância seria apenas mais uma anomalia estatística.

— Mas não era.

— Não. Nada de anomalias estatísticas neste caso, chefe. Havia um nome, bem abaixo na ordem alfabética. Um nome encontrado, só um. *Franklin Timmerman*. Eu ia ignorá-lo, pois o Franklin Timmerman de Littleton Flats era operador de comporta da represa, e o Franklin Timmerman que eu encontrei no Google era outra coisa.

— Era o quê?

Nate aspirou outra tragada e enxugou o suor da testa e entre os pelos da cabeça quase raspada. A temperatura à sombra devia estar uns dez graus mais baixa, o que não queria dizer muita coisa, pois ao nosso lado ela chegava a 43 graus.

— Um especialista em explosões nucleares.

Ele deu um tempo para eu absorver a informação, como se para ver se eu sabia o que era um especialista em explosões nucleares.

— Está bem, Nate. O que faz um especialista em explosões nucleares?

— Ah, é alguém encarregado de programar a fissão na altura certa. Fissão nuclear. Numa bomba. Numa bomba *nuclear*. Programar para que a explosão ocorra na altura que provoque o máximo de danos. Frank Timmerman, especialista em explosões nucleares, havia trabalhado naquele negócio chamado *Projeto Manhattan*. Você já ouviu falar, não?

— Eu conheço o Projeto Manhattan. Você fez um curso sobre ele também?

— Na verdade, fiz. Negócio muito bacana. Robert Oppenheimer, Enrico Fermi, todos esses gênios lá no deserto de Los Alamos. Little Boy, Fat Man, disputando com Hitler a corrida do Big Bang. Você sabe o que disse Oppenheimer quando eles finalmente conseguiram, quando testaram a primeira bomba e ela vaporizou tudo num raio de 3 quilômetros?

— Acho que sei. Mas continue.

— "*Eu me tornei a morte, o destruidor de mundos*", uma citação do sânscrito. "Eu me tornei a morte", muito eloquente, mas assustador, não é?

Concordei acenando com a cabeça.

— Então o Franklin Timmerman relacionado como...

— Já chego lá.

A boa reportagem está nos detalhes e Nate estava decidido a relacionar todos eles em ordem cronológica. Ele ia me dar uma descrição passo a passo do seu triunfo sobre a ignorância.

— Franklin Timmerman estava em Los Alamos, pelo menos o Franklin Timmerman do Google. Uma das pessoas que montaram tudo aquilo. Todos ali trabalhavam em equipes, uma encarregada da fissão em si, outra do invólucro da bomba, outra encarregada de assegurar que ela explodisse na altura certa, que era a tarefa de Franklin.

— Mas você disse que o Franklin Timmerman de Littleton Flats era operador de comporta.

— Certo. Ele estava relacionado como operador de comporta da represa Aurora. Isso significa o quê? Que duas pessoas podem ter o mesmo nome, o que acontece a toda hora. Você pergunta no Google sobre *Quentin Tarantino* e começa a ler sobre um criador de carneiros na Nova Caledônia. Aqui deveria ser o mesmo caso, certo? Afinal, por que um especialista em detonação nuclear estaria operando comportas numa represa do governo federal?

Ele parou e deu outra tragada.

— É uma pergunta retórica, Nate?

— Sim.

— Então pode continuar.

— Certo. Eu ia ignorar tudo aquilo; só li tudo o que havia sobre ele porque me interesso pela questão: o nascimento da bomba, Hiroshima, Nagasaki. Mas então resolvi procurar o Projeto Manhattan, peguei todos os nomes que trabalharam em Los Alamos e cruzei com a lista de Littleton Flats.

Nate tinha chegado àquele momento em que o coelho é tirado da cartola, a nota rasgada de vinte reaparece inteira e a mulher desaparecida volta ao palco.

— E o que eu descubro? Dez nomes nas duas listas. *Dez.*

— Você viu uma picape passando perto de nós, Nate?

— Hein? Que picape?

— Esquece. Continue — respondi, apesar de sentir um nó no estômago. Apoiei-me na placa de "delivery grátis" colocada na vitrine do Foo Yang.

— Como? Continuar? Eu acabei de contar que encontrei dez nomes. Você entende o que eu estou dizendo? Littleton Flats estava cheia de gênios nucleares. Cientistas, teóricos e engenheiros. É assim que um colégio tem cinco finalistas num concurso nacional de ciências. Já imaginou os projetos de ciência do colégio? *Turma, Susie Timmerman hoje vai dividir um átomo.* Bem ao lado do menino de La Jolla que montou um rádio de ondas curtas dentro de uma caixa de charutos. Era como ter uma Escola de Ciências do Bronx no meio do nada. Que colégio que nada. Era um novo *MIT*. Inacreditável.

— É — disse eu, começando a entender alguma coisa. Começando a ver. — Ótimo trabalho, Nate. De verdade.

— Tudo bem. Então, por que dez gênios nucleares, possivelmente mais de dez, pois não se sabe se algum deles deixou de aparecer na minha referência cruzada, por que todos esses cientistas de ponta, especialistas em fissão nuclear, estariam vivendo numa cidadezinha de represa?

Eu ia responder, recitar o que qualquer jornalista autêntico deve decorar — que quando se presume alguma coisa, alguém é o idiota, você ou eu. Que nós presumimos que Littleton Flats fosse apenas uma vila de operários de uma represa, mas estávamos errados. Que já era hora de pararmos de presumir outra coisa.

Que ali só havia uma represa.

Mas um som alto perfurou o silêncio da tarde.

Nate the Skate também ouviu. Virou-se e instintivamente se encolheu.

— O que foi isso? — disse com a voz absolutamente normal.

A picape azul, eu ia dizer. *Aquela que eu acabei de mencionar.* Um risco azul desaparecendo rua abaixo.

Mas havia sangue nas minhas mãos, como se eu estivesse pintando com os dedos.

E Nate estava olhando para as minhas mãos ensanguentadas com um olhar de preocupação e choque, pronto para perguntar, *você está bem?* — cheguei a ver as palavras se formando nos seus lábios.

Mas ele não devia se preocupar comigo.

Nate caiu no chão e olhou para o céu com olhos curiosamente mortos.

Ouvi Norma gritando de longe.

TRINTA E QUATRO

Arrancaram a bala da parede do Foo Yang, a bala que aparentemente atravessou o peito de Nate, saindo pelas costas, passando a escassos 15 centímetros da filha de 13 anos de Foo Yang.

Mas Nate não estava morto. Parecia muito pior do que realmente estava.

Todo aquele sangue.

Foi levado ao Pat Brown Hospital, onde estancaram o sangramento, costuraram-no, deram-lhe duas transfusões e o deixaram descansar confortavelmente no CTI.

Ele ia ficar ótimo, o médico hindu chamado Dr. Plith informou a nós — Hinch, Norma e eu.

Hinch continuava em vigília na ala dos cancerosos quando Nate deu entrada no hospital. De nós três, Nate parecia o mais calmo — um estagiário ferido, nada comparável à intensidade emocional de uma esposa agonizante.

Fui escalado para telefonar à mãe divorciada de Nate em Rancho Mirage e dar a notícia; resolvi começar pelo bom prognóstico e retroceder até o tiro.

Depois de ela anotar o nome do hospital — já estaria na estrada assim que eu desligasse — ela me perguntou em nome de Deus quem poderia querer atirar no seu filho.

— Não sei — menti.

Passei algum tempo diante da ala principal discutindo exatamente essa questão com o xerife Swenson.

Desta vez ele me tratou como uma legítima testemunha, e não um mentiroso condenado. Anotou o meu relato do que tinha acontecido: a picape azul — eu a *tinha visto* — o barulho horrível, como o de um pneu estourando; Nate caindo no chão.

Era hora de contar ao xerife sobre Santa Monica — contar tudo. Alguém havia sido baleado.

Comecei por Sam Savage. Falei do site da internet e da presença do encanador naquela manhã na rodovia 45.

— Um *ator*? — ele perguntou, parecendo incrédulo.

— É. O encanador agora não se limita a arrombar casas. Está contratando atores para *reality shows* na rodovia 45. Está incinerando gente.

Em seguida disse quem eu achava que tinha sido incinerado.

Benjy Washington.

Foi quando os seus olhos se congelaram. Foi quando ele fez aquela expressão.

— Hein?

Contei sobre o bilhete escondido no porta-retrato do quarto de Belinda.

— O garoto que morreu na inundação? É dele que você está falando? Um garoto morto?

— Ele já não é um garoto. E acho que não estava morto. Você se lembra que ele telefonou para o seu auxiliar, não?

— Meu Deus, Lucas... foi um trote.

— O Dr. Futillo disse que o corpo era de um negro. Todo o acidente foi encenado.

Swenson deu um suspiro e balançou a cabeça.

— Entendo. Só por curiosidade. Por quê? Por que foi encenado?

— Ainda não sei. Acho que tem alguma coisa a ver com a cidade. Com Littleton Flats.

— Certo. Littleton Flats.

Ele se levantou e fechou a caderneta de anotações.

— Você tem o telefone do ator, Lucas?

Eu ainda estava no hospital quando a mãe de Nate apareceu.

O Dr. Plith nos havia mandado para casa. Nate ia dormir durante horas, mas eu era responsável por ele estar ali. *É você*, o encanador havia sussurrado ao meu ouvido no porão, mas foi Nate quem recebeu a bala. Qual era a expressão usada ultimamente pelo governo? *Dano colateral*. Reduzir um assassinato a uma expressão mais adequada à destruição de propriedade, para torná-lo mais aceitável para o público, que prefere ver sangue na tela do Cineplex.

A mãe de Nate parecia ter corrido desde Rancho Mirage. Estava vermelha e suada, quase necessitando de assistência médica.

Ouvi quando ela perguntou pelo filho — *Nathaniel Cohen* — mal conseguindo pronunciar o nome em meio à respiração entrecortada.

Fui até ela.

— Sra. Cohen. Eu sou Tom Valle, do jornal. Sinto muitíssimo por tudo isso.

Ela pareceu entender as minhas desculpas como empatia por um colega, não a admissão de culpa da pessoa que colocou o filho dela no meio do alvo.

Quando vi a picape passando, por que não voltei para a redação?

Ela veio até mim lentamente, e então desabou nos meus braços, e eu, meio sem jeito, abracei-a, algo entre um abraço de verdade e alguma coisa em que me apoiar. Aquela inclinação estranha do sofredor que busca conforto em algum desconhecido.

Finalmente ela se afastou, recompondo-se, como se recolhesse as emoções espalhadas no chão e recolocando-as onde deviam estar.

— Desculpe... é tudo tão... Meu Deus...

— Não se preocupe,— disse eu, consciente do desconfortável ponto molhado no meio do meu peito. — Deve ser horrível ouvir uma coisa dessas. Principalmente pelo telefone. A boa notícia é que o Dr. Plith disse...

— Dr. *Plith*? — ela repetiu o nome como se não tivesse ouvido bem. — Que tipo de nome é este? Ele é bom? Quero dizer, não sei nada a respeito de ninguém aqui.

— Acho que ele é hindu. Parece muito competente.

— Está bem.

Ela levou as mãos ao rosto e ficou assim, como quem murmura uma prece.

— O médico disse que Nate vai ficar bem. Ele teve muita sorte. A bala atravessou o peito, mas não atingiu nenhuma artéria importante.

Ela continuou balançando a cabeça, bebendo as notícias em grandes goles.

— Posso vê-lo?

— Não sei. Acho que ele ainda está inconsciente. A senhora vai ter de perguntar ao médico. Claro, a senhora é a mãe, eles devem...

Ela não esperou eu terminar. Saiu correndo em busca da primeira mancha verde, uma enfermeira da emergência que entrava no CTI com outro paciente numa cadeira de rodas.

Esperei.

Havia algumas revistas espalhadas numa mesinha de madeira. Uma edição recente da *Time*, uma *People* antiga, faltando metade da capa — um Brad Pitt recém-casado e Jennifer Aniston rasgada ao meio, deixando a noiva com o braço estendido no espaço. Alguém deve ter decidido colocar as coisas no lugar. Folheei a revista sem ler.

Estava fazendo outra coisa.

Ligando pontos imaginários com um lápis.

Eu diria que o nosso falecido era negro.

Só achei um pouco estranho porque uma semana antes alguém ligara para um dos meus auxiliares.

O carro já estava em chamas. Ele disse que não tinha ninguém no carro.

Atores dispostos a atuar em formatos não tradicionais.

Dez nomes nas duas listas. Dez.

Este é o esboço. Agora vamos olhar e ver o que é.

Diga.

O que você está desenhando?, ela perguntou, a bela garçonete que sempre dava a Jimmy e a mim uma porção extra de panquecas. Que às vezes passava a mão pelo nosso cabelo e que se apoiava na mesa com os dois cotovelos para que sentíssemos o perfume — igual ao das flores amassadas que a minha mãe colocava entre as páginas dos livros.

Uma baleia, eu disse. *Um polvo. Um elefante.*

Ela riu. *Um elefante no restaurante. É melhor eu chamar o zoológico.*

Eu também ri, sentindo as faces corarem. Cúmplice de tudo, apesar de não sê-lo.

É difícil saber o que um menino sabe ou não sabe — não foi o que Bailey Kindlon descobriu?

Foi esta a minha primeira mentira?

Que ela era apenas uma garçonete que escolheu a nós dois, entre todos os meninos no restaurante, para oferecer os seus sorrisos especiais?

Por que minha mãe nunca vinha conosco ao Acropolis?

Ou ela veio? — uma única vez.

Se tentasse com mais afinco, eu poderia lembrar.

Nós quatro sentados no sofá vermelho — uma família infeliz — só que então não éramos tão infelizes, não tanto quanto viríamos a ser. Ainda não. Mas não havia uma frieza no ar quando a minha mãe devolveu o cardápio à garçonete que tinha anotado os nossos pedidos — a garçonete que me perguntava o que eu estava desenhando, que animal fabuloso eu estava criando desta vez? E eu sem entender por que a minha mãe não estava sorrindo para ela, adorando-a no altar da sua radiância, como nós — Jimmy, o papai e eu.

Também consegui me lembrar de mais uma coisa.

Minha mãe chamando rudemente a garçonete — *Lillian*, dizia o seu crachá, tal como a flor, como um lírio — depois que chegaram as minhas panquecas e eu derrubei meio vidro de mel sobre elas. Minha mãe de repente arrancou o prato da minha frente e chamou-a.

Estas panquecas estão frias! Como vocês servem comida fria aos seus clientes? É uma vergonha — está ouvindo? Uma vergonha. Você é uma vergonha!

Fazendo o que as mães não devem fazer, a não ser quando ganham flores, ou assistem a um filme triste na TV.

Chorando.

Grossas lágrimas desciam pelo seu rosto, enquanto o restaurante ficava em silêncio, como se todas as músicas tivessem sido desligadas, e eu aprendi que não se pode morrer de vergonha.

Depois daquele dia, só íamos Jimmy, papai e eu.

Todos os domingos, só nós três.

Até que ele se foi.

E se eu sabia que não éramos só os três — se sabia que éramos os três e mais uma —, nunca disse uma palavra.

Nem quando só restamos *dois*.

Ouvi a porta do CTI abrir, senti um leve cheiro de sangue e álcool.

Um médico saiu com o passo decidido do todo-poderoso que ainda tem milagres a realizar. Tirou a máscara e usou-a para limpar o suor da testa.

Ele me lembrou uma coisa.

A outra coisa que tinha de ser verificada — a coisa que estava lá no fundo da minha mente e que eu tinha de lembrar. A coisa que eu tentava lembrar quando Nate me bateu no ombro e disse: *Lembra dos prêmios de ciência? Eu já sei a razão.*

Claro.

TRINTA E CINCO

— Aqui estão as minhas anotações. Qual é o problema?

Estava na sala que tinha Editor *escrito na porta. Ele estava dobrado sobre a mesa, parecendo dormir sobre ela. Não tinha bolsas sob os olhos, tinha malas cheias.*

— O médico que explode clínicas de aborto? Você disse que ele fez residência no Hospital St. Albans, um hospital em Mizzolou, Missouri. Foi o que você disse na reportagem.

— Disse. — Eu havia ensaiado para parecer calmo, até mesmo um pouco ofendido.

— Um porta-voz do hospital acabou de telefonar. Sem falar no desejo óbvio de se dissociar de um fanático religioso e possível assassino, ele jurou sobre uma pilha de bíblias presbiterianas que o hospital não oferece residência em pediatria, pelo menos não nos anos que você mencionou. Então nós temos um problema.

— Acho que não me lembro de ter mencionado os anos de residência.

Bom, um toque mínimo de irritação, como se ele estivesse dificultando o meu verdadeiro trabalho, que era descobrir a nova reportagem, e não ficar respondendo sobre discrepâncias sem importância.

— Claro. Sei que você não mencionou, Tom. Mas você mencionou a idade dele, 43 anos. O que indica aproximadamente a época da residência, um ano a mais ou a menos.

— Está bem. Talvez ele tenha se formado mais tarde. Sinto muito. Ele não me disse quando fez residência. Fiquei feliz por ele ter dito onde. Quero dizer, acho que ele estava inseguro ao me dizer aquilo, pois o combinado era anonimato ou nada feito.

Ele tinha um clipe desdobrado preso entre os dentes, que já estava quase partido ao meio.

— Claro. Agora que você falou, ele talvez tenha dito que fez residência no St. Albans para me desviar a atenção. Não devia ter incluído esta informação na reportagem.

— Você trouxe as suas anotações, Tom?

— Aqui.

— Ótimo.

Eu me inclinei e coloquei-as na mesa, abrindo o bloco na segunda página.

— Aí está — eu disse, apontando para o nome do hospital. — Veja, foi o que ele me disse. Residência no St. Albans. Eu devia ter forçado um pouco mais, mas, você entende, eu estava feliz por ele ter dado também esta informação inesperada.

Ele olhou as minhas anotações, passando o dedo sobre a tinta como um cego lendo braille.

— Quando você o entrevistou, Tom?

— Ah, deixe-me ver... 5 de março — apontei a data no alto da página, que eu havia escrito à noite, logo depois de, na minha cabeça, ter entrevistado o médico imaginário, colocando a minha reportagem em anotações escrupulosamente ordenadas capazes de passar pelos recifes traiçoeiros dos verificadores dos fatos, das águias da lei e dos editores cada vez mais desconfiados.

— É estranho, Tom.

— Por quê?

— Dia 5 de março. Você estava na Flórida no dia 5 de março. Eu me lembro porque no dia anterior eu fiz 55 anos e você telefonou para me dar os parabéns. Você estava em Boca Raton fazendo

uma reportagem sobre as comunidades de aposentados. Foi no dia 5 de março, tenho certeza absoluta. Você não disse que entrevistou o médico em Michigan?

— Ei... O que... O que você está querendo saber?

— Estou querendo saber quando você entrevistou o médico. Temos um porta-voz do St. Albans ameaçando nos processar e eu preciso de saber todos os fatos. Então... quando você entrevistou o médico?

— Bem, deixe ver... sabe, foi mais de uma entrevista, claro. Eu conversei com ele pelo telefone, e depois o encontrei pessoalmente em Michigan.

— Você disse que o encontrou num campo deserto, nas ruínas de uma cidade de fronteira incendiada. Você foi de carro até lá e ele apareceu em outro carro, certo?

— É, certo. Pode ser... é, pode ser que as anotações se refiram ao meu telefonema. Claro, agora que você falou, é isso mesmo. Acho que telefonei da Flórida.

— Está bem, Tom. Você usou o seu celular, não é?

— Meu celular?

— O telefone celular, Tom. Acredito que você tenha usado o celular para telefonar para Michigan. Se for necessário, pedimos os registros telefônicos e mostramos que você telefonou da Flórida para Michigan no dia 5 de março.

— Mostramos a quem?

— Se chegarmos ao tribunal, Tom. Vamos ter de convocar todo mundo para o processo.

— Claro. O médico obviamente me deu o nome do hospital errado. Lembre-se de que o combinado era o anonimato. Ele nem quis me informar onde nasceu. Só anagramas, lembra? Minha antena devia ter me avisado. Ele me deu o nome de outro hospital e esperou que eu colocasse na reportagem, e como um idiota, eu coloquei. Ele me usou. Vou tomar cuidado na próxima vez.

— Não estou falando do hospital, Tom. Eu perguntei quando você entrevistou o médico e você disse 5 de março; mas você estava na Flórida no dia 5 de março, e você agora diz que telefonou para ele e o entrevistou por telefone.

— Eu o encontrei pessoalmente, sentei bem na frente dele. Perto como nós estamos. Eu já disse. Eu só me esqueci de ter conversado com ele primeiro por telefone. Foram várias conversas... as entrevistas.

— Ótimo. Entendido. Quando você telefonou de Boca Raton para o médico no dia 5 de março e fez a primeira de várias entrevistas, você usou o seu celular? Era uma ligação interurbana. Você estava na Flórida, acredito que você iria usar o celular para não ter de pagar as taxas extorsivas do hotel. Só estou tentando esclarecer os fatos, Tom.

— Deixe-me pensar um pouco. Sabe, acho que telefonei de um telefone público.

Ele tirou o clipe da boca e colocou-o cuidadosamente à sua frente na mesa.

— Você telefonou de um telefone público?

— É.

— E por que você fez uma coisa dessas? Por que você telefonou de um telefone público?

— Foi o que ele pediu. Eu me esqueci. Ele era todo cheio de segredos. Todos aqueles anagramas, os encontros onde ninguém poderia nos ver. Ele não sabia se podia confiar em mim. Não queria que eu soubesse de que número ele estava chamando.

— Mas você disse que telefonou para ele. Disse que ligou de um telefone público.

— Desculpe. Eu me expressei mal.

— Expressou mal? Ou você ligou para ele, ou ele ligou para você. Qual vai ser?

— Eu já disse. Ele me ligou.

— Como ele ia saber o número de um telefone público na Flórida?

— Eu passei por e-mail. E então eu devia esperar ao lado do telefone na hora em que ele combinou de me ligar. Eu estava fazendo duas reportagens ao mesmo tempo, você mesmo lembrou, eu estava lá fazendo a reportagem sobre o lar dos aposentados, portanto você deve entender por que eu esqueci a história do telefone. Foi só isso. É por isso que eu faço minhas anotações.

— É, Tom. Você sempre faz as suas anotações.

Eu as havia deixado na redação.

As anotações da minha ida a Littleton Flats.

Olhei para elas — minha entrevista com o médico.

Você encontrou o médico num campo deserto, nas ruínas de uma cidade de fronteira incendiada.

Encontrei o médico em outra cidade destruída. Esta destruída por uma inundação, e não pelo fogo, ainda que ambos fossem armas de vingança bíblica.

Misterioso.

Como os ecos do meu passado mentiroso estão sempre voltando.

Sam Savage, repentinamente trazendo à vida uma história antiga, uma alucinante reportagem sobre atores desempregados que colaboram com criminosos em troca de dinheiro.

Outra *exclusiva* na retrospectiva Valle, ainda disponível na internet a qualquer um que prefira ler reportagens que não deviam ser impressas.

E mais — um fato que eu não tinha notado antes por ser órfão, sem contexto. A noite em que eu persegui a picape do encanador e de repente passei a perseguido.

Quando ele bateu no meu para-choque, e bateu, e bateu, como se estivesse num pega.

Se você pesquisar *modas perigosas*, vai encontrar outra reportagem de Valle sobre mais um fenômeno desconhecido acontecendo nas rodovias interestaduais do país. *Auto Tag*, um tipo de pega em que os carros batem na traseira um dos outros até que um deles se incendeie, como o de James Dean. Uma ideia saída dos recessos íntimos da minha imaginação em pânico.

E o que se diz quando se está pegando alguém? O que deve ser sussurrado?

É você.

É o que se deve dizer.

O que estava acontecendo?

Está bem, seja repórter. Um de verdade, que respeita a verdade e tem facilidade para encontrá-la. Organize os fatos, ligue uns aos outros, tire uma conclusão. Descubra.

O que era verdade e o que não era?

Sam Savage era real. Ele tinha chorado grossas lágrimas sobre o refrigerante enquanto sua namorada — provavelmente agora ex-namorada — lhe lançava punhais com os olhos.

Herman Wentworth também era real.

Real.

Tempos depois, eu vi a cidade num sonho — os homens passando com chapéus fora de moda, o cheiro de panquecas e mel do Littleton Flats Café invadindo a cidade. Inventei a cidade, mas não ele.

Ele surgiu do deserto naquele dia, vestindo casaco azul e sapatos pretos brilhantes, e me contou uma história sobre ter passado por uma cidadezinha cinquenta anos antes, a caminho de San Diego.

Era um médico do exército que tinha viajado por todo o mundo.

Mas começou no Japão. Um recruta ainda verde, ainda capaz de recitar de memória o juramento hipocrático.

O membro mais novo do batalhão 499.

Isso também era verdade.

Mais uma coisa escondida no fundo da memória que tinha de ser relembrada.

Eu já tinha ouvido falar desse batalhão.

TRINTA E SEIS

O xerife telefonou de manhã e me pediu para ir à delegacia.

Eu ainda estava deitado, apesar de já dever estar banhado e barbeado, a caminho da redação. Tinha uma desculpa. Tinha ficado acordado diante do computador até as três da madrugada. Dragando o passado, lendo partes selecionadas da Lei de Liberdade de Informação de 1994, que levaram o chefe do Departamento de Energia do governo Clinton a pedir desculpas publicamente por atrocidades ocorridas quarenta anos antes.

— Não são vocês que costumam dizer *queremos que você desça ao centro?*

— Tecnicamente, é subir ao centro.

— Por que você quer que eu vá?

— Que tal isso! Quando você chegar eu digo.

QUANDO ENTREI NA SALA DO XERIFE, QUASE DERRUBEI UMA funcionária que carregava três copos de café da Starbucks precariamente equilibrados uns sobre os outros.

Quando pedi desculpas, ela disse: "Você derruba, você paga".

O xerife Swenson estava na posição costumeira, com os pés sobre a mesa. Outra pessoa estava sentada na cadeira diante da mesa.

Hinch.

Não avisei ao xerife do cocô seco preso na sola do seu sapato. Talvez fosse essa a razão da expressão desagradável no seu rosto quando me sentei.

— Olá, Lucas.

Talvez não.

— Olá — respondi, e me virei para cumprimentar Hinch.

Este me respondeu com um leve aceno de cabeça. Parecia menor ultimamente — como se estivesse sendo gasto pela dor.

— Dada a gravidade da situação, achei que Hinch devia estar presente — começou o xerife.

— A gravidade de qual situação? Você quer dizer o fato de Nate ter sido baleado?

— É. Acho que ser baleado é coisa grave.

— Claro.

— Ótimo. Estamos de acordo.

— Então, o que está acontecendo?

— Talvez você possa nos dizer, Lucas.

Olhei para Hinch — em busca de apoio, reconhecimento, qualquer pista — mas ele parecia estar longe. Voltei-me para o xerife.

— Não estou entendendo. Já disse tudo o que sei.

— Tudo o que sabe, hein? — Não parecia muito convencido. Ele me lembrava o dia em que o conheci, quando baixou o vidro do carro e disse: *Se pega um mentiroso mais depressa que um coxo.*

— O que você quer saber e acha que eu não contei?

— Bem, já que você mencionou. Não temos o relatório do laboratório sobre o projétil. Ainda não, claro, mas o nosso especialista em balística tem quase certeza de que sabe de que arma ela foi disparada.

— Ótimo. E quem é o seu especialista em balística?

— Eu mesmo. É uma cidade pequena, Lucas. Temos que nos desdobrar. Se tivesse de adivinhar, eu diria que ela veio de um Smith & Wesson, calibre 38.

Levei um segundo para entender por que aquilo me parecia terrivelmente familiar, e que o xerife Swenson sabia da familiaridade.

— Fui à loja do Ted. Perguntei se ele tinha vendido algum 38 recentemente, e adivinhe. Ele disse que não. No começo. Depois ele mudou a história. Descobri que ele vendeu um 38. Só que o comprador não tinha autorização legal para porte de armas. Estava sob condicional. Mas você sabe como é o Ted quando se trata de leis federais de armas.

Senti o olhar de Hinch sobre mim.

— É. Está bem. Comprei um revólver. Estava com medo de ter alguém me seguindo. Aparentemente as minhas razões eram boas.

— Certo. Eu poderia lhe pedir para ver a arma. Poderia lhe pedir para ir comigo buscá-la. É claro, você pode não concordar.

— O que está sugerindo, xerife? Que atirei em *mim mesmo*? Que eu quase matei o meu estagiário?

— Ora, parece uma das suas reportagens. Bem inacreditável. Ainda assim, eu gostaria de dar uma olhada na arma. Se não se importa.

Eu ia defender os meus direitos de cidadão.

Peça um mandado, ia dizer.

Hinch finalmente fez sentir a sua presença.

— Acho melhor entregarmos o revólver ao xerife.

Ele usou a primeira pessoa do plural: repórter e editor juntos, lado a lado, ombro a ombros contra a roda da interferência oficial. Só que ele estava do lado oficial.

— Claro — eu disse, ruborizando. — Sem problema.

— Obrigado, Lucas. Antes de mais nada, eu telefonei para o número que você me deu. Procurei *Sam Savage*. O número foi desligado. A peça que você mencionou foi encerrada. E a namorada, Trudy? Ela diz que não faz a menor ideia de quem era esse cara.

Ótimo. Tudo muito familiar. Estava de volta a Nova York. Revolvendo esterco freneticamente e todos tapavam o nariz. Só que desta vez eu estava dizendo a verdade. Estava legítimo.

Legitimidade não se trata de estar, Tom. Ou você é, ou não é.

— Veja, eu disse ao Sam que a pessoa que o contratou talvez não gostasse de vê-lo andando por aí. Ele está se escondendo. A namorada o está protegendo. Eu faria a mesma coisa.

— Faria, hein?

— Não sou assassino, xerife. Sou repórter. Fui cobrir o acidente na rodovia 45. Eu. Lembra-se? Você estava lá. As duas pessoas envolvidas no acidente eram outras pessoas. Não é engraçado? — Voltei-me para Hinch para falar aos dois, colocando Hinch a par do que eu estava fazendo. O que, concordo, eu devia ter feito antes. — Ed Crannell é ficção, é um ator. Dennis Flaherty está vivo e saudável, tomando antipsicóticos em Iowa.

— É o que você diz — respondeu Swenson.

— Pois tente encontrar algum Ed Crannell em Cleveland. Eu tentei. Depois pegue o programa daquela peça, *O Píer*. Sam Savage, segundo protagonista, você vai ver o retrato dele. E não venha me dizer que eu atirei em mim mesmo.

— Eu já disse. Não acho que atirou em você mesmo. Você não estava segurando a arma, estava? Mas é claro que poderia tê-la entregue para alguém atirar em você. Ele errou e acertou o garoto.

— Por que, em nome de Deus, eu iria fazer uma coisa dessas? Por que eu iria querer que alguém atirasse em *mim*? É loucura.

— É. A mesma coisa que inventar aquelas 56 reportagens no jornal. O que o seu psiquiatra achou disso?

Eu esperava que Hinch se levantasse para dar apoio ao seu repórter, como deveria fazer um editor, dizer ao xerife que ele não admitia aquele tipo de interrogatório. Que se recusava a ficar ali enquanto um dos seus repórteres era acusado de coisas ridículas, e que nós dois íamos sair da sala.

Veio um silêncio ensurdecedor do lado da sala em que ele estava.

— O sujeito me atacou. No meu próprio porão, lembra? Vim aqui dar queixa e você disse que alguém andava arrombando casas com a desculpa de ser encanador. Então eu não fui o único, fui?

— Arrombamento é uma coisa. Estamos falando de outra... fingir um acidente... contratar atores... e eu nem vou mencionar o resto.

Fiz uma última tentativa. Olhei diretamente para Hinch.

— Eu devia ter falado a você sobre essas coisas, Hinch, mas queria primeiro entender. Sei que parece meio estranho, por isso queria me certificar de que estava tudo correto.

— Vamos buscar a arma, Tom — ele disse mansamente. — Vamos todos juntos até a sua casa e entregarmos o revólver ao xerife, está bem?

Está bem.

Admito aqui e agora que nenhum dos dois pareceu muito surpreso quando, depois de voltarmos à minha casa alugada — Hinch e eu num carro e o xerife atrás de nós em outro — depois que o xerife me seguiu até o andar de cima e me viu abrir a gaveta da mesa de cabeceira e olhar como um idiota para o lugar onde *deveria* estar o meu revólver, depois de eu revirar a gaveta, e em seguida a gaveta de baixo, e de procurar na minha cômoda, em todos os armários da cozinha, no meu banheiro, em todo o porão e em todos os cantos da minha sala, e descobrirmos que o revólver não estava lá.

Havia desaparecido.

HINCH ME DISSE QUE SERIA BOM EU TIRAR UNS DIAS DE LICENÇA.

Assegurou-me que não se tratava, de forma alguma, de uma suspensão.

Não.

Só que, com o andamento da investigação do tiro em Nate e as suspeitas do xerife com relação a mim — ainda que infundadas, apesar de ele achar que seria bom eu saber onde estava o revólver

— e com Mary-Beth disposta a assumir o trabalho extra, esta era a melhor solução. *Encare assim a coisa toda,* disse ele. *Se você está certo, há um atirador louco no seu encalço. Nesse caso, é melhor mantê-lo longe da redação.*

É claro que era uma suspensão. Conheço uma suspensão quando a vejo.

Não tinha ideia daquilo em que Hinch acreditava, mas sabia em quem ele não acreditava.

Era o revólver.

O encanador deve tê-lo roubado, eu disse aos dois — era óbvio. Ele entrou na minha casa no dia em que o peguei com a boca na botija. Depois peguei-o tentando entrar de novo. Ele deve ter ido lá uma terceira vez.

Ninguém pareceu convencido.

Comecei a contar o resto a Hinch.

Mas parei no meio da primeira frase. Tive de parar. Ele tinha a mesma expressão do xerife. A mesma expressão do editor que eu tinha destruído. Havia muitos ecos de histórias passadas. Parecia, quando muito, apenas um pouco menos fantasiosa do que as anteriores. Os atores, o médico que lançava bombas e me passava anagramas numa cidade em ruínas, até mesmo o soldado mercenário que metralhava com o seu AK-47 por todo o Afeganistão.

Pergunte a si mesmo. O que você tem? De verdade.

Eu tinha de fazer tudo de acordo com as regras. Tudo fechado, corroborado por duas fontes, verificado, e estampado com o Selo de Aprovação da Boa Reportagem.

O meu tempo estava acabando.

Era como uma tempestade que se aproxima. Dá para sentir o cheiro. As folhas secas começam a dançar como os leques nas mãos de nervosas donzelas sulistas, o ar fica úmido, uma nuvem fina cobrindo o sol.

Um dilúvio se aproximava.

TRINTA E SETE

É esquisito dirigir toda a noite e sair do outro lado.

Você se sente participante de um mundo espiritual que só existe enquanto o mundo real dorme — habitado por motoristas de caminhão com a cabeça cheia de estimulantes, esposas em fuga, vendedores solitários, estudantes bêbados, tentando todos chegar a algum lugar antes do raiar do dia.

Não sabia em que categoria me classificar.

Tinha partido no meio da noite. Prendi um bilhete na geladeira para o caso de alguém se preocupar comigo, mas não conseguia imaginar quem. Quando chegasse lá, telefonaria para Norma. Ia demorar, porque estava indo aonde devia ter ido no início.

Demorei a perceber que a história estava lá.

Siga o dinheiro, proclamaram um dia os deuses do jornalismo investigativo.

Eu o estava seguindo.

Seguindo a carteira.

Não consegui deixar de imaginar Dennis Flaherty drogado, saindo de um milharal e perguntando se estava no céu.

Não, Dennis.

Você está no *Iowa*.

EM NEVADA, PAREI NUMA LOJA DE CONVENIÊNCIA ABERTA 24 horas.

Era fácil se deixar levar pelo ritmo monótono do movimento ininterrupto. Minha mente começava a divagar, e a ligar o piloto automático em trechos muito longos.

Precisava muito da energia do açúcar.

Comprei um pacote de caramelos cor-de-rosa e comecei a mastigá-los ainda com a embalagem.

Continuei mastigando enquanto passava os olhos por alguns cartões-postais, todos com aquele Technicolor que os fazia parecer pinturas.

A represa Hoover.

A Las Vegas Strip.

Um retrato de Sammy, Frank, Dino e Lawford no Sands.

E depois um tipo diferente de areia, em outra parte do deserto de Nevada.

E de repente eu me lembrei de por que estava indo para o Iowa e o que eu tinha feito durante toda a noite. Dragando o passado pútrido, o tipo de coisa que se faz com o nariz tapado e olhando para o outro lado.

Mas não adianta.

Ainda se sente o cheiro das camas dos doentes. Ainda se vê os agonizantes. Qual é o símbolo universal da medicina? Duas cobras enroladas em torno de um cetro com asas.

Só que elas o estão estrangulando.

Estão devorando a própria espécie.

Não pude ficar muito tempo, me disse Herman Wentworth. *Não se esqueça de que eu sou médico.*

IOWA NÃO LEMBRAVA O CÉU.

Era plana e marrom. O ar era opressivamente úmido, como se o seu peso fosse responsável pela planura da paisagem. Nuvens negras rolavam pelo horizonte.

A monotonia me fez dormir. Não era possível distinguir uma região de Iowa de outra. Somente as cidades quebravam a monotonia estultificante — e elas passavam em minutos. E logo se voltava às ondas amarelas de grãos sem nada da majestade das montanhas.

Parei num posto para uma cochilada e, quando acordei, um garoto fazia caretas para mim do lado de fora.

Olhei para ele até que o pai apareceu e lhe deu um tapa na cabeça. O menino parecia acostumado e voltou para o carro da família sem reclamar.

Levei algum tempo até partir de novo.

Sentia-me desorientado e lerdo, como se me movesse em câmera lenta, a forma como girava o volante e pisava no acelerador.

De acordo com o mapa, ainda tinha mais uma hora de viagem.

Abri completamente a janela, deixando o ar entrar e me manter acordado.

Quando vi a placa para Ketchum City, não senti felicidade nem alívio.

Só medo.

A Sra. Flaherty deve ter pensado que eu queria vender alguma coisa.

Demorou a atender à porta e, quando abriu, já estava me dizendo que não estava interessada.

Eu entendi.

Ela tinha o pior trailer no parque decadente — eu seria um vendedor completamente sem sorte.

Quando a interrompi para informar quem estava à sua porta, sua atitude mudou da irritação cansada para afeto genuíno.

— Tom — disse ela, como alguém que me conhecesse há muito tempo. — O que está fazendo aqui?

— Quero falar com Dennis.

— Por que não telefonou? Viajou toda essa distância desde a *Califórnia* — disse ela, como se estivesse diante de um segundo milagre, sendo o primeiro a volta do filho.

Ela não me convidou para entrar. Pude ver que ela queria, que ela sabia que é o que se deve fazer quando alguém chega à sua porta — especialmente quem viajou 29 horas consecutivas. Ela tinha vergonha da casa.

— Queria falar com ele pessoalmente, Sra. Flaherty.

— Por quê?

Usava um vestido desbotado e largo. As pernas eram riscadas de veias varicosas.

— Estou tentando descobrir como alguém morreu naquele carro com a carteira de Dennis.

— Agora não importa mais, não é? — disse ela num tom quase coquete.

— Alguém morreu. Quero saber quem foi.

— E como Dennis vai saber?

— Não sei. Talvez não saiba. Mas talvez ele me ajude a descobrir quem foi.

Ouvi alguém chamá-la de dentro do trailer.

— É ele?

Ela confirmou com a cabeça.

— Dennis. Venha aqui fora. Tom Valle está aqui.

Ele apareceu na porta, cansado e com os olhos sonolentos. Usava um calção e uma camiseta que antigamente era chamada de espanca-mulher, até o papo de politicamente correto tirar toda a graça. A mãe olhava-o como se ele estivesse de fraque e cartola.

— Quem é *Tom Valle*? — perguntou, como se eu não estivesse ali bem na sua frente.

— Falei com você ao telefone. Lembra-se Dennis? Sou repórter.

— Hein?

— Telefonei para perguntar sobre a sua carteira.

— Hein?

— Ele ainda está um pouco grogue — interpôs a mãe. — *Não é*, Dennis?

— Sim — disse ele. — Como é mesmo o seu nome?

— Tom. Tom Valle. Quero fazer algumas perguntas.

— Sobre o quê?

— Sobre onde você perdeu a sua carteira. Sobre quem poderia tê-la pego.

— Minha *carteira*?

— A carteira que foi roubada. Que apareceu num carro com um cadáver.

Dennis ainda estava esfregando os olhos; parecia se inclinar para a esquerda, como alguém dentro de um navio que naufraga.

— Houve um acidente, Dennis. Um carro pegou fogo. Alguém estava dentro, e tinha a sua carteira no bolso. A sua mãe pensou que você estava morto. Lembra?

A Sra. Flaherty estendeu a mão e afagou o braço de Dennis, como se para se certificar que ele estava mesmo ali, e não debaixo de sete palmos de terra.

— Minha carteira, é?

Era como conversar com alguém muito idoso — com o pai de Anna, por exemplo. Alguém que perdeu a memória.

— Espere um momento que eu já vou convidar você para entrar — disse a Sra. Flaherty.

Ela entrou no trailer e ouvi o barulho de coisas sendo mudadas de lugar. Dennis continuou na porta, olhando para mim com uma expressão levemente perplexa. Um homem saiu do trailer ao lado, fez um sinal para o Dennis, então se encostou num latão de lixo e acendeu um baseado.

— Você disse que estava sem a carteira no hospital. Tem certeza?

— Hospital?

— Hospital militar.

— Eu fugi do hospital, cara.

— Eles não lhe deram alta?

— Eu fugi.

— Está bem, Dennis.

A Sra. Flaherty reapareceu com uma saia de alguém vinte anos mais moça.

— Vamos entrar, Tom — convidou.

Quando entrei, fui imediatamente atacado pelo cheiro forte de líquido de limpeza doméstica — o tipo mais barato que é usado em hospitais. Ela tentou uma limpeza rápida para me impressionar.

Não precisava. Nem Ty Pennington seria capaz de dar um jeito naquele lugar.

Parecia um abrigo da defesa civil. Manchas amarelas de água que tinha escorrido pela parede. Uma geladeira velha emitia um barulho contínuo. A porta de tela que separava a sala dos quartos estava meio solta do trilho. Havia uma espécie de mesa, mas o tampo de linóleo tinha desaparecido quase completamente.

— Sente-se, Tom.

— Estou bem.

Estava insuportavelmente quente — não havia ventilador para agitar o ar fétido de um lado para outro no trailer.

Dennis continuou onde estava, voltando-se para manter o olhar fixo em mim, como se eu fosse um ET que chegou para o almoço.

— Quer comer alguma coisa? — A Sra. Flaherty ofereceu, como se pensasse a mesma coisa. — Você deve estar com fome depois de uma viagem tão longa.

— Não. Obrigado. Comi na estrada. — Depois de tantas horas, ainda sentia o doce rançoso na língua. Voltei-me para Dennis. — Antes de ser admitido no hospital, você vivia na rua. Qual rua?

— Não sei.

— Você deve saber em qual cidade.

— Detroit... Acho.

— Detroit. Ótimo. Onde, em Detroit?

— Junto ao campo.

— Que campo?

— O campo de beisebol.

— O Comerica Park? Onde jogam os Tigers?

— Isso.

— Está bem. Quanto tempo você passou lá?

— Não sei.

— Um ano? Dois? Três?

— Não tenho certeza.

— Como você sobrevivia? Onde você comia?

— No Marriott.

— Você comia num *hotel*?

— Atrás do Marriott. Onde eles jogam o lixo.

A Sra. Flaherty levou a mão à boca para não falar. Provavelmente não tinha perguntado a Dennis como era a vida nas ruas — ela não ia mesmo querer saber essas coisas.

— Ótimo, Dennis. Lá você ainda estava com a sua carteira? Em Detroit?

— Acho que estava. Hora da minha pílula, mãe.

— Você já tomou a sua pílula, Dennis.

— Não tomei não.

— Já, filho. Você já tomou.

— O que ele está tomando? Lítio?

Ela deu de ombros.

— Muito bem, Dennis. Você estava com a carteira em Detroit? Quando você morava ao lado do Comerica Park?

Outro olhar vazio.

— Digamos que você estava com ela. Para onde você foi depois de Detroit? Não tenha pressa. Pense.

— Seattle. Talvez. Acho.

— Quanto tempo você passou em Seattle?

— Chovia muito.

— É. Quanto tempo você passou lá, Dennis?

— Não sei. Chovia muito.

— Você ainda estava com a sua carteira? Em Seattle?

— É.

— Como você sabe?

— Eu mostrei na AV.

— Você se lembra? Tem certeza? Você mostrou a carteira na Administração dos Veteranos em Seattle?

— Mãe. Preciso da minha pílula.

— Não, Dennis. Você já tomou. Eu te dei hoje de manhã.

— Está bem.

— Dennis, por que você mostrou a carteira na AV? — perguntei.

— Eu mostrei a minha carteira de veterano. Eu precisava de ajuda.

— Então eles puseram você num hospital em Seattle?

— Não.

— Você foi para um hospital de veteranos, Dennis.

— É.

— Em Seattle?

— Não. Mãe, eu quero a minha pílula. É hora da minha pílula.

— Dennis, ouça. A sua mãe disse que você já tomou a pílula. Está bem?

— Está bem.

— Onde era o hospital, Dennis? O hospital em que você ficou?

— Não sei.

— Não era em Seattle? Você foi à AV em Seattle. Você acabou de dizer. Você precisava de ajuda, não foi o que você disse?

— É.

— O que aconteceu?

— Os computadores não estavam funcionando. Estava chovendo.

— Eles não ajudaram você em Seattle?

— Não.

— Está bem. Onde era o hospital, Dennis? Estamos fazendo progresso, sabemos que você estava com a carteira em Seattle. Você mostrou o seu cartão de veterano. Você se lembra? Onde era o hospital? Para onde foi depois de Seattle?

Dennis estava desabando, balançando com os olhos meio fechados, como um amante de música perdido na sua sinfonia favorita.

— Ele precisa dormir — explicou a Sra. Flaherty. — São as pílulas.

— Você consegue ficar acordado só mais um pouquinho, Dennis?

— Estou cansado.

— Eu sei que você está cansado. Quem sabe você aguenta só mais um minuto. Preciso saber o nome do hospital.

— Estou cansado. Vou dormir, mãe.

— Está bem, Dennis.

Ela passou por mim e o pegou pelo braço, levando-o para o interior do trailer, como se ele fosse cego. Como se ele tivesse 2 anos e ela lhe contasse histórias para dormir no meio da tarde. Talvez tudo aquilo não fosse tão triste como parecia. Ela ficara sozinha pelo divórcio e pela morte; seu filho tinha voltado e agora ela era mãe outra vez. Talvez estivesse melhor agora do que antes.

— É melhor você ir embora — disse ela ao voltar.

— Ele costuma dormir por quanto tempo?

— Todas essas perguntas deixaram ele cansado. Ele não está acostumado. Acho que você devia ir embora. Está bem?

— Preciso que ele me diga de que hospital ele fugiu. Acho que vou esperar até ele acordar.

— E que diferença faz? Quem liga para o hospital?

Ela se sentou à mesa da cozinha. Olhou pela janela telada, que deixava passar o cheiro forte de maconha doméstica.

— Quer um café? É instantâneo, mas é bom.

Quando Dennis acordou, saímos para um passeio pelo parque.

Estava mortalmente quente no interior do trailer, e um pouquinho menos lá fora. O ar parecia uma toalha úmida.

Dennis contou que estava na Operação Tempestade do Deserto e que os petroquímicos o haviam envenenado.

— O Saddam me matou, cara.

— Eles examinaram você?

— Hein?

— Para identificar o tipo de envenenamento?

— Acho que não. Eles não têm a menor ideia.

Dennis parecia um pouco mais coerente depois do sono. A Sra. Flaherty disse que ele tinha momentos assim, quando a lucidez voltava e ele parecia ser mais ou menos o que era antes.

— Podemos falar do hospital, Dennis?

— Não sei.

— Acho que você perdeu a carteira lá. Talvez alguém tenha roubado.

— Pode ser. Aquele fuzileiro louco.

— Quem era ele?

— Ele era louco — disse Dennis, como se fosse completamente são. — Aqueles fuzileiros são loucos.

— Por que você acha que foi ele?

— Não sei. A mulher ficou louca. Quando ele estava na guerra. Despachou os filhos dele.

— Ela matou os filhos dele?

— Isso mesmo. Enterrou eles em algum lugar na rodovia 80. Depois estourou os próprios miolos. Ele desertou. Procurou os corpos durante um ano. Mas não achou.

— Por que você acha que ele roubou a sua carteira?

— Não sei.

— Então por que você diz que foi ele?

— Eu mostrei o meu filho. Na minha carteira.

— Então você ainda estava com a carteira no hospital. Está vendo, Dennis? Agora sabemos que você estava com a carteira no hospital militar.

— É.

— Você mostrou o retrato do seu filho. Qual a idade dele, Dennis?

— Não sei. Ela não me deixa ver ele. Puta sem-vergonha.

Ele estava obviamente se referindo à outra Sra. Flaherty, a que mereceu mais insultos do que a sua mãe foi capaz de imaginar.

— O que aconteceu quando você mostrou a carteira ao fuzileiro?

— Nada.

— Está bem. Então por que você acha que ele a roubou?

— Não sei. Talvez porque queria o retrato.

— Para que ele ia querer o retrato de uma criança que não era filha dele?

— Ele é louco, eu disse.

— E ele ainda estava lá quando você saiu?

— Claro. Ele é louco.

— Então não foi ele, Dennis. A sua carteira estava com alguém na Califórnia.

— É mesmo?

— O fuzileiro era negro?

— Não.

— Está bem. Vamos esquecer o fuzileiro. Pense um pouco. Você estava com a carteira e depois não estava mais. O que aconteceu?

Ele deu de ombros.

— Eles lhe deram alta, Dennis?

— Eu fugi.

— Você fugiu.

— Eu me soltei.

— Como conseguiu as pílulas?

— Hein?

— O remédio. Eles te davam o remédio toda noite, não é?

— Afirmativo.

— Então onde conseguiu as pílulas? As que trouxe com você.

— Ah, essas!

— Ah, essas, o quê?

— Eu requisitei.

— Você roubou.

— Eu preciso delas, cara.

— O que você vai fazer quando elas acabarem?

— Hein?

— Quando as pílulas acabarem, onde você vai arrumar mais?

— Houston, temos um problema.

— Onde era o hospital, Dennis?

— É difícil dizer.

— Você se lembra do fuzileiro?

— Afirmativo.

— Você se lembra de ter mostrado o retrato do seu filho na carteira?

— Afirmativo.

— Onde é o hospital, Dennis?

A mente brincava de esconde-esconde com ele. Talvez fossem os medicamentos, ou os petroquímicos do Iraque, ou quem sabe ele era tão louco quanto o fuzileiro — buscando lembranças nas estradas do seu cérebro, tal como o fuzileiro percorrendo a rodovia 80 em busca dos filhos mortos.

— Bem, pelo menos sabemos que não era em Seattle.

Pensei em telefonar para todos os hospitais de veteranos dos Estados Unidos, mas os pacientes psiquiátricos desses hospitais têm a identidade protegida, e eu não tinha muita esperança de que me dissessem alguma coisa. Na maioria dos hospitais os pacientes nem eram relacionados no registro.

— Você se lembra da direção que tomou quando saiu de Seattle? Aliás, como você viajou?

— O polegar, cara.

— Você pegou carona.

— Afirmativo.

— Você se lembra de quem lhe deu carona?

— Um homem.

— É. Acho que uma mulher não ia parar para você.

Chegamos a um playground. Não era grande coisa — apenas dois balanços e uma gangorra — mas havia muitas crianças, o suficiente para formar filas. Algumas mães, fumando sem parar e parecendo mais velhas do que deviam ser, estavam paradas ao lado olhando os filhos sem interesse.

— Sul — disse Dennis.

— O quê?

— A direção que eu tomei. Fui para o sul. Não tem muito norte quando a gente está em Seattle.

TRINTA E OITO

Dennis gostava de ler em voz alta as placas rodoviárias que passavam.

— Dawsville. Saída 42. 1,5 km.

— Boise. Saída 59. 400 m.

— Trecho em obras. 16 km.

Acostumei-me e parei de acompanhar as placas, pois tinha o meu próprio sistema de satélite sentado ao meu lado.

Quando a distância entre as placas começou a ficar muito grande, Dennis começou a ler as placas dos carros.

— A6572G4.

— M87GT2.

Como companheiro de viagem, ele não era dos piores. A não ser pelo murmúrio quase constante, ele se mantinha afavelmente calmo, chegando às vezes a cochilar, mas sempre acordava a tempo para um novo aviso.

Quando liguei uma música, ele me disse que tocava guitarra numa banda *cover* do Metallica, e chegou a cantar dois versos de "St. Anger" imitando James Hetfield.

Havia cinco hospitais de veteranos ao sul de Seattle. Se necessário, visitaríamos todos.

Dennis era o meu guia. Podia parecer um cego guiando outro ainda mais cego, mas era o que eu tinha.

Fora difícil convencê-lo a entrar no carro.

Tinha acabado de fugir de um hospital militar e não se sentia feliz em voltar. A Sra. Flaherty me olhou como se eu fosse tão louco quanto o filho quando lhe disse o que tencionava fazer.

Os remédios de Dennis estavam acabando, expliquei. E era verdade.

Ele ainda estava muito perturbado, o que também era verdade.

Também não fora muito inteligente da parte dele fugir da ala psiquiátrica de um hospital federal. Eu não sabia se o fato de ele ter se apresentado voluntariamente o absolveria, mas, caso contrário, eu não ia tocar no assunto.

Eu precisava dele.

Os remédios convenceram os dois. Ela não tinha dinheiro para pagar um psiquiatra, era um dos 40 milhões de norte-americanos sem seguro-saúde. Dennis precisava do exército para continuar no regime de antipsicóticos que vinha mantendo.

O hospital era o melhor lugar para ele. Triste, mas verdade.

Se conseguíssemos encontrá-lo.

Telefonei para Norma da Dakota do Norte.

Raspei as minhas economias num caixa eletrônico e aluguei dois quartos no Sioux Nation Motel, que oferecia um minicassino na recepção.

— Tenho más notícias para você, Tom — disse ela. — Laura faleceu ontem à noite.

A mulher de Hinch.

Era mesmo uma má notícia, mas na situação em que eu estava, não era a pior que eu tinha recebido nos últimos dias. Por exemplo, havia o tiro disparado da picape azul.

— Como está Hinch?

Apesar da minha suspensão, Hinch sempre tinha sido bom para mim. Deu-me uma chance quando ninguém mais teria sequer pensado num absurdo desses.

— Como você pode imaginar. Você conhece Hinch, geralmente só Deus sabe o que ele está pensando. Ele guarda tudo para si mesmo. E ele gostava muito dela.

— É. E como está Nate?

— Vai bem. Ontem ele teve uma pequena infecção, e eles lhe deram um antibiótico mais forte. A mãe dele está aqui.

— Eu sei. Eu a encontrei no hospital.

— Não. Ela está comigo, na minha *casa*. Está hospedada comigo.

— É muita bondade sua, Norma.

— É o mínimo que eu posso fazer pela pobre mulher. Onde você está, Tom? Parece estar muito longe.

— Dakota do Norte.

— Meu Deus, o que está fazendo na Dakota do Norte?

— Estamos procurando uma coisa.

— Você e mais quem?

— Eu e meu companheiro de viagem.

— E quem é ele, Tom?

— O falecido no acidente da rodovia 45.

— Tom, você está me assustando, sabia?

— Não se preocupe. Ele não está morto. Apesar de às vezes eu pensar que está.

Fez-se um silêncio — o único som era o das 100 Melhores Canções dos Anos 1980 na TV do motel. Estava agora na número 22: "Girls Just Want to Have Fun".

— Tom?

— Fale, Norma.

— Todas essas coisas que você anda falando... a Mary-Beth me contou, não sei quem contou para ela... você não está inventando, está?

— Não, Norma.

— Eu nunca perguntei nada a respeito... você sabe... Nova York e tudo aquilo.

Não tinha mesmo. Durante muito tempo eu me perguntei se ela sabia. Ela não costumava ler os jornais nacionais — e eu não acreditava ter chegado às páginas das revistas que ela gostava de ler.

— Eu sei.

— Imaginei que, se quisesse falar, você mesmo falaria.

— Certo.

— Então, você quer falar?

— Na verdade, não.

— Está bem, Tom. Você não deu o seu revólver para alguém atirar em você, deu?

— Não, Norma.

— É. Eu achei que era loucura. Mas é o que estão dizendo.

— E estão dizendo por que eu faria uma coisa dessas?

— Para ganhar... *credibilidade.* É a palavra certa? Colocar você no centro das atenções.

— Então acho que funcionou.

— Hein? Mas você não acabou de dizer que eles estão errados?

— Alguém *roubou* o meu revólver. Eu quis fazer piada.

— Ha, ha.

— Você poderia telefonar para Sam Weitz e dizer que eu estou viajando? Que eu volto dentro de uma semana, mais ou menos? Ele deve querer saber por que eu não estou jogando boliche.

— Claro. — Silêncio. — *Tom?*

— Sim, Norma?

— O que você está procurando?

— Credibilidade, Norma. Exatamente como você disse.

DENNIS TINHA RAZÃO QUANTO A SEATTLE.

Estava chovendo quando chegamos, uma chuva macia e constante que fazia nuvens de vapor levantarem do asfalto.

Atravessamos a área central porque Dennis queria ver o campo Safeco, onde jogavam os Mariners. Houve uma época em que

Dennis tinha sido torcedor de beisebol, mas isso foi antes de a leitura do quadro de resultados começar a lhe dar dor de cabeça. Era capaz de recitar de cor as estatísticas de todos os jogadores. Talvez fosse por isso que ele se abrigou nas proximidades do campo de beisebol em Detroit quando passou a viver na rua. Para sentir a proximidade confortadora do passatempo nacional.

Passamos por mercados de peixe, restaurantes à beira-mar e o Safeco antes de pegarmos a estrada para o sul.

O primeiro hospital de veteranos no nosso itinerário ficava na fronteira entre Washington e Oregon, na cidade de Tellings, população de 159 mil habitantes. Pelo menos foi o que Dennis leu no mapa.

— Traz lembranças? — perguntei.

— Hein?

— O nome da cidade. *Tellings*? Traz lembranças?

— População de159 mil habitantes — disse ele.

— Certo. Mas eu quero saber se você reconhece o nome. Se você já esteve lá.

— Não sei.

Dennis começou a bater no rosto, apesar de não haver insetos. Ele às vezes sussurrava coisas para si mesmo, mas quando lhe perguntava o que tinha acabado de dizer, ele me perguntava do que eu estava falando.

Tentei imaginar como seríamos vistos pelos motoristas que passavam.

Um Miata arrasado, com o para-choque dianteiro de outro carro e um homem no banco do passageiro falando sozinho quando não estava matando insetos-fantasmas.

Então eu soube exatamente como estávamos sendo vistos.

Pelo menos por um motorista.

TRINTA E NOVE

Tinha anoitecido sem eu me dar conta.

Num momento estava suficientemente claro para distinguir as placas dos carros que passavam — Dennis tinha começado a lê-las em vez das placas de sinalização — no momento seguinte já estava escuro.

Ele tinha de se inclinar para a frente e forçava a vista para distinguir a placa de repente imersa numa mancha de luz amarela.

— Acelere — disse ele. — Não consegui ler o último número.

Pedi a Dennis para parar um pouco — aquela cantilena monótona de letras e números estava começando a dar nos nervos. O único alívio eram as placas que podiam ser lidas como uma frase. ID10TA.

Dennis ignorou os meus pedidos. Não insisti, já que aquilo o distraía.

M65LK1...

RLN895...

Não sei bem quando algo me chamou a atenção.

Você já viajou com o rádio do carro ligado e começou a ouvir uma música só quando a seguinte já está tocando? A mente segue os seus próprios caminhos, e a música parece vir de longe, através da janela meio aberta.

VML254...

HG54MT...

A cantilena de Dennis era como música — baixa, contínua e rítmica. Uma música que eu não ouvia. Mas ouvia.

QR327N9...

KL61WT...

Em dado instante, eu comecei realmente a ouvir, pelo menos a notar uma frase que se repetia.

MH92TV...

Vinte minutos antes, e agora de novo.

MH92TV...

E então. Havia centenas de carros na estrada, todos seguindo na mesma direção que nós — até Tellings. Mesmo quando tentei me tranquilizar, eu sabia que já tinha ouvido aquela placa há menos de vinte minutos.

Dennis estava lendo placas desde o Iowa.

— Dennis... aquela placa, que carro é?

— Hein?

— MH92TV? Que carro é?

Ele pareceu satisfeito por eu antes ter expresso irritação e agora estar interessado. Bacana.

— Lá — disse ele.

— Lá *onde*?

— Lá.

Fez um sinal para a esquerda, mas quando diminuí para permitir a passagem do Mitsubishi vermelho à nossa esquerda, a placa era outra.

— Não é essa, Dennis.

Ele deu de ombros.

— Não. Não é aquela. Acho que atrás de nós.

— Onde, atrás de nós?

Olhei para os lados e pelos retrovisores e só vi formas vagas ocultas pelos faróis altos.

— Não sei, cara. É capaz de estar na nossa frente.

— Está bem. Que tipo de carro era?

Antes de ele falar, eu já sabia qual ia ser a resposta.

Eu era *Karnak, o Magnífico*, a resposta já presa na minha testa, apesar de eu estar rezando para não ser aquela, qualquer outro carro no mundo. Um Honda Accord, um Saturn ou um Cadillac, uma minivan Dodge ou uma Kombi, um Volvo.

Não tive tanta sorte.

— Uma picape.

Agarrei o volante com tanta força que os meus dedos ficaram brancos.

— Você tem certeza?

— Sim. Ele vem atrás de nós desde a saída, cara.

— Desde o *Iowa*? Por que você não me disse?

— Bem, você sabe. Às vezes eu não estava vendo o que eu estava vendo.

— Está bem. Qual a *cor*? Qual a cor da picape que vem nos seguindo desde o Iowa?

— Você está ficando muito específico, cara.

Relacionei todas as cores de que me lembrava, todas as cores do arco-íris — e Dennis negava todas com a cabeça — *Não, acho que não* — até que o processo de eliminação me levasse à última cor que eu queria ouvir.

— *Azul?* Era azul, Dennis?

— Sim. Era azul.

É você.

Parado ao pé da escada, com uma ferramenta metálica na mão.

Brincando de pega comigo numa estrada do deserto.

Passando pela rua Três e mirando um Smith & Wesson calibre 38 pela janela. O meu Smith & Wesson.

Olhei pelo retrovisor.

Depois dos dois lados: direito e esquerdo.

Meu coração disparou. Eu ia virar um *Alien* e sair fora do meu peito. Virei para a pista do lado e quase entrei debaixo de uma carreta, voltei para a minha pista e fui me aproximando da saída seguinte.

— Ei! O que você está fazendo? Nós vamos parar?

A saída seguinte estava se aproximando. Dennis tinha lido a placa três quilômetros antes.

Wohop Road.

— Preciso urinar — disse Dennis.

Olhei o retrovisor da esquerda. Queria ver se alguém cruzava as pistas. Havia vários carros na pista à esquerda — dois pares de faróis separados e distintos. Então, de repente, só havia um.

Apertei os olhos. *O que aconteceu?*

— Preciso muito urinar, Tom.

Ele apagou os faróis.

Havia dois pares de faróis, e agora só havia um.

Ele apagou os faróis.

Pisei no acelerador. Passei de 120 por hora e continuei a acelerar.

— Não preciso tanto assim de urinar. Não vou urinar no seu carro.

Cento e trinta... cento e quarenta... cento e cinquenta...

— Acho que vou, sim.

Quando surgiu a entrada para Wohop Road, Dennis não leu. Não podia. Estava encolhido com as mãos sobre os olhos, a posição que todo passageiro de avião conhece bem.

Espere... espere...

Agora.

Girei o volante com força para a direita.

Já tinha quase ultrapassado a saída — a caminho da próxima, claro. Fiz a curva em duas rodas — a primeira desde o colégio —

quase saí da curva e então caí nas quatro rodas e cheguei a uma estrada de serviço deserta onde continuei a correr.

Ouça.

Nada.

Como era possível?

Como ele poderia saber que eu estava *aqui*?

No parque de trailers de Iowa?

Na estrada para Tellings?

Como?

Pense.

Havia um meio. Claro que havia. Admitindo que ele não me tivesse seguido desde Littleton. Era um meio.

As retiradas nos caixas eletrônicos.

Meu cartão de crédito.

Que eu tinha usado nos postos de gasolina, na loja de conveniência em Nevada, e no Sioux National Motel, na Dakota do Norte.

Como grandes pedaços de pão que podiam ser seguidos de olhos fechados por qualquer cão de caça.

Desde o Iowa, passando por Seattle, até aqui.

Só que...

É preciso um tipo especial de acesso.

Para conseguir esse tipo de informação — registros de banco, recibos de cartão de crédito, o tipo de coisa que eles devem guardar com a própria vida. Era preciso um tipo especial de acesso a essa informação.

— Ai, eu preciso urinar, cara.

— Mais um pouquinho, Dennis.

Estava quase descobrindo — estava ficando mais perto. Estava sentado no bar do Muhammed Alley e comecei a desenhar alguma coisa e agora a figura começava a ficar clara. Se olhasse atentamente para ela, talvez eu até pudesse dizer o que era.

Tinha de andar mais depressa.

Imaginava que o encanador não tinha feito a curva.

Eu me livrei dele.

Dirigi mais uns 20 quilômetros antes de finalmente atender aos pedidos cada vez mais desesperados de Dennis — *Eu tenho mesmo, cara* — e entrei num posto Exxon 24 horas.

QUARENTA

NINGUÉM QUER ACABAR NUM HOSPITAL.

Se for possível evitar.

Ninguém definitivamente quer acabar num hospital de veteranos de guerra. O exército, a marinha e a força aérea usam os recursos disponíveis principalmente para matar pessoas, não para curá-las.

Hospitais de veteranos fedem a descaso.

O de Tellings não era exceção.

Um homem numa cadeira de rodas gritava no saguão das visitas. A sua bolsa de colostomia havia estourado e ninguém apareceu para trocar. Disse que já estava gritando há duas horas.

A enfermeira da recepção parecia não ouvir os seus gritos, como se estivesse com os fones de um iPod nos ouvidos, curtindo um *hip hop*.

Deu um pouco mais de atenção a nós.

— Sim? — perguntou quando nos apresentamos na recepção.

Já tínhamos explorado o terreno, percorrido o caminho que contornava os três edifícios do complexo. Perguntei a Dennis se ele se lembrava do lugar.

— Foi aqui, Dennis? Você esteve aqui?

Ele não tinha certeza. Parecia um turista tentando se lembrar de alguma coisa lida no guia — coisas meio familiares, outras não.

Mas havia um meio fácil de descobrir.

— Você trabalha aqui há muito tempo? — perguntei à enfermeira.

— *O quê?*

— Você trabalha aqui há mais de uma semana?

— O que significa isso? Está tentando dizer alguma coisa sobre a minha competência?

— Você já tinha visto um de nós antes?

— O que *exatamente* os senhores desejam? — ela perguntou num tom de voz que insinuava que já tinha visto Dennis o suficiente para saber que não se tratava de um cavalheiro. Nem eu. Quando se passa muito tempo dentro de um carro, você parece morar nele.

— Nós temos uma receita. Você poderia aviá-la?

— Você viu a palavra *farmácia* por aqui?

— Não.

— Então por que está me pedindo para aviar uma receita?

— Está bem.

— Ele é veterano? — perguntou, indicando Dennis. Claro, ela poderia ter perguntado diretamente a ele, mas já tinha uma longa experiência com pacientes psiquiátricos. Mas Dennis respondeu assim mesmo.

— O Saddam me encheu de venenos.

— É mesmo?

— Estou cheio de petróleo nas veias. Preciso trocar o óleo.

— Você é responsável por ele? — perguntou ela.

— Mais ou menos.

— Você quer interná-lo?

— Não. Só quero achar os remédios.

— É melhor você pensar. Ele não me parece bem.

— Não. Ele está bem. Só precisa dos remédios.

— Então está bem. Desculpem, mas eu tenho de trabalhar.

— Tudo bem. E você nunca o viu antes, certo?

— Certo.

Saímos para o jardim, onde uma placa sobre o portão de entrada dizia: *Ajude os nossos soldados.*

Então fiz o que eu fazia todas as vezes que saíamos. Procurei uma picape azul.

— Quantas pílulas nós ainda temos? — perguntou Dennis.

— Não muitas. Por falar nisso, você notou que elas são de muitas cores?

A mãe de Dennis tinha me consagrado guardião dos remédios — colocou todas as pílulas numa caixa de Band-Aid e enfiou-a no meu bolso. Não pude deixar de pensar no valor metafórico daquele gesto: aplicar Band-Aids num ferimento mortal.

— Estou com fome — pediu ele.

— Está bem. Vamos parar em algum lugar na estrada.

Eu vinha tentando economizar o meu dinheiro porque estava com medo de retirar dinheiro em caixas eletrônicos. Não que isso fosse importante: tinha enchido o tanque um pouco antes de chegarmos ao hospital e, ao utilizar o meu cartão de crédito, informei a nossa localização como se falasse diretamente com eles.

Estou aqui.

O HOSPITAL SEGUINTE FICAVA A MAIS DE 150 QUILÔMETROS DE distância, no Oregon.

Eisenhower Memorial.

Até recentemente, eu nunca na minha vida estive tão perto do Oregon. Agora, duas vezes em duas semanas.

— Dennis, se vir aquela placa de novo, você me avisa, está bem?

— Claro. Que placa?

— MH92TV.

— Ah, certo.

Já era quase meia-noite. Eu havia decidido que não parar era mais seguro — nada de motéis de beira de estrada onde eu teria de fazer uma retirada ou pagar com cartão de crédito. Onde alguém numa picape azul poderia se aproximar sorrateiro na escuridão da noite.

Chegamos ao Eisenhower Memorial mais ou menos à uma da madrugada.

Parecia um pouco com a escola que eu tinha frequentado quando criança — só que três vezes maior. Um edifício tipo caixote, de tijolos vermelhos, com o inevitável mastro onde a bandeira dos Estados Unidos ficava pendurada como um pano de prato na noite úmida de verão.

— O que é isto? — perguntou Dennis quando entramos no estacionamento. — Onde nós estamos?

Não era um bom sinal.

Quando nos aproximamos da recepção, passamos por um repeteco da cena de Tellings. Desta vez havia um homem na recepção, um enfermeiro com cara de coruja que nos perguntou o que desejávamos, afirmou nunca ter visto Dennis e perguntou sobre a sanidade dele ao vê-lo espantar uma mosca inexistente.

Demos uma volta pelo jardim, tal como em Tellings. Mas sem resultados. Dennis nunca estivera ali.

Voltamos para o carro e saímos pelo portão principal.

Preparei-me para uma longa viagem: o próximo hospital de veteranos ficava a 500 quilômetros.

Dennis estava ficando agitado.

Dei-lhe a tarefa de acompanhar as placas dos carros, o que o manteve ocupado e me propiciou uma sentinela semiconfiável a cantar uma confusão de letras e números em busca dos que devíamos temer.

Por volta das três da manhã, eu comecei a sentir um cansaço que não podia mais ser ignorado. Dennis já tinha dormido e roncava barulhentamente encostado na janela. Eu estava perigosamente próximo de fazer o mesmo, os traços amarelos da faixa na estrada parecendo uma longa série de pílulas para dormir que eu engolia uma de cada vez a caminho da cama.

Quando percebi que tinha passado para a pista do lado, que estava literalmente dormindo ao volante, procurei a próxima saída. Cinco quilômetros mais adiante, saí da rodovia procurando um lugar para tirarmos uma soneca de algumas horas.

Encontrei um posto de gasolina aberto 24 horas.

Entrei, passei pela janela onde vi o proprietário indiano e fui até a parte de trás, onde não seríamos vistos da estrada. Desliguei o motor e dormi imediatamente.

Dennis me acordou quando a primeira luz rósea pintava o horizonte.

Olhei o relógio: 5h30.

Estávamos cercados pelo mato que surgia com a primeira luz da manhã. Ouvi o zumbido de duas grandes linhas de força que passavam por cima do posto, e o ruído de um ou outro carro passando.

— Tenho de ir ao banheiro. Estou com dor de barriga.

— Está bem, Dennis. É ali — eu disse, apontando a porta do banheiro atrás do posto.

Dennis abriu a porta e ficou ali por um momento, esfregando os olhos. Então saiu em estágios, primeiro os pés, depois os braços e finalmente o resto do corpo. Foi tropeçando até o banheiro e entrou.

Eu estava morto de cansaço e devo ter voltado a dormir. Quando acordei, não sabia se tinha sonhado que Dennis me acordou para ir ao banheiro. Minha ex-mulher também era assim, conversava comigo às 2 horas e depois me acusava de inventar tudo.

Mas Dennis não estava no carro. A luz rósea tinha se transformado num amarelo pálido.

Eram 5h40.

Saí, fui até a porta do banheiro e bati.

— Dennis, tudo bem aí?

Ouvi um grunhido de resposta.

Fui à frente do posto para comprar comida.

Quando entrei sonolento, o indiano — provavelmente era *sikh*, pois usava turbante vermelho — não tomou conhecimento da minha presença. Estava lendo um jornal sobre o balcão.

Fui procurar alguma coisa para comer. Os postos desconheciam completamente as orientações nutricionais mais recentes. Este se limitava essencialmente ao grupo de alimentos terminados em *os*.

Cheetos, Doritos, Tostitos, Rolos.

Tudo estava tão silencioso que, quando puxei dois saquinhos de Doritos da prateleira, o ruído foi como um tiro.

Não para o *sikh*, que continuou na mesma posição lendo o jornal.

— O senhor tem *salsa*?

Ele me ignorou.

— Salsa. Onde está?

Não houve resposta.

— Ei!

O ar-condicionado entrou em funcionamento. Passou um carro.

Um gato miou lá fora.

As linhas de força continuavam a zumbir e estalar.

Às vezes os pedaços de conhecimento chegam de uma vez, várias percepções diferentes inundando o cérebro ao mesmo tempo e de repente não se consegue respirar.

Você está se afogando.

Saí correndo da loja; os Doritos caíram no chão.

Gritei o nome dele.

— *Dennis!* — abri a porta do banheiro dizendo — Ah! Meu Deus, meu Deus, Dennis. Ah, meu Deus, Dennis...

Eu, que geralmente evitava o nome de Deus, pois ele nunca tinha feito muita coisa por mim, invoquei-o três vezes, como uma oração sagrada. Como uma penitência por ter cometido um pecado.

Eu tinha pecado.

Tinha dormido.

QUARENTA E UM

Disparamos pela estrada.

Fugindo do posto onde o indiano continuava com a cabeça caída sobre o jornal — indiano, mas não *sikh*, pois o turbante não era vermelho, não, pelo menos não até uns 15 minutos antes, quando alguém enfiou uma bala na sua cabeça.

No banheiro foi diferente. Lá não havia nada para absorver o sangue, que cobriu todo o chão e parte do espelho quebrado. Um caco ainda continuava no chão.

O caco que o encanador tinha usado para cortar fora a língua de Dennis.

Ele se elevava à minha esquerda, a três quilômetros do posto — como se Deus estivesse dizendo, você pediu e eu estou atendendo.

Hospital 138 da Administração de Veteranos de Guerra.

Como um milagre.

Parecia antigo, mais um arsenal — todo de pedra e torreões. Mas era um hospital com médicos, enfermeiras e remédios, e Dennis estava se esvaindo em sangue.

Ao passar pelo portão notei as barras nas janelas do último andar.

Avancei até a entrada e tirei Dennis do carro. Foi quando a enfermeira na recepção disse:

— Sr. Flaherty, por onde o senhor andou?

Tínhamos encontrado o nosso hospital.

— Muito bem — disse o cirurgião, o Major DeCola, de cabelo escovinha, depois de terem controlado a hemorragia: de todos os apêndices do corpo humano, a língua é o que sangra mais.

— O que aconteceu com ele?

— Alguém o atacou.

Estávamos sentados no saguão: mesas e cadeiras dobráveis, duas máquinas de venda de biscoitos quase vazias.

— Sem esta, Sherlock. Quem?

— Não sei. Ele estava no banheiro de um posto a uns 15 quilômetros daqui. Alguém entrou e o atacou.

Não falei da morte do proprietário do posto.

Por quê?

Porque ele tinha sido morto com o meu 38.

Eles iam encontrar uma bala desse calibre na cabeça dele.

Eu tinha certeza.

Não que eu esperasse que o crime não fosse descoberto logo. O mais provável é que alguém já tivesse entrado para comprar cigarros e encontrado um corpo em *rigor mortis*.

Eu ia dizer à polícia — já tinha ensaiado em silêncio — que eu estava dormindo atrás do posto. Que ouvi o grito de Dennis. Que o encontrei com a língua cortada. Só isso.

Minha chance chegou meia hora depois. Dois detetives e um policial fardado chegaram e me encontraram no saguão.

Disseram que tinham sido chamados pelo major DeCola.

Já sabiam do indiano morto.

O policial fardado estava no carro que havia atendido ao chamado de uma mulher histérica e quase incoerente que tinha entrado no posto para encher o tanque e saiu correndo pela estrada mancando com um salto quebrado.

Relatei a minha versão editada dos acontecimentos.

— Você estava dormindo no seu *carro*? — perguntou o detetive Wolfe. Ele tinha o tom de voz de quem acredita que quem dorme no carro é geralmente o criminoso, e não a vítima.

— Isso mesmo.

Quando disse que era jornalista, ele pareceu ainda mais perplexo.

— O que estava fazendo com o Sr. Flaherty?

Ele tinha o visual de todo norte-americano que se vê nos filmes de televisão que tratam dos militares, como *JAG*.

— Flaherty era paciente da ala psiquiátrica daqui, certo? E desapareceu.

— É. Eu o estava trazendo de volta.

— Por quê?

— *Por quê?*

— Por que o senhor, Sr. Valle. Qual a sua relação com ele?

— Eu o estava entrevistando para uma reportagem.

— É mesmo? Que tipo de reportagem?

— Sobre os ex-combatentes. Sobre a dificuldade de se readaptarem quando voltam para casa e o que eles têm sofrido.

Não sei bem por que disse isso e não outra coisa qualquer. Talvez porque essa fosse a reportagem que Wren estava escrevendo. Uma reportagem que o havia levado diretamente a outra ainda maior. Eu estava ligando os pontos. Ou talvez porque o encanador que tinha cortado a língua de Dennis tivesse acesso oficial à movimentação do meu cartão de crédito, e eu estivesse agora diante de mais três oficiais.

— Está certo. E vocês dois estavam dormindo no carro?

— É. Dennis não se lembrava do hospital em que estivera internado. Estávamos viajando para o sul e parando em todos.

— Ele não *lembra*?

— A memória dele acende e apaga.

— Certo.

O detetive Wolfe deu uma olhada para o parceiro, que tentava tirar o último saquinho de fritas de uma das máquinas, esmurrando a lateral como se ela fosse um suspeito que não respondia direito.

— E você diz que ouviu o grito do Sr. Flaherty.

— Exato. Então eu corri para cá.

— E você não entrou na loja?

— Não.

— Você não ouviu um tiro?

— Não. Mas, quem sabe. Talvez tenha sido o que me acordou.

— *Quem sabe?* Você sabe.

— Não me lembro de ter ouvido nada. Simplesmente acordei.

— E você não viu ninguém sair do banheiro, ou da loja, ou em outro lugar?

— Não. Eu estava dormindo.

— E você não entrou na loja?

— Não.

Ele já tinha feito essa pergunta.

— Encontramos dois saquinhos de... de que mesmo, John? — perguntou ao parceiro.

— Doritos — o outro respondeu num tom de quem gostaria de alguns. A máquina se recusou terminantemente a entregar o último saco de fritas.

— Certo. Dois saquinhos de Doritos estavam no chão, como se alguém tivesse deixado cair quando fugiu correndo, como alguém em pânico. Queremos saber quem foi. Já que você não entrou na loja.

— A pessoa que atirou no dono do posto?

— O Sr. Patjy era o funcionário da noite — corrigiu ele. — Você acha que o assassino pegou dois pacotes de Doritos ao sair e depois pensou, o que eu estou fazendo com essas porcarias, e largou-os ali mesmo?

— Ele pode ter pego antes.

— Você quer dizer, ele entrou para comprar Doritos e então decidiu matar o Sr. Patjy. E cortar a língua do seu amigo.

— Não sei.

— É. Eu também não sei.

— E a mulher? É possível que ela tenha largado os Doritos.

— É. Mas ela disse que não. Então, permanece o mistério.

Silêncio.

— Por que será que cortaram a língua do seu amigo? — perguntou o detetive Wolfe.

Foi um aviso... Não fale...

— É, vamos ter de esperar que ele nos conte. É claro, ele não vai poder falar muito, não é?

— Não sei.

— O médico disse que não. E ele acende e apaga, como você disse. Acho que ele não vai ajudar muito.

— Ele esteve na Tempestade no Deserto. Está convencido de que foi envenenado pela fumaça dos poços incendiados.

— E deve ter sido. Aquilo foi um desastre completo.

— Você esteve lá?

— Positivo.

— Exército?

— Fuzileiros. Por que não entrou na loja?

— O quê?

— Bem. Você encontrou o Sr. Flaherty coberto de sangue. A língua dele tinha sido cortada. Por que você não foi à loja em busca de socorro? Ou não usou o telefone para chamar uma ambulância? Você tem celular?

— Estava descarregado — menti.

— Certo. Então, por que não usou o telefone da loja?

— Não sei. Acho que entrei em pânico. Eu só queria sair dali.

— Certo. Bem, talvez a câmera de vigilância esclareça o que aconteceu — disse ele, olhando diretamente para mim.

Mas logo completou:

— Ah, esqueci. A porcaria está quebrada.

Colocaram Dennis em recuperação ao lado de um soldado coberto de cicatrizes de estilhaços.

— Ele ficou assim no Iraque? — o soldado me perguntou a respeito de Dennis.

Eu estava sentado numa cadeira dobrável ao lado de Dennis. Já era noite; a lâmpada fluorescente sobre a cama piscava em explosões de azul e branco que me lembraram mísseis explodindo na distância.

Alguma coisa não me parecia certa com relação ao hospital.

Hospital de Veteranos 138 no Oregon.

— Não. Foi aqui mesmo.

— Merda. Foi a língua, não foi?

Confirmei com a cabeça.

— A mulher dele não vai gostar. Ela pode processar o exército por perda de deveres conjugais. Entende o que estou dizendo?

— Acho que não se pode processar o exército.

— Não pode? Então eu tenho um advogado de merda.

Como não respondi, ele disse:

— Estou só enchendo o seu saco.

Dennis voltou a si uma hora mais tarde.

Acho que estava cochilando; acordei com o som de um gemido sentido, como o de um gato perdido tentando entrar em casa.

Era Dennis.

Não conseguia formar palavras.

O que sobrou da língua estava coberto de pontos.

E as bochechas estavam cheias de algodão.

— Não tente falar, Dennis. Vou te dar más notícias. Mas podiam ser piores. Está bem?

Ele arregalou os olhos; estavam injetados e inchados. Parecia um chinês.

— Está sentindo muita dor? Balance a cabeça se estiver sentindo dor. Se estiver, basta apertar o botão na intravenosa e aumentar a morfina.

Ele continuou a me olhar.

Continuou tentando falar.

— Quem o atacou, arrancou a sua língua, Dennis. Não ela toda, mas um pedaço bem grande. Não sei o que isso vai significar em termos de fala. Não sei. Você está entendendo?

Ele não respondeu nem que sim nem que não.

Olhou em volta, tentando reconhecer o ambiente.

— Você se lembra do que aconteceu, Dennis? Lembra de quem atacou você?

Agora estava procurando outra coisa: a língua. Engoliu rapidamente num esforço para encontrá-la, e depois levou os dois dedos trêmulos até os lábios, tentando sentir o que não estava mais lá.

Estava chorando.

— Tire os dedos daí, Dennis. Você está todo costurado.

Ele fechou os olhos, gemeu e bateu a cabeça contra o travesseiro.

Olhei para a janela suja, tentando evitar o seu olhar. Um galho de árvore batia contra a janela, como se quisesse entrar. Esperei até ele se acalmar, até ele parar de bater a cabeça no travesseiro.

— Vou fazer umas perguntas, você consegue escrever as respostas?

Ele olhou para o teto.

— São poucas perguntas, Dennis.

Havia um lápis mordido na mesinha de cabeceira. Peguei-o e coloquei na sua mão — ele não chegou a segurar, mas também não deixou cair. Encontrei um pedaço do *Oregonian* no saguão. Arranquei uma página com o anúncio da melhor agência de automóveis do Oregon e coloquei na sua outra mão.

Ele olhou para o papel com uma expressão vazia. Em seguida escreveu alguma coisa em garranchos infantis.

Por quê?

— Não sei, Dennis.

Por quê?, ele escreveu de novo.

Por quê... por quê... por quê, como uma criança que se recusa a ouvir enquanto não recebe uma resposta. ...Por que o céu é azul?... Por que os passarinhos voam?... Por que alguém cortou a minha língua?

— A pessoa que fez isso, como era ele?

Balançou a cabeça. Apertou o botão mágico da morfina.

— Era esquisito, como se não tivesse rosto?

Suas pálpebras tremeram, quase fechadas.

Sono, rabiscou.

— Ele era esquisito, Dennis?

Sono.

— Certo. É a morfina.

Perguntei de novo, mas ele não respondeu.

Estava apagando; observei-o dormir.

Mas ele não conseguia.

Os olhos se fechavam lentamente, então se arregalavam como se acionados por molas, como se tivesse visto alguma coisa que o assustou quase até a morte. O banheiro. O encanador se aproximando com um caco do espelho quebrado.

Depois de algum tempo ele pegou o lápis de novo.

Conte uma história, escreveu.

— Uma história?

História para dormir.

— Eu não conheço nenhuma história, Dennis.

Sono.

— Está bem. Vá dormir.

Estou com medo. Uma história.

— Dennis...

Mamãe.

— Sua mãe está lá em Iowa. Eu sou o Tom. Você está num hospital.

Uma história.

— Não sei nenhuma história, Dennis.

— Ora, cara, ele quer uma história.

O soldado tinha acordado e se juntou ao coro.

— O coitado nem tem língua. Você não conhece uma história pra fazer dormir?

— Não.

— E a história da menina e os três ursos? Todo mundo conhece esta.

Os olhos de Dennis se abriram, fixos em mim.

— Está bem. Conheço uma história. Uma história verdadeira.

— Conta aí — disse o soldado.

— É uma história de fantasmas.

— E você não disse que era verdade?

— E é.

— Ouça esta, Dennis. Uma história de fantasmas de verdade.

— Era uma vez uns homens que eram médicos.

— Quando? De que época você está falando. *Hoje?* — perguntou o soldado.

— Não. De 1945.

QUARENTA E DOIS

No dia em que chegaram, eles se reuniram no Templo Gokoku.

Em parte porque ele já era uma lenda. O que não chegou a surpreendê-los: uma espécie de bruxaria tinha sido lançada sobre o mundo e necessitava dos seus próprios totens e ídolos.

Olharam as lápides de granito e, viram sombras marcadas na pedra. E se alguém olhasse bem, sob a luz certa, veria que pareciam sombras de pessoas.

De fantasmas.

Havia outras sombras. No alto do edifício da Câmara de Comércio, marcadas na torre da Companhia Elétrica Chugoku, e mais duas na única parede do templo ainda de pé. Mas foram as sombras nas lápides que capturaram a imaginação popular. Por que não? A imaginação havia sido alterada geometricamente, expandida além de toda compreensão anterior.

Um mês antes, esta cidade tinha 300 mil habitantes e era um centro militar e industrial.

Agora apenas seis edifícios continuavam de pé.

O que as primeiras ondas de choque não tinham arrasado foi destruído pelos incêndios que se seguiram.

A população foi reduzida a um terço — não imediatamente, mas em estágios dolorosos e distintos que só agora começavam a ser conhecidos, ainda que não entendidos.

Estavam na fronteira da magia negra, apesar de parecer mais um precipício, pois não havia nada além de um enorme vazio de conhecimento.

Eles vieram para preenchê-lo.

Alguns deles estavam no Novo México, vigiando os técnicos, cientistas e operários que trabalhavam diretamente com o material que haviam apelidado de criptonita, uma alusão jocosa ao elemento capaz de vencer o Super-Homem. Todos sabiam que era um material insidioso — era uma questão de estágios.

Quanto, durante quanto tempo, com que frequência?

Consideravam-se encantadores de serpentes tentando controlar a naja que Oppenheimer e os outros tinham libertado da garrafa. Dançava-se em volta do perigo na esperança de não ser picado.

Talvez naja não fosse a melhor descrição — era mais um dragão. Era como os técnicos o chamavam enquanto juntavam manualmente o material fissionável suficiente — cutucando o dragão com vara curta. Na esperança de não se queimar. Um se queimou, um físico chamado Louis Fruton, assado até a morte em 1945 num surto repentino de radiação.

Quando explodiram Trinity, um sol em miniatura iluminou o céu da manhã, 2 mil vezes mais quente que o sol em torno do qual gira a Terra. A torre de aço de sete toneladas evaporou. Grãos de areia se transformaram em vidro. A primeira nuvem em forma de cogumelo se ergueu aos céus e liberou uma chuva fina de uma neve branca que desceu sobre o exército de formigas no chão.

A segunda nuvem em cogumelo da história surgiu três semanas depois sobre a cidade industrial de Hiroshima.

A serpente havia saído da garrafa e seu veneno estava no sangue.

Eles se reuniram primeiro em Okinawa — o exército de médicos de Los Alamos, Walter Reed, Rochester e até alguns da Clínica Mayo.

Compararam suas anotações e pesquisaram a literatura existente. Não havia muita coisa, e o que existia era ridiculamente mal informado. Ficaram bastante tempo por ali.

A guerra terminou no dia 13 de agosto, mas eles só puderam entrar no Japão no final de setembro.

À espera deles no Japão estava um laboratório com mais de 40 quilômetros quadrados, 160 mil cadáveres que precisavam ser examinados, cutucados, radiografados, documentados e necropsiados. Quase todos observaram.

Eram biólogos que estudavam uma espécie até então desconhecida.

Os primeiros sobreviventes do mundo.

Como médicos, eles já tinham visto o corpo humano atacado por todo tipo de coisas: projéteis, facas, estilhaços, gases, venenos. Aquilo era outra coisa, corpos bombardeados por nêutrons, partículas beta e raios gama.

Parecia haver três estágios distintos.

Primeiro os mortos nas primeiras horas ou dias.

Para esses casos, tiveram de se valer das observações dos perplexos médicos japoneses. Pessoas aparentemente ilesas sucumbiam misteriosamente, caíam mortas nas esquinas, nas suas camas, ou quando andavam de bicicleta. Os médicos supunham que os raios gama tinham degenerado os núcleos, literalmente rompido as paredes das suas células.

O segundo estágio se fez sentir duas semanas depois da exposição.

O cabelo das vítimas caía. Eram atacados por severa diarreia, tremores incontroláveis e febres que chegavam aos 41 graus. A contagem de células brancas despencava; as gengivas sangravam; abriam-se feridas que não cicatrizavam. Dos que chegavam ao segundo estágio da doença da radiação, a maior parte morria.

Os que não morriam esperavam um terceiro estágio, em que o corpo apresentava uma resposta excessiva, a contagem de células brancas no sangue disparava para compensar a devastação interna. Instalavam-se infecções — geralmente da cavidade pulmonar — que iam e vinham, regrediam e se agravavam, poupavam alguns e matavam outros.

E houve evidentemente um quarto estágio.

Foi o estágio em que eles debateram, discutiram e ruminaram, animados por doses mornas de saquê — é até boa essa pinga japonesa — o estágio em que só podiam sugerir suposições, pois não queriam e, só depois de muitos anos, teriam condições de saber.

O que viria depois?

Depois de reconstruída a cidade, depois de esmaecidas as sombras nas lápides e na parede do templo, depois de todos terem voltado para casa?

Então eles tiveram condições de saber.

As primeiras indicações de mutações genéticas começaram a surgir. A radiação não persistia apenas no ar, persistia no sangue.

Viram os primeiros sobreviventes darem à luz.

Os bebês que nasciam com braços deformados ou sem dedos, com línguas bífidas ou mongolismo — apesar de no caso dos japoneses, que normalmente já tinham traços mongóis, ser difícil identificar o mongolismo. E houve casos de leucemia, de doenças desconhecidas e fatais do sangue.

Começou uma quarentena não oficial.

Os próprios japoneses começaram a evitar os sobreviventes, como se fossem uma lembrança dolorosa da vergonha nacional. Como se essas pessoas queimadas, cobertas de cicatrizes e desfiguradas fossem uma metáfora ambulante da sua pátria também desfigurada. Hiroshima e Nagasaki reduzidas a escombros e grandes áreas de Tóquio destruídas pelas bombas incendiárias despejadas pelos B-52.

Esses habakushas — sobreviventes da radiação — não conseguiam trabalho. Adoeciam com frequência e faltavam ao trabalho. Morriam em grandes números. E era desagradável vê-los.

Ninguém reclamou quando os médicos do exército os isolaram. Nem mesmo os próprios sobreviventes. Estavam marcados, envenenados, uma nova espécie de intocáveis. Melhor para nós, melhor para eles, pensaram os médicos.

Agora podiam monitorar melhor os sobreviventes, tinham uma chance maior de mantê-los vivos — os que ainda podiam viver. Retiraram seu sangue, radiografaram seus ossos, examinaram suas fezes. Juntavam-se ansiosamente em torno das mesas de necropsia tentando descobrir um pouco mais.

Lentamente, aqui e ali, começaram a fazer experiências.

Inicialmente, apenas com aqueles que mal conseguiam se manter vivos. Os que estavam às portas da morte. Determinando certas dietas ou cortando toda a alimentação. Bombardeando-os com raios x para ver se podiam combater fogo com fogo.

Iam precisar desse conhecimento, disso tinham certeza.

A guerra tinha terminado, mas um novo inimigo substituíra o anterior. O Japão estava se recuperando bem — aplicando aquele zelo nacionalista no edifício da economia. O antigo aliado era outra história. O urso russo estava engolindo toda a Europa Oriental e pronto para tomar o resto se tivesse uma oportunidade.

Ninguém tinha ilusões.

Hiroshima e Nagasaki foram apenas as duas primeiras salvas de um novo tipo de guerra.

Ela era fria, mas podia esquentar a qualquer momento.

Tinham de saber o que fazer quando se dissipasse a fumaça e todos aqueles milhões de vítimas — porque seriam milhões — fossem resgatados dos escombros urbanos.

Precisavam de respostas.

A maioria deles criou calos emocionais. Não era tão difícil, considerando que estavam tratando de quem tinha atacado a nossa frota em Pearl Harbor. Quem tinha juncado de cadáveres norte-americanos as praias da península de Bataan.

Que fossem um pouco mais frios e calculistas sobre a forma como tratavam esses sobreviventes — como cobaias e não como seres humanos — era até compreensível. Era para o bem do país. Era para o progresso da ciência.

Para alguns, aquelas experiências poderiam parecer antiamericanas.

Mas não para quem via o quadro completo.

Na verdade, eles deveriam ser condecorados.

Sua pesquisa iria resultar no projeto, no manual da sobrevivência pós-nuclear.

Mesmo quando finalmente voltaram para os Estados Unidos, quando terminou oficialmente o programa de Hiroshima, as experiências não terminaram.

Continuaram.

Enviaram-se ordens especiais, por canais especiais, a locais especiais.

Mas dessa vez as cobaias não eram mais japoneses sobreviventes de uma explosão distante.

Não.

As cobaias agora eram mais próximas.

Meninos emocionalmente perturbados de um orfanato em Rochester, por exemplo.

Lá os médicos criaram um "clube de ciência".

Todos os meninos participaram.

Afinal, ali eles pouco tinham a fazer além de cestas. E alguns deles não eram realmente emocionalmente perturbados. Não. Mas tinham sido abandonados por pais que não tinham condições de mantê-los. Participando do clube de ciência eles tiveram a chance de assistir a jogos de beisebol. Ganharam bolas de beisebol de verdade e luvas de couro, além dos bonés.

Ganharam algo mais.

Aveia com isótopos radioativos.

Todas as manhãs.

Todos, sem exceção, tinham de comer toda a aveia, se quisessem permanecer no clube.

E havia as mulheres grávidas do Hospital da Universidade Vanderbilt.

Foram instadas a tomar um coquetel especial.

O que tem nele?, as mulheres perguntavam, mulheres no terceiro, quinto e nono mês de gravidez.

Vitaminas. Vitaminas para tornar você e seu filho mais fortes.

Não havia vitaminas nos coquetéis.

Havia radioatividade dirigida diretamente ao útero.

Bebam.

E também havia um hospital no oeste.

Marymount Central.

Lá injetaram plutônio puro nas veias de 320 pacientes selecionados.

Alguns tiveram câncer.

Alguns não tiveram.

Alguns eram terminais.

A maioria não era.

Não importava.

No final, estavam todos condenados.

Na época, os médicos do exército tinham sido absorvidos pela recém-criada Comissão de Energia Atômica, mais tarde incorporada ao Departamento de Energia.

Anos depois, o diretor do departamento iria pedir perdão publicamente por aqueles "atos doentios". Mas os médicos mantiveram como um selo de honra o título que receberam durante a guerra. Mesmo depois de cinquenta anos. Era como eles se identificavam. Por três algarismos.

O 499, diziam, quando lhes perguntavam em que regimento tinham servido.

O 499º Batalhão Médico.

QUARENTA E TRÊS

Tomei o elevador até o último andar.

O que tinha grades nas janelas.

Quando a porta do elevador abriu, eu os senti. Havia no ar uma constrição palpável. De repente ficou mais difícil respirar. Ao caminhar, sentia bolas de ferro presas aos meus pés.

Talvez fosse a grossa porta metálica do saguão — apesar de o saguão parecer excessivo, pois não atendia a nenhum objetivo discernível. Não havia cadeiras nem um balcão de recepção, apenas o espaço vazio entre a porta do elevador e a porta trancada. Na parede, um intercomunicador.

Apertei o botão.

Um rosto se materializou atrás da grade da porta.

Eu sei. Parece um sonho meio lembrado. Mas foi como eu senti. Já passava da meia-noite; deixei Dennis no sono induzido pela morfina num andar inferior.

Havia aquele murmúrio incessante, uma torre de babel sussurrada através da porta trancada — cada um falando uma língua diferente que só ele entendia.

— Sim?

A voz pertencia ao homem negro que me olhava através da grade. Eu via pouco mais que o branco dos seus olhos.

— Sou o detetive Wolfe — respondi, mostrando a minha carteira e esperando que a grade a tornasse tão indecifrável quanto o rosto dele.

— Sim?

— Trouxeram um ex-paciente. Ele foi atacado num posto de gasolina na estrada perto daqui. Você deve ter ouvido falar.

— Não.

— Ele foi paciente da ala psiquiátrica. Dennis Flaherty.

— Ah, claro. Dennis. Ouvi falar. Arrancaram os olhos dele, não foi?

— A língua.

— É.

— Ele está muito mal. Quem o atacou também matou o empregado do posto.

— Sei.

— Eu queria dar uma olhada aí dentro, se for possível.

— Aqui?

— Isso mesmo.

— Pra quê?

— O major DeCola disse que não teria problema.

— Major quem?

— DeCola.

— Ele é médico da...

— Cirurgião.

— Certo. Ele não é psiquiatra, então...

— Ele disse que não teria problema.

— É. Eu só tô dizendo...

— Ele é major.

— Merda. Tá bem.

Palavras mágicas.

A porta se abriu eletronicamente. Pelo menos é o que ela deveria ter feito. O negro, que se apresentou como Rainey, teve de empurrá-la.

— Tudo está caindo aos pedaços por aqui.

Talvez não tenha sido tão difícil fugir, pensei. Talvez Dennis só tivesse de empurrar a porta e se mandar.

Havia uma mesinha ao lado da porta. A mesa de Rainey, provavelmente.

Um copo de isopor descansava em cima um jornal aberto, cuidadosamente estendido sobre a mesa como uma toalha. Do outro lado da mesa havia uma cadeira dobrável.

A sala era do tamanho de um banheiro com duas privadas e tinha o mesmo cheiro. Havia o cheiro de urina seca e suor masculino. De confinamento.

— Você conhece Dennis?

— Ninguém conhece ninguém aqui, cara. Ninguém quer conhecer ninguém. A maioria nem sabe onde fica a direita ou a esquerda.

— Mas ele sabia onde ficava a saída, não é?

Rainey deu uma risadinha.

— Com certeza. É, Dennis fugiu da gaiola.

— Ele enfiou um monte de remédios no bolso antes de fugir. Onde fica o dispensário?

— Não fica neste andar.

Havia uma porta em frente à porta por onde eu entrei. Imaginei que fosse a porta que levava às enfermarias. O depósito de loucos.

— Posso ver o quarto de Dennis?

— É só um catre, cara.

— Sei. Mas me mostre assim mesmo.

Ele deu de ombros, coçou a cabeça.

— Você é quem manda.

Procurou uma chave e introduziu-a na fechadura; a porta se abriu.

Eu esperava algo pior.

Parecia um dormitório. O dormitório de uma antiga escola de meninos, ou melhor, de uma escola de meninos muito, muito antiga. Um corredor comum levava a portas comuns que se abriam para quartos comuns com filas de leitos comuns.

Paramos na porta do quarto de Dennis e Rainey colocou o dedo sobre os lábios.

Não faça barulho.

Não acredito que pudéssemos perturbar quem quer que fosse. Os pacientes estavam agitados, resmungando durante o sono. Alguns pareciam dormir de olhos abertos.

— Qual era o catre de Dennis?

— Deixa ver... ali. — Rainey apontou para a extremidade do quarto. — Ele gostava da janela. Gostava de ver o céu. Talvez por ter vivido na rua.

— É possível.

— Veja. É só uma cama vazia. Eu lhe disse.

— Quero dar uma olhada.

— Você já está dando.

— Quero ver mais de perto.

Fomos pelo corredor central, passando por corpos deitados dos dois lados do quarto. Ali o cheiro era mais forte — um cheiro de azedo e de remédio.

Raios finos de luar se espalhavam pelo chão de madeira. Quase tropecei no sapato de alguém.

— Esta? — perguntei diante do último catre, bem embaixo da janela. A tela cortava o luar em pequenas fatias quadradas.

— Sim.

O catre estava arrumado em estilo militar, o cobertor cinzento bem esticado e os cantos impecáveis. Se alguém atirasse uma moeda, ela saltaria de volta, mas nela não havia nada. Acima da cama havia uma prateleira de madeira, também vazia.

Sentei e tentei imaginar como seria viver ali — entre outros homens perturbados que antes andavam armados.

— E aquela? — perguntei.

O catre diretamente em frente ao de Dennis. Eram os dois únicos catres vazios no quarto.

— Aquela? Ah, aquela era a do Benjy.

QUARENTA E QUATRO

A prateleira do Benjamin ainda estava cheia de coisas.

Livros velhos — cartilhas, livros didáticos, revistas em quadrinhos, aquelas coisas que os pais trancam numa cômoda no sótão para guardar. Mas não havia cômodas num hospital de veteranos, e certamente não havia um sótão nem pais amorosos que guardam as lembranças da infância.

— Benjamin era negro.

— Negro como eu. Por que tá interessado nele?

— Ele também fugiu da gaiola, não foi? Dennis não foi o único que sabia onde ficava a saída.

Rainey concordou.

— Acho que ele levou uma coisa do Dennis — expliquei.

— Sei.

— Durante quanto tempo o Benjy ficou aqui?

— Ninguém sabe. Ele era um perpétuo.

— Perpétuo. Claro. Mas Benjy não era ex-combatente, era?

— Aqui é um hospital de ex-combatentes, não é?

— É. Mas talvez não tenha sido sempre um hospital de ex-combatentes.

— Isso eu não sei. Antes do meu tempo. Eu só sabia que o pobre cretino tava aqui desde sempre.

— Ele era idiota?

— Merda. Ele tava *aqui*, não tava? Claro que era idiota.

— Você alguma vez conversou com ele, Rainey?

— Sobre o quê?

— Sobre qualquer coisa. O tempo. O campeonato de beisebol. O preço da gasolina.

— Ei, eu já disse. Ninguém quer conhecer as pessoas que estão aqui. Quem vem pra cá é idiota, pronto. Loucos como o Dennis. Benjy falava sozinho.

— Ele tomava remédios, Rainey?

— Todas as cores do arco-íris, cara.

— Certo. Talvez fosse por isso que ele falava sozinho.

Ele deu de ombros.

— Acho que Benjy não era um pobre louco. Acho que ele era um pobre qualquer outra coisa. Quando ele fugiu?

— Não sei bem. Há algum tempo. Antes do Dennis.

— Claro. Antes do Dennis. Eles eram amigos? Dennis e Benjy? Eles ficavam juntos?

Rainey balançou a cabeça.

— Eu já disse, Benjy era perpétuo. Os perpétuos não falam. Dennis tinha acabado de chegar da rua.

— Os pacientes guardam as carteiras, Rainey?

— Às vezes. Eles guardam algum dinheiro, você sabe, pra comida e outras coisas. Alguns têm fotos na carteira, sabe, da mulher ou dos filhos. Por que não?

— Eles conseguem juntar mais que um dinheirinho?

— Não devem.

— Claro. Mas guardam, não é?

— Acho que sim. Eles recebem visitas. Recebem encomendas. Jogam pôquer, supostamente apostando palitos de fósforos, mas quem sabe?

— É. Eu sei. Então às vezes as carteiras têm mais que simples trocados e fotos.

— É.

— Dennis jogava pôquer?

— Acho que jogava. Por quê?

— Benjy pegou a carteira de Dennis. Gostaria de saber se tinha muito dinheiro. Era um pobre coitado, mas sabia que precisava de dinheiro pra ir daqui até lá.

— Lá? Onde?

— Califórnia. Pra ver a mãe.

— Ah, é? Como você sabe?

— Logo depois de vê-la, ele sofreu um acidente.

— Acidente de carro?

— Não. Acho que não.

— Que tipo de acidente?

— Um acidente fatal.

— É? Que pena.

Estávamos falando baixo, mas eu via uma ou duas cabeças se erguendo dos lençóis como fantasmas.

— Onde eu posso encontrar a ficha médica de Benjy?

— Lá embaixo, nos registros.

— Onde fica?

— No quarto andar. Então, ele fugiu daqui só pra ver a mãe?

— Ele não a via há *cinquenta anos.*

— Por quê?

— Ele não sabia que ela estava viva.

— Durante *cinquenta anos*? Como acontece uma coisa dessas?

— Fácil. Disseram pra ele que ela tinha morrido.

— E por que ela não veio visitar?

— Disseram para ela que ele tinha morrido.

— Quem?

— Esta ala tem TV, Rainey?

— Tem. Eles gostam de novelas... e daqueles três loucos da motocicleta no Discovery.

— Do que mais eles gostam?

— Golfe. Aquela voz sussurrada acalma os doentes.

— E o programa da manhã na NBC? Eles costumam assistir?

— Uma vez ou outra.

Comecei a recolher os livros velhos da prateleira de Benjy.

— Não se preocupe. Eu vou devolver — falei, apesar de Rainey não parecer se importar.

— Ei, se ele achava que a mãe estava morta, como soube que ela não tava?

— Alguém contou pra ele.

Belinda era a nossa celebridade local, dissera o Sr. Birdwell. *Você conhece o homem do tempo da NBC, Willard... como é o nome dele? Scott. Ele costuma mencionar os centenários do país. Pois ele mostrou o retrato de Belinda há algumas semanas.*

— Então ele conseguiu vê-la antes de morrer? — perguntou Rainey, com um leve tom de ternura na voz.

— É. E antes de ela própria morrer.

— Bacana.

Sentei no catre de Benjamin Washington. Tentei imaginar aquela manhã em especial. Começar o dia com doses de OJ, Zyprexa, Haldol e Seroquel no café da manhã e em seguida se colocar em meio estupor diante da TV para ver Katie Couric e amigos. E então aparece o homem do tempo com a sua peruca ruim e diz: *Vamos desejar uma grande festa de aniversário para Belinda Washington, de Littleton, Califórnia — está completando cem anos hoje. Feliz aniversário, Belinda.*

— Você sabia que ele foi castrado?

— Sabia. Eu o vi no chuveiro.

— Você sabe por quê?

— Pensei que fosse um ferimento de guerra. Aqui, muita gente tem falta de muita coisa, não é só a mente.

— Benjamin Washington era civil.

— Benjamin o quê?

— Washington.

— Não. Briscoe. O nome dele era Benjamin Lee Briscoe.

— Tem certeza?

— Não. Estou inventando. Claro que eu tenho certeza. Então você pode estar falando do cara errado, hein?

Está bem, algo estava errado. Mas eu não estava falando do cara errado. Não estava. Ainda assim havia alguma coisa vagamente familiar com relação a esse nome.

Briscoe.

Folheei a cartilha de Benjamin. Uma viagem pelo alfabeto. Ele tinha escrito o nome no alto da capa: Benjamin: 9 anos.

— Como ele conseguiu fugir, Rainey? Você disse que ele vivia dopado.

— Não. Eu disse que ele falava sozinho. Foi você quem disse que eram os remédios.

— Aposto que ele parou de tomar. Fingia engolir e cuspia tudo. Ele precisava ter a mente clara.

— Você é quem diz. Foi o que o Dennis fez?

— Não.

ACORDEI DENNIS.

Tinha os olhos sonhadores, em paz, como se estivesse voltando de algum lugar onde a sua língua ainda estava intacta e ele conseguia ler à vontade placas de carro e placas rodoviárias.

— Dennis. Ouça e responda com movimentos de cabeça, está bem?

Ele concordou.

— Você fez uma troca. Foi assim que a sua carteira acabou no bolso de outro.

Ele olhou para mim.

— O nome dele era Benjamin. Ele ia fugir daqui. Lembra?

Sem resposta.

— Foi o que deu a você a mesma ideia. Benjamin não queria mais os remédios, não precisava mais deles. Você tinha dinheiro na carteira e uma carteira de identidade. Benjamin precisava dos dois. Ele era um fantasma. Não tinha identidade. E queria sair para o mundo.

Dennis me olhava.

— Você trocou a carteira pelos remédios. Todas as cores do arco-íris. Foi assim que um negro morreu num carro na Califórnia com a sua carteira no bolso.

Dennis piscou.

— Sei que você não consegue se lembrar das coisas. Sei que está tudo confuso. Tente se lembrar disso. Tente. Sim ou não?

Ele fez um sinal com a cabeça.

Sim.

QUARENTA E CINCO

Trouxe o que sobrou da triste vida de Benjamin para o saguão escuro e deserto.

Comprei em copo de café cor de lama e me sentei à mesa.

Abri a cartilha. *Benjamin: 9 anos.*

Cada página tinha uma letra — a letra *A* na primeira página, *B* na segunda, *C* na terceira, e assim por diante.

Ele escreveu dez vezes a letra, em maiúsculas e minúsculas. E uma palavra usando a letra.

A palavra com *A* era *abacate.*

Em seguida uma figura da palavra, um abacate verde desenhado com lápis de cera.

E depois a palavra foi usada numa frase simples.

Eu como abacate, escreveu ele na sintaxe dos 9 anos que nunca iria esquecer.

Feliz cem aniversário.

Seria difícil progredir com a mente apagada por uma porção de remédios.

A palavra da letra *B* era *banco.*

Eu sento banco.

Li todas as páginas.

Cama.

A cama desenhada parecia a que eu tinha acabado de ver. Uma visão infantil. O cobertor da mesma cor. Um pequeno espantalho preto com uma fileira de Zs saindo da boca.

Eu durmo cama.

Durante cinquenta anos foi o que ele escreveu, até que um dia viu a mãe na TV, a que, segundo lhe disseram, tinha morrido numa inundação com todos os outros. Então ele acordou.

Dado.

Elefante.

Fogo.

Gato.

Homem.

Inverno.

Jogo.

Então chegou a página da letra *K*.

Olhei para a palavra, porque não era, de forma alguma, uma palavra de criança.

Não.

Eu já a tinha visto.

Quando um bilhete dobrado caiu de um porta-retrato quebrado e sussurrou: *venha comigo*.

Eu não estava falando do sujeito errado, Rainey.

A figura era uma rua cheia de bonecos de traços simples derramando lágrimas. Os braços erguidos em terror infantil. De quê? De um gigante azul. Pairava sobre eles com uma faca pingando grossas gotas de sangue vermelho.

Olhei a frase.

Eu moro Kara Bolka.

K, de Kara Bolka.

É por isso que eu nunca consegui encontrar. Eu poderia vasculhar todos os catálogos telefônicos até o juízo final e não ia encontrar nada.

Lembranças de Kara Bolka.
Kara Bolka não era uma pessoa.
Era um lugar.

QUARENTA E SEIS

— Sentido!

Foi assim que o soldado coberto de cicatrizes de estilhaços me informou que era hora de acordar. Que eu tinha visitas.

Mas eu estivera visitando um lugar onde crianças se encolhiam aterrorizadas diante de gigantes azuis com facas ensanguentadas. Foi difícil abrir e focalizar os olhos.

Detetive Wolfe. Estava parado ali com um novo parceiro que não parecia um policial. Havia uma ameaça palpável no ar.

— Bom-dia — cumprimentei.

— Talvez não. Você disse que era repórter, mas você não é um repórter qualquer, Sr. Valle.

Dennis também estava acordado. O sangue tinha secado nos cantos da boca.

— O senhor é famoso. O senhor não me disse que era famoso.

O outro homem puxou uma cadeira e pôs um pé em cima dela, apoiando os braços no joelho. O detetive Wolfe fazia as perguntas, mas quem ouvia era o seu parceiro.

— Por 15 minutos — comentei.

— O senhor está sendo modesto.

— Não. Na verdade não.

— Ora, Tom. Cinquenta e seis reportagens? É um feito e tanto. Você devia ter me falado.

— Pra quê? Isso não teve nada a ver com o fato de o Dennis ter sido atacado no posto.

— Não? Você pode ser considerado uma testemunha pouco confiável. Dado o hábito de mentir toda vez que diz alguma coisa.

— É um hábito do passado. Estou trabalhando num jornal há mais de um ano.

— Você está licenciado de um jornal. Está de castigo por ter sido mau. Algo relacionado com alguém ter levado um tiro.

— Esse alguém devia ser eu. O sujeito errou.

— Que sujeito?

— O atirador.

— Certo. Há uma suspeita de que o atirador usou a sua arma.

— Ele a roubou.

— É. Foi o que você disse para todo mundo.

— Foi o que aconteceu. Por que eu iria querer atirar em mim mesmo?

— Talvez você não quisesse. Afinal, você não foi ferido. Outra pessoa foi.

O outro homem vez por outra fechava os olhos e balançava a cabeça.

— Veja o que aconteceu — continuou o detetive. — O Sr. Patjy também recebeu um tiro. O atirador teve a gentileza de deixar um cartucho do lado de fora da loja. Ele foi alvejado como um Smith & Wesson calibre 38. Exatamente como o garoto em Littleton. Igual ao revólver que você comprou, aparentemente de forma ilegal, numa loja que vende armas de um tal de Ted.

Ótimo. Fora apenas uma questão de tempo.

Acabou o tempo.

— Eu já lhe disse. Eu estava dormindo no carro. Acordei e encontrei Dennis no banheiro.

— Claro. Você gosta de Doritos, Tom?

— Não muito.

— Mas alguém gostava. As digitais estão nos saquinhos que foram abandonados na saída.

Não respondi.

— Em Nova York, depois de você ter sido preso por... o que foi mesmo, arrombamento, destruição de propriedade, mentir como louco? Depois de tudo isso, você teve de se submeter a terapia. Foi a condição pra não ir para a cadeia, não foi?

— Eu não ia pra cadeia. Era réu primário.

O outro homem franziu as sobrancelhas, pensando.

— Estou perguntando se o tribunal reconheceu em você alguém com problemas mentais.

— Eu tive problemas. Não acho que se possa defini-los como mentais.

— Como você os definiria?

— Estava tentando progredir. Inventei coisas. Esse foi o problema.

— Agora o problema é meu.

— Por quê?

— Não venha se fazer de estúpido. Acabei de lhe dizer.

— Não é como eu vejo. Não atirei em ninguém. Não cortei a língua de Dennis. E, o que é mais maravilhoso, você pode perguntar a ele. Ele está ali. Dê-lhe um lápis. Pergunte a ele quem o atacou no banheiro. É a mesma pessoa que matou o Sr. Patjy. E, claro, tenho 99% de certeza de que é o mesmo homem que atirou no meu estagiário em Littleton. Ele está nos seguindo.

— Obrigado por me informar. Talvez você não saiba que esconder informações numa investigação de homicídio é crime. De qualquer forma, ainda temos um pequeno problema.

— Qual?

— Qual? O seu amigo aqui, sem querer ofender, é um perturbado mental. O que significa que o que ele disser não vai significar absolutamente nada. Ele vai e volta. Palavras suas, não minhas. Espanta insetos que não existem. O que o torna apenas um pouco menos, só um pouquinho menos, confiável que você.

Isso pareceu arrancar o outro homem dos seus sonhos. Dirigiu os dois olhos treinados para mim.

— O senhor por acaso não estaria na ala errada, doutor? — perguntei.

Ele sorriu.

— Meu lapso freudiano foi tão evidente?

— Mais ou menos.

Voltei-me para o detetive.

— Sabe, se queria que eu fosse psicanalisado, você devia ter me consultado.

— É mesmo? E se eu quisesse enfiar o meu punho pela sua goela? Também devia pedir permissão?

— Calma — disse o médico, parecendo um pouco alarmado. — Nós só estamos conversando.

— Você é quem só está conversando, doutor. Eu tenho um homem morto e um ex-combatente que não pode mais falar. Você não é veterano de guerra, Tom?

— Não. A não ser que a revista conte.

— Achei que não. Detesto prender um veterano de guerra.

— Você vai me prender?

— Não sei. Devia?

— Eu não recomendaria. Não fiz nada.

— Certo. Mas você fala com língua de cobra. Talvez esteja apenas um pouco perturbado. Ele está perturbado, doutor?

— Não conheço esse diagnóstico.

— Está bem. Então nos dê outro diagnóstico. Ele é sociopata, esquizoide, delirante, ou paranoico? *Doutor, doutor, me dê alguma coisa.*

— Eu o ouvi falar durante menos de cinco minutos. Não sei. Desculpe por falar do senhor como se não estivesse presente, Sr. Valle.

— Quanto tempo é necessário pra chegar a um diagnóstico, doutor? O senhor nunca viu um psiquiatra no banco das testemunhas? Dois minutos de entrevista e ele já sabe que o réu não é responsável por seus atos.

— Acho que testemunho não é o meu forte.

— O senhor tem de ter um forte, doutor. Ninguém chega a lugar algum sem um forte. Veja o meu caso, por exemplo.

— Que é?

— Fechar investigações. É o fuzileiro em mim. Não abandonar ninguém no chão. Agora eu estou com um no chão e outro no hospital. E um artista da mentira me dizendo que não fez nada.

— O senhor quer a minha opinião? — perguntou o médico.

— Claro.

— Acho que ele não fez nada.

— E aquela história de "Eu o ouvi falar durante menos de cinco minutos"?

— Esta é a minha primeira impressão.

Era estranho ouvir falarem de mim como se eu não estivesse presente. Estava novamente no tribunal em Nova York, meu advogado contra os deles, decidindo o meu destino, e eu sentado de boca fechada.

— *Ele esteve naquela loja, doutor.* Aposto cem dólares que as suas digitais estão naqueles saquinhos de Doritos. Se não ele teria ido até o indiano e pedido para chamar uma ambulância depois de encontrar o Sr. Flaherty com a língua cortada. Mas ele não foi. Então, ou ele estava na loja e viu o indiano morto, ou ele estava na loja e matou o indiano.

— E depois cortou a língua do Sr. Flaherty, o homem que ele trouxe até o hospital para ser tratado? — perguntou o psicanalista. — Desculpe, mas acho que os dois eventos estão ligados. Ele fez os dois, ou não fez nenhum.

— Ótimo. Ele fez os dois.

O major DeCola entrou e disse que precisava cuidar de Dennis e pediu para que saíssemos.

Agora.

O tribunal entra em recesso.

QUARENTA E SETE

Esqueci de mencionar uma coisa.

Eu disse lá no início. Estou meio confuso em relação à cronologia — quanto à especificidade. Quando aconteceu o quê. Quando algo passou a ser conhecido ou apenas suspeitado.

Telefonei para o laboratório — Dearborne Labs. Em Flint, Michigan.

Lembra-se?

Aquela carta dos Dearborne Labs na cabana do Wren. *Ao Sr. Wren. Resultados preliminares do material enviado confirmam as suas preocupações. Favor verificar os resultados laboratoriais em anexo.*

Mas os resultados não estavam anexados.

Por isso resolvi telefonar.

Queria saber se os problemas médicos de Wren tinham alguma coisa a ver com a sua saída da cidade.

— Alô — atendeu uma voz de mulher jovem.

— Alô. Aqui quem está falando é John Wren. Há algum tempo eu lhes enviei material para exame e não recebi os resultados. Naturalmente estou preocupado com a minha saúde e gostaria de receber uma resposta.

— A sua saúde?

— É. Vocês examinaram o material e eu estou esperando os resultados.

— Sei. O senhor disse a sua *saúde*?

— Isso mesmo.

Silêncio.

— Nós examinamos amostras de solo, Sr. Wren.

— Solo — repeti estupidamente. — Isso mesmo. É por isso que estou preocupado. Não tenho me sentido bem e calculei que poderia haver alguma coisa na terra.

Ela me perguntou o nome e pediu para eu esperar. Depois voltou e me disse que os resultados já tinham sido enviados há mais de três anos. Por que eu estava telefonando agora?

— Esqueci.

Havia alguma coisa na terra.

— O senhor tinha razão.

— Ótimo. Então me ajude a lembrar sobre o que eu tinha razão.

— É quente.

— *Quente*? O que significa isso?

— É melhor o senhor comprar um contador Geiger, Sr. Wren. O solo que o senhor nos enviou é *radioativo*. Posso perguntar onde o senhor o recolheu?

Ela podia perguntar, mas eu não tinha de responder.

Desliguei.

Ainda estava preocupado com a *saúde* de Wren.

Quando estava na cabana dele. Quando ele me telefonou de Fishbein. Quando tentei descontrair e dirigir a conversa para *varas* de pescar.

Eu já contei. Eu tinha feito uma reportagem sobre um concurso de pesca em Vermont. Juntei-me a alguns homens cujos braços pareciam cordas retorcidas, que gostavam de relaxar fumando Camels sem filtro e contando histórias de pescadores.

Eu me enturmei.

Fiz anotações. Aprendi uma coisa ou outra.

É o que fazem os jornalistas. Aprendem um pouco de tudo, o bastante para errar.

Eles falavam das varas de pescar como se fossem antigas namoradas. Discutindo os méritos de umas sobre as outras com um olhar nostálgico e amoroso.

Perguntei ao Wren sobre as varas encostadas na parede. De que tipo eram?

Ele hesitou um pouco e respondeu: varas de truta.

Há muitos tipos de varas de pescar.

Para água doce e água salgada, de fibra de vidro e grafite, para fundo ou raso.

Há varas longas e varas curtas, e todos os tamanhos intermediários.

Não existem varas de truta. Como não existem varas de linguado, nem de peixe-espada nem de atum. Não é assim que se classificam as varas de pescar, não pelo tipo de peixe. Qualquer um que se dedica seriamente à pesca, que se retira para um lago distante para passar os dias tirando peixe do lago, sabe disso.

Mais uma coisa.

Todo mundo tinha ido embora. Quando olhava pela janela, eu via pessoas no estacionamento. Vendedores, trailers, famílias de passagem, até residentes semipermanentes, como eu, que alugavam por semana.

Agora não.

O hotel está deserto. Agora estou sozinho.

É o que se faz antes de um cerco.

Limpa-se a área.

Isola-se o alvo antes do ataque.

QUARENTA E OITO

Ainda era um homem livre.

Ainda tinha tempo.

Até que eles comparassem as impressões digitais. Como condenado com direito a condicional, as minhas estavam arquivadas. Até o detetive Wolfe convencer algum promotor de que não eram necessárias tantas provas quando se trata de um mentiroso condenado.

Talvez não fosse mesmo.

Ainda que alguém tenha calculado que mentimos pelo menos cem vezes por dia. Para o patrão, empregados, clientes, cônjuges, filhos, cidadãos, policiais, cobradores, parentes, amigos. Para as assistentes sociais dos serviços de proteção ao menor. E para nós mesmos. E depois de mentirmos para nós mesmos que existe um deus, mentimos para ele também.

Algumas mentiras são maiores que outras.

A que contaram a Benjamin. A que contaram a Belinda.

A que fizeram Lloyd Steiner contar.

Eu sabia tudo sobre grandes mentiras.

Os registros de Benjamin estavam no quarto andar, como me disse Rainey. A enfermeira os ofereceu gentilmente depois que eu os requisitei com a minha imitação de detetive Wolfe.

Havia um problema nos registros de Benjamin Washington.

Não se referiam a *Benjamin Washington.*

Quanto a isso, Rainey tinha razão. Referiam-se a *Benjamin Lee Briscoe.*

Nascido em 1948. Veterano do Vietnã. Companhia Charlie. Serviu no Delta do Mekong entre 1966 e 1968.

Alguma coisa me falava ao ouvido.

Sentei numa cadeira de plástico duro e olhei para a parede. As enfermeiras a usavam como quadro de avisos. Apartamentos para alugar, vendas de bolos, cães para adoção, babás e avisos de nascimento.

Aviso de nascimento.

Cujo contrário é o quê? Aviso de falecimento. Obituários.

Peguei minha carteira no bolso de trás da calça e procurei o número do telefone de John Wren que tinha anotado algumas semanas antes.

Estava anotado no verso de uma foto.

A fotografia do memorial do Vietnã.

Tive de olhar com atenção até descobrir o nome. Eddie Bronson não era o único nome ali presente.

Um pouco mais abaixo, entre *Joseph Britt* e *James Bribly.*

Olá.

Benjamin Lee Briscoe.

Foi por isso que o nome me pareceu familiar.

Quando encontrei o nome de Eddie Bronson no *Littleton Journal*, ele estava cercado por outros nomes. Examinei a foto uma noite em reverência embriagada, um ex-redator de obituários contemplando o mais triste de todos os obituários.

Benjamin Washington havia morrido cinquenta anos antes numa inundação.

Mas renasceu.

Tal como o desorientado veterano que apareceu no coreto da cidade naquele dia.

Que também havia renascido.

"Quem é Eddie Bronson?" foi o título da reportagem de Wren.

Depois Wren foi a Washington e descobriu.

Eddie Bronson havia desaparecido em combate, e provavelmente se transformara em fertilizante numa plantação de arroz no Vietnã. O veterano de guerra enlouquecido que se instalara no coreto da cidade tomou o seu nome. Devia estar sofrendo a culpa do sobrevivente. Só isso. Não é incomum um soldado assumir o nome de algum companheiro morto quando, por uma razão qualquer, ele continua respirando, quando sua vida se transformou numa tragédia. Quando a névoa da guerra continua a segui-lo como uma nuvem negra.

A não ser que...

Ele sofria a culpa do sobrevivente, mas não tinha sobrevivido ao Vietnã. Algo muito pior.

Eles o teriam levado para uma instituição.

Quando devolvi os registros para a enfermeira, perguntei sobre a instituição.

Aquela instituição.

Aquele hospital *sempre* foi dos veteranos de guerra? Ou tinha sido outra coisa antes?

Como o senhor sabe?, perguntou ela. É verdade. Antes aqui havia um hospital de pesquisa. Pelos idos dos anos 1940 e 1950. *Administrado pela divisão médica do Departamento de Energia.* Havia uma ala infantil especializada em cânceres raros.

Ela se lembrava do nome?

Marymount, disse ela.

Marymount Central.

Obrigado, agradeci.

Fui me despedir de Dennis.

Ele não estava no quarto.

— Ele teve um ataque — explicou o soldado. — Eles o levaram para a ala dos loucos.

Estava feliz por ter novamente o quarto só para si.

— Ficou louco. Ou melhor, ele já era louco — completou.

— Cortaram-lhe a língua. Talvez seja por isso.

Eu devia ter partido imediatamente. Estava armado e era perigoso, carregado de um conhecimento combustível, e devia ter fugido.

Mas Dennis estava num hospital, incapaz de formar palavras e, tal como Nate the Skate, a culpa era minha.

Eu o coloquei em perigo.

Por isso voltei ao último andar e apertei o botão do intercomunicador.

Rainey me viu e sorriu.

O que deveria ter sido a minha primeira pista.

Talvez eu estivesse desorientado — tinha dormido pouco — e quando dormi, passei a maior parte do tempo fugindo de gigantes azuis e médicos de 80 anos. Nos meus sonhos e pesadelos quando acordado, eu agora sabia que os dois eram a mesma pessoa.

— Ora. Olá, detetive Wolfe — disse Rainey.

Não percebi o tom. Aquela qualidade zombeteira.

— Disseram-me que Dennis foi trazido para cá.

— É verdade.

— Preciso falar com ele.

— Claro. Sem problema.

Abriu a porta.

— O senhor pode esperar nessa sala enquanto eu vou buscá-lo.

Parecia ótimo. Ia me despedir de Dennis. Ia a um último lugar para fechar esta reportagem e esperar o prêmio Pulitzer.

— Espero que o senhor não se incomode com a decoração — disse ele, assegurando-me que Dennis logo estaria ali.

Não liguei para a decoração. Nem sequer a notei.

Estava admirando o desenho resultante da ligação dos pontos.

Vejam, todos.

Eu o ergui para que todos no restaurante vissem, meu pai, minha mãe, meu editor, a oficial da condicional e o Dr. Payne, o repórter que tinha riscado *minto, logo existo* na minha mesa. Benjy, Belinda e Nate The Skate, Norma e Hinch. Eles também. Eu estava saindo de uma caverna escura e me banhava na luz da ressurreição.

Ainda não estava completo.

Mas já era possível entender.

Vamos seguir os pontos.

John Wren tinha encontrado, dormindo no coreto da cidade, um ex-combatente do Vietnã traumatizado e desorientado. *Eddie Bronson* foi o nome que ele deu.

Primeiro ponto.

Depois Wren foi a Washington e descobriu uma coisa intrigante. Eddie Bronson era um cadáver do Vietnã. Desaparecido em ação. E estava lá no monumento. Ninguém morre duas vezes.

Segundo ponto.

Então, quem era esse Eddie Bronson? Obviamente, um veterano atacado pela culpa do sobrevivente. Alguém suficientemente desorientado para assumir o nome de outra pessoa e esquecer o próprio. Esquecer a família, o passado, mas não o caminho de casa.

Não.

De todos os coretos do país, ele tinha se instalado naquele. Ali era o seu lar.

Por quê?

Porque era o que ele sentia.

Pelo menos era muito perto do seu lar.

Houve época em que ele tinha vivido a pouco mais de 30 quilômetros, numa cidadezinha que não existia mais.

Littleton Flats.

Terceiro ponto.

Mas todos que moravam em Littleton Flats tinham *morrido*.

Todos.

Inclusive Benjamin Washington.

A não ser que não tivessem morrido.

Wren começou uma reportagem sobre a inundação da represa Aurora.

Descobriu coisas.

Ficou todo animado. Depois enlouqueceu — *o louco de Littleton*. Foi o que disseram. Trancou-se uma noite na redação do *Littleton Journal* e se recusou a sair.

Por quê?

O que ele estava fazendo naquela noite?

Foi retirado do local e depois *se isolou em algum lugar para terminar* a reportagem.

Que reportagem?

Acho que eu já sabia.

Era uma reportagem sobre desaparecidos em combate que se ajudavam uns aos outros.

Por razões puramente burocráticas.

Aqueles nomes na parede de granito — os arquivos dos desaparecidos em combate permaneciam abertos enquanto seus corpos *não eram encontrados*. Eles ajudaram os desaparecidos em outra tragédia nacional. Sem o saber, é claro. Deram a estes os seus *nomes*. Os desaparecidos de Littleton Flats — onde não havia uma represa que explodiu num domingo de manhã.

Não.

É melhor o senhor comprar um contador Geiger, Sr. Wren.

Até agora, eu ainda não havia notado onde estava.

Se *tivesse*, teria notado que era uma cela acolchoada sem o colchão. Teria percebido que Rainey *não tinha* voltado, que um minuto se tornou dois, três, quatro e cinco.

Tempo necessário para registrar.

Tic-tac-tic-tac-tic-tac, e de repente já se tinham passado 15 minutos. De repente notei que estava sentado num banco de metal duro, preso à parede. Estava numa sala onde não gostaria de passar muito tempo.

Eu me exibia para as multidões, mas não recebia aplausos.

Estava olhando em volta. Estava lendo o que vários encarcerados tinham riscado à faca na parede.

Sou um homem em constante dor.

Telefone para Deus a cobrar.

Desaparecido em combate do mundo.

E este.

Lembranças de Kara Bolka.

Quando me levantei e fui até a porta, que tinha uma grade pequena, tal como a porta diante do elevador, antes mesmo de girar a maçaneta, comecei a sentir que ela talvez não abrisse. Que as portas se abrem e se fecham, e que portas abertas às vezes se fecham.

Agarrei a maçaneta e girei.

Trancada.

Girei com força. Nada.

Forcei a porta, como se para me certificar de que ela estava realmente trancada. Bati. De início educadamente, como se estivesse havendo um mal-entendido, nada mais que um problema técnico, e que Rainey logo voltaria e me pediria desculpas.

Depois de algum tempo, comecei a esmurrar.

— Ei! *Rainey*, o que está acontecendo?

Às vezes, quando se grita uma pergunta, já se sabe a resposta. É mera formalidade. *O que você está fazendo*?, grita-se numa rua escura da zona perigosa da cidade. Já se *sabe* o que ele está fazendo. Está se preparando para atirar.

— Ora, vamos! Abram esta porta. O que é isso? — gritei, com o pânico crescente de alguém preso no elevador.

Passaram-se mais dez minutos até Rainey voltar.

Tempo suficiente para os meus punhos ficarem ensanguentados e a todo o meu corpo ficar coberto de suor. Para marcar a porta no local onde eu a chutei.

Rainey não estava mais sorrindo.

— Cale a boca, porra.

— Você tem ideia do que está fazendo? Sou policial.

— É. Eu também sou. Eu sou o chefe da polícia.

Charada resolvida.

— Está bem. Sou *jornalista.*

— Não diga!

— Meu nome é Tom Valle. Sou do *Littleton Journal.* Às vezes os repórteres têm de mentir um pouco para conseguir a reportagem. Não se pode prender um jornalista por isso. Deixe-me sair, e vamos esquecer tudo...

— Mentir um *pouco*? Isso já é uma mentira. Das grandes.

Alguém tinha contado a ele.

— *Olhe*, você está desobedecendo à lei. Você está ajudando as pessoas erradas. Aqui mesmo, nesta merda de hospital. — Às vezes uma pessoa só percebe que está realmente com medo quando ouve a própria voz. Até então ela acha que está bem, que está controlando a situação, que vai sair dessa.

— As pessoas erradas, hein? Essa é boa. Engraçada. É melhor você se acalmar, tá bem? Sente e relaxe.

— Rainey, deixe-me sair. Sou *repórter*, pelo amor de Deus. Um crime está sendo cometido aqui.

— É. Nisso você tem razão.

— Não sou criminoso.

— É. Você é detetive. Detetive Wolfe.

— Você não me teria deixado entrar se eu lhe dissesse que era repórter.

— Bem, agora que você ta dizendo...

— Você vai me deixar sair?

— Não.

Ele recebia ordens. Era um hospital militar, e ele recebia ordens.

— Você não pode me prender aqui. Isso é loucura. Tenho *direitos*... — Era um refrão batido, que ele já tinha ouvido cem vezes por dia. Ali era igual a todas as prisões do mundo. Ninguém é culpado. Ninguém devia estar ali. Era tudo um engano.

— Direitos, hein — disse ele. — Eu tenho direito a um pouco de tranquilidade e silêncio. Por isso, sente aí e cale a boca.

Gritei alguma coisa, não sei bem o quê. Alguma coisa com alguns palavrões.

Parei de gritar a tempo de ouvir alguém cochichando.

Lá fora. Onde estava Rainey.

Ele tinha se afastado um pouco, alguém estava falando, mas eu não entendia as palavras.

— Ei! Ei! Quem está aí fora? Com quem você está falando, Rainey? *Ei!*

Mais passos. O som das rodas de um carrinho sobre o piso.

A maçaneta girou.

Instintivamente, recuei. Mais perto da parede.

Rainey e mais dois enfermeiros de aventais azuis. Tinham sido escolhidos pelo tamanho, e não pela educação. Um deles tinha uma seringa na mão esquerda.

— O que é isso?

— O que você acha?

— Não vou tomar uma injeção.

— Tudo bem. Você é quem sabe.

— Você está cometendo um crime, será que não entende? Você vai acabar na cadeia.

— Não. Vou pra casa. Depois que você for dormir.

— Não vou tomar essa injeção.

— Você tá muito agitado, cara. Gente agitada me deixa agitado.

O enfermeiro com a seringa na mão parecia samoano, como um daqueles jogadores de futebol americano de nome impronunciável. Sorriu e disse:

— Vem cá.

— Não, obrigado. Estou muito bem aqui mesmo.

— Olha aqui, cara. Isso pode ser feito do jeito fácil ou do difícil.

— Está bem, do jeito fácil. Vocês me deixam sair e eu *facilito* as coisas para vocês. Prometo. Eu sei que vocês recebem ordens. Eu sei. Eu *não sou paciente* do hospital. Sou repórter. Estou fazendo uma reportagem.

— É melhor você escrever o meu nome certo, meu irmão — disse o samoano. — São 11 letras.

— *Nome*? Eu *não vou dizer* os seus nomes. É só me deixar sair e tudo fica bem, tudo legal.

— Você prefere assim? Ser amarrado como um porco, enfiado numa camisa de força? Quer o tratamento completo?

— Está bem. Vocês venceram.

Havia um pequeno espaço entre o samoano e a porta, uma fresta de luz que um bom jogador de futebol seria capaz de abrir, como um furacão categoria quatro.

— Posso enrolar a manga?

Eu não jogava futebol desde a adolescência — três contra três na rua, onde era preciso tomar cuidado com os carros. Na época eu era considerado um beque *insinuante*, o que era bom na rua, mas nem tão bom assim mais tarde na redação.

Tentei me mostrar relaxado, resignado ao destino.

É difícil, quando todos os músculos do corpo tremem de medo.

Gente agitada os deixa agitados. Gente relaxada os deixa relaxados. Está vendo, Rainey, eu até estava encostando na parede. O outro enfermeiro já estava saindo, não era mais necessário. *Foi embora*. O samoano cruzou os braços, como um marido paciente esperando a mulher sair do provador para voltar para casa e ver o jogo na televisão.

— Que braço vocês preferem?

— Você escolhe, cara.

— Então vai ser o esquerdo, pois eu sou destro.

Comecei a enrolar metodicamente a manga.

Um, dois, três.

Direto da rua 167, no Queens.

Corri para a luz.

Surpreendi-os o bastante para passar pelo samoano.

O suficiente para atravessar a porta aberta e chegar ao corredor.

O suficiente para passar por um médico-enfermeiro-paciente sem notar qual dos três era.

Corra, Forrest, corra.

Eu quase consegui. De verdade.

Até o elevador, chegar ao térreo onde teria feito uma cena, gritado *vocês não acreditam no que esses sujeitos estão tentando fazer comigo*, e o major DeCola os mandaria correndo de volta ao último andar.

Quase consegui, mas bati numa parede.

Uma parede humana.

O SAMOANO DEVE TER APLICADO A INJEÇÃO.

Quando acordei, tossi, abri os olhos e *olhei*. Estava diante de um espelho. Um espelho de parque de diversões, em que o reflexo fica distorcido como uma aquarela borrada, distorcido o bastante para provocar enjoos.

Meu reflexo sorria para mim, apesar de eu ter certeza de não estar sorrindo.

Aquele sorriso aumentava a sensação de enjoo.

— Olá, quem é você? — minha voz parecia sair de um telefone celular com ligação fraca.

— Você já me perguntou isso — respondeu o reflexo. — Sou o encanador, lembra? Estou fazendo manutenção de rotina.

O mesmo *falsete* sussurrante que eu tinha ouvido no porão. *Como uma menina* ... foi como o Sam descreveu.

Ele ainda sorria para mim.

Você *não pode me tocar*, dizia aquele sorriso. *Não pode... não pode... não pode.*

Estava deitado, braços e pernas presos por correias.

— Você nos seguiu até o posto de gasolina — a mesma voz estranha e distante. — Você seguiu o rastro dos cartões de crédito.

Ele riu.

— *Cartões de crédito*? Não. Seria pouco eficiente.

— Você sabia onde nós estávamos. Como?

— Você é um repórter investigativo. Adivinhe.

Como um sonho.

— Por que eu estou amarrado?

— Você estava resistindo ao tratamento.

Um defeito de nascença, pensei, olhando para o seu rosto. Tinha calculado que tivesse sido um acidente, um desastre tão horrível que não foi possível consertar o Humpty Dumpty. Mas não era. Ele não tinha cicatrizes. Foi um defeito de fabricação. Ele nasceu assim.

— Você estava no posto. Não consigo entender.

— Não?

Colocou a mão sobre a orelha e fez uma pantomima. Estávamos brincando de charadas.

— Meu celular. Você usou o meu celular.

— Não posso comentar. Quero dizer, a nossa conversa é confidencial? Não quero ser citado.

— Você triangulou o meu sinal.

Agora isso era possível, satélites capazes de localizar uma pessoa com um erro de centímetros. E nem é preciso usar o telefone:

basta ele estar ligado. Foi assim que ele conseguiu *estar lá*. Seguir o nosso sinal na estrada, e chegar ao posto enquanto dormíamos.

— Você matou o empregado. Você cortou a língua do Dennis.

— Quem ouve você falar vai achar que foi uma maldade.

— Por quê? Eu estava dormindo. Por que não *me* matou?

Ele riu, mas ficou.

— O que você quer. O que vai fazer comigo?

— Sou encanador, não psiquiatra.

— Eu não estou louco.

— Claro que não.

— Já sei a história de Kara Bolka. Já sei a história do 499º. Batalhão Médico. Já sei o que aconteceu em Littleton Flats.

— História fantástica, não é?

— Se eu descobri, alguém mais também vai. Será que vocês não entendem? Não sou só eu. Já vazou. Já *se espalhou* para todo mundo ver.

— É pra isso que servem os encanadores: consertar vazamentos.

— Eu sou o vazamento e você está me consertando.

— Não se preocupe. Eu não vou cobrar pelos meus serviços.

— O que aconteceu com o seu rosto?

— Meu *rosto*? O que há de errado com o meu rosto?

— Não existe.

— Ah, isso. Levei muitos ganchos de esquerda.

— Não foi o boxe.

— Está bem. É o que eu digo para as mulheres nos bares.

— E elas acreditam?

— Nunca.

— O que aconteceu com o seu rosto?

— Foi um acidente.

— Mas você não tem cicatrizes.

— Foi um acidente ao nascer.

— Onde? Onde se deu o acidente?

— Num hospital.

— Que hospital? — perguntei, já sabendo qual seria a resposta, mesmo com o meu cérebro nadando num mar de drogas.

— Este. Ele não foi sempre um hospital de veteranos.

— Não. Antes foi um hospital de *pesquisas*. Do Departamento de Energia. E eu sei que tipo de pesquisas eles faziam. Você esteve aqui. Mais um residente de Kara Bolka.

— Kara Bolka — repetiu ele. — Esse era apenas o apelido. Dos médicos. Uma espécie de piada. Não éramos *residentes* de Kara Bolka. Éramos os refugiados de lá. Vivíamos como ratos sob a sua sombra. Kara Bolka era o covil do nosso bicho-papão. A história que eles contavam para nos fazer medo.

— Mas quem era o bicho-papão?

Ele sorriu.

— Acho que você já o conhece.

— É. E mais uma pessoa. Só que ela não sabia que era ele. Tinha só três anos.

— A menina. Bailey.

A menos que você acredite em contos de fadas. Acredita? Já leu algum depois de adulto? Pois devia. Mesmo quando você deixa de acreditar em duendes, eles ainda são assustadores.

Os contos de fada podem ser lidos de duas formas.

— Bailey viu as coisas como uma menina de 3 anos.

Minha voz soava como estática de rádio.

— Os salva-vidas vestidos de branco pareciam outra coisa. Pareciam robôs sem rosto. O barulho dos detectores de radiação soava como conversa, eles falavam uns com os outros como golfinhos. Os médicos com máscaras cirúrgicas tornaram-se ETs sem boca. A unidade em que trabalhavam parecia uma nave espacial. Ela se lembrava de uma luz azulada e brilhante, e ele tinha os olhos mais azuis que eu já vi.

— Agradeçamos a Deus pela turma do *não estamos sós,* não é?

— Por quê?

— Por quê? Por que o quê?

— Por que Bailey não se tornou também uma refugiada? Por que ela não foi trazida com os outros, como Benjy? Por que ela não foi presa em Kara Bolka?

— Não sei. Eu ainda não tinha nascido.

— Você nasceu aqui, depois de tudo acontecer?

— Sim.

— A sua mãe. O que aconteceu com ela?

— O que você acha que aconteceu com ela? Nêutrons e raios gama aconteceram com ela. Ela foi cozida em micro-ondas. Eu fui o que saiu do forno.

Ele riu outra vez, mas desta vez parecia um riso amargo...

— Mas você...

— O quê?

— Você está fazendo o trabalho sujo deles.

— Eu *sou* o trabalho sujo deles. Além do mais, as minhas oportunidades de emprego são *limitadas*. Pode me considerar um bolsista honorário que se formou para realizar coisas maiores e melhores. E a verdade é que não há nada melhor que a aposentadoria do governo.

— Que parte do governo? O Departamento de Energia?

— Digamos que seja uma parte que não está nas listas públicas.

— E você se tornou o assassino de aluguel deles. O *encanador*. Mesmo depois do que eles lhe fizeram.

— Reveja a história. Você sabe quais eram os guardas mais cruéis dos campos nazistas? Os mais brutais? Não eram os nazistas, eram os *kapos*, judeus com os seus cassetetes de borracha.

— Mas você não foi ameaçado com a câmara de gás.

— Não. Só com o último andar deste prédio. Não precisava de mais. Além disso, *eles* não destruíram Littleton Flats. Quem a destruiu foi o fantasma na máquina.

— Não estou falando de Littleton Flats. Estou falando do que fizeram com Benjamin. Do que fizeram com você.

O estranho *falsete*. Os italianos têm outro nome.

Castrato.

— Eles mutilaram você. Quando era criança. Tal como fizeram com Benjamin. Os dois foram castrados.

Aquele sorriso outra vez. Se você despreza primeiro, o desprezo dos outros não dói tanto.

Ele apontou para o próprio rosto.

— Está vendo? Claro que está. Olhe bem. Eles acharam que um era mais que suficiente. Queriam proteger o banco genético. Não se pode culpá-los.

Pareceu-me que a sua expressão dizia algo mais: veja o que fizeram comigo.

— Quantos sobreviveram? Benjamin, a sua mãe. Quantos ainda estão vivos?

— Sinto muito. Como já disse, eu não tinha nascido.

— Quando o hospital foi transformado em hospital de veteranos, eles criaram histórias. Para as crianças que sobreviveram. Os nomes de soldados desaparecidos em combate com mais ou menos a mesma idade. *Precisavam* explicar a sua presença como pacientes do hospital militar. Absorvê-los no sistema. Benjamin Washington tornou-se Benjamin *Briscoe*. Teve a sorte de manter o primeiro nome. E houve outro sobrevivente, não é? *Pelo menos* um. O que apareceu em Littleton há três anos e foi dormir no coreto da cidade. Foi o que Wren descobriu quando foi a Washington, e a razão por que ele voltou e começou a fazer perguntas sobre a inundação.

— Isso só pode ser informado a pessoas autorizadas. Vou verificar se você está na lista e volto pra lhe dizer.

— Fiz cópias de tudo que sei. Estão com as pessoas certas.

— Certo — disse ele, com ar de tédio. — Acho que as pessoas certas não vão responder quando você telefonar.

— Uma história é uma história.

— E você é um grande contador de histórias. Só que as suas histórias não são verdadeiras. Elas vêm com um grão de sal embutido. Um quilo de sal, se vamos ser honestos. E é claro que não vamos. Quero dizer, ser honestos. Você não fez cópia de coisa alguma. As *pessoas certas*? Nem o *National Enquirer* vai responder aos seus telefonemas.

— Você tem razão. Não fiz cópia de nada. Ninguém vai acreditar em mim. Então você pode me soltar.

Ele não se animou a responder.

— Minhas pernas estão ficando dormentes. Por favor, afrouxe as correias.

— Você tem autorização do médico?

— Por favor.

— Seria prática ilegal da medicina, e é crime.

Uma vez o meu dentista exagerou na anestesia. Não tive aquela sensação agradável de estar flutuando, em que o ar parece rarefeito demais para se respirar. Agora era igual. O encanador dizia alguma coisa, mas as palavras demoravam para chegar até mim. Tinham de ir até Marte.

Aplicaram a mesma coisa em Benjy.

E ele ficou resmungando coisas pela ala psiquiátrica. Falando de explosões e inundações, médicos brandindo bisturis. Dizendo que o seu sobrenome era *Washington* e que nunca tinha estado no Vietnã. Não importava. Era tudo som e fúria, uma história contada por um idiota.

É melhor me acostumar.

Quando tentei perguntar a ele o que ia acontecer, se eu ia morrer, ou quem sabe viver como um morto-vivo, como Benjy, não consegui formar as palavras. Saíram engasgadas. Tive vontade de rir.

Estava no mesmo quarto em que estivera antes. Só então eu notei.

Havia na parede um espaço reservado para mim. Ali eu poderia colocar a minha carta de Kara Bolka. *Sou um soldado desaparecido em combate. Telefone para Deus a cobrar.*

Essa era a pior parte da ala psiquiátrica.

O lugar em que eram colocados os irrecuperáveis, os que nem tinham direito a colheres de *plástico*.

Não liguem para o que ele está dizendo. Foi o que disseram aos enfermeiros. Ele é um mentiroso. Diz coisas sem sentido. Diz que é repórter, fala de reatores nucleares e oitocentos mortos, de ocultações fabulosas e Kara Bolka. *O que é Kara Bolka*? Quem sabe? Os delírios de um esquizofrênico paranoico com tendências homicidas. Dizem que ele matou o empregado de um posto de gasolina. Que atirou num rapaz de 19 anos em Littleton, Califórnia. E ele cortou a língua do coitado do Dennis.

Parecia uma boa história. Se alguém me contasse uma história assim, eu tentaria convencer Hinch, eu tentaria escrever a reportagem.

QUARENTA E NOVE

Uma cela de isolamento.

É onde eu estava.

Nenhum contato. Pelo menos até então.

Eles vinham duas vezes por dia para me dar injeções. Para me acalmar, para me mandar flutuando de volta a Marte, onde homenzinhos azuis me prendiam e enfiavam pensamentos estranhos na minha cabeça.

Não havia janela. Eu olhava para a parede. O teto tinha manchas de umidade que começavam a parecer coisas quando eu olhava por muito tempo. Como as nuvens no céu. Uma mancha parecia um poste de barbeiro, vermelho e branco dando voltas. Havia um perfil de George Washington. Palavra de honra. Um Chevrolet 58 com rabo de peixe.

É o que se faz quando se está trancado e isolado.

Quando o cérebro é cozido em fogo baixo.

Além disso, eles usavam narcóticos de primeira qualidade; os psicotrópicos devem ter evoluído muito ao longo dos anos. Todo dia eles realizavam em mim uma pequena lobotomia. Sem furador de gelo.

Ainda.

Aprendi a me concentrar, apesar de ser como olhar através da neblina. Aprendi a apertar os olhos mentalmente. Reunir os neurônios e dizer, *vamos, gente, um, dois, três...*

Riscava frases na parede para ver se eram remotamente inteligíveis.

Se tinham sentido, então eu também tinha. Se eram loucas, eu também era.

Escrevia nomes. Uma espécie de exercício mental.

Meu time de boliche. Meus colegas de trabalho. Sam, Seth, Marv, Nate e Hinch. Um grupo folclórico, um escritório de advogados de caçadores de ambulância.

Soletrava de trás para frente, de frente para trás, de dentro para fora.

Enfileirava as palavras como vagões de trem e saía para dar uma volta.

Belinda e Benjamin eram os passageiros.

Desmanchava o trem, colocava os nomes de todos os conhecidos, alterava a ordem dos carros, lançava-os ao longo dos trilhos, provocava acidentes colossais.

Alfabetizava o desastre.

A vem antes de B, que vem antes de C, que rima com D, que soa suspeitosamente como E.

Comecei com Anna.

Está bem. Você já deve ter percebido tudo.

Descobriu tudo quando ela me disse o nome dela no estacionamento do boliche. Quando se curvou sob o capô e me mostrou o que era o chassis.

Você deve estar tentando chamar a minha atenção para aquele momento.

Deve estar imaginando quanto tempo será necessário para a ideia penetrar na minha cabeça dura com o ruído de uma pancada forte.

Talvez o que estivesse faltando fosse exatamente o coquetel de Haldol e quatro paredes macias em que escrever.

E muito tempo livre.

Precisava me livrar das reportagens sobre as inaugurações de shopping centers ou sobre o preço de alpacas de duas cabeças. Precisava de tempo para pensar.

Escrevi o nome dela no gesso, o número um da lista alfabética das pessoas que não sabiam que eu estava aqui e que também não se importavam.

Anna Graham.

Tive de olhar muito tempo para as letras se confundirem, para as duas palavras se transformarem em uma.

AnnaGraham.

Tive de me concentrar no som.

AnnaGraham... AnnaGraham... AnnaGraham... sussurrando em voz alta até finalmente entender que estava dizendo outra coisa.

Anagrama.

Anagrama.

Anagrama.

Parei de falar.

Fiquei mudo diante do que me recusava a ver.

Anagramas.

Eu sabia tudo sobre anagramas, não é?

O meu pediatra destruidor de clínicas — ou seria um *obstetra*, agora não me lembro — tinha me dado *uma porção* de anagramas na tentativa patética de me desviar das pistas.

Mas foram todos decifrados por este intrépido repórter.

Só que, na verdade, eles não eram reais.

Depois da descoberta de algumas discrepâncias numa reportagem recente publicada por este jornal sobre um pediatra-terrorista antiaborto, conduzimos uma profunda investigação. Devemos lamentavelmente informar aos nossos leitores que o Sr. Valle, autor da reportagem e repórter deste jornal por mais de cinco anos, havia inventado uma parcela significativa dos detalhes do artigo. Além disso, ele é agora suspeito de ter inventado, no todo ou em parte, 55 outras reportagens. Quando esse fato se tornou conhecido, o contrato do Sr. Valle foi imediatamente rescindido, sem prejuízo de outras penalidades e possível processo. Também anunciamos a demissão do nosso editor, e implantamos mudanças significativas no nosso sistema na esperança de que isso irá evitar novos episódios desse tipo de fraude jornalística. Pedimos desculpas a todos os nossos leitores que confiaram na nossa integridade.

Cinquenta e seis reportagens.

Inclusive uma a respeito de um grupo de atores sem trabalho em L.A. que se prestavam a atuações criminosas. E uma outra sobre uma moda louca chamada Auto Tag.

E outra sobre um médico que conheci nas ruínas de uma cidade.

Onde o médico me passou anagramas.

Está bem, Anna.

Vou até onde você me levar.

Anna Graham.

Hamnagran.

Gramahanna.

Man. Gram. Ana. H.

Trabalhei furiosamente. Gastei toda uma tarde — ou teria sido até a manhã seguinte? Era difícil saber sem uma janela.

Não consegui desvendar. As letras se agarravam e se recusavam a me dizer alguma coisa.

Então.

Anna tinha *dois* nomes.

Claro.

Levei menos de dez minutos para desvendar o segundo nome. Em tempo psicotrópico, um piscar de olhos.

AOL: Kkraab.

O anagrama que Anna queria que eu visse.

Alterei a ordem das letras e o que vi bem diante de mim?

Já tinha chegado lá. Quando encontrei a cartilha de Benjy.

Karabolka.

Naquela noite eu fui até o computador das enfermeiras. Rodei pela internet. Encontrei todos os sites relacionados.

A metade deles eram sites russos.

Afinal, Karabolka era um nome russo.

É hora de contar a história.

Por que não?

Até já passou da hora.

A história que Benjy deve ter ouvido.

E o encanador.

E o homem que apareceu desorientado em Littleton três anos antes, e todos os que apareceram naquele dia, resgatados de um esquecimento para cair em outro.

Não é uma história boa para contar antes de dormir. A menos que se queira matar alguém de medo.

O tipo que se conta num acampamento numa floresta completamente escura.

Nenhum conto dos Irmãos Grimm.

O epílogo da história do 499º.

Hiroshima Redux.

Só que ninguém sabia.

Ninguém.

Um grande segredo.

Pssssiu...

CINQUENTA

De início era *Karabolka*.

Só uma palavra. Benjy não conhecia bem sintaxe. Devia achar parecido com o nome de uma pessoa.

O nome do inferno na terra. Do purgatório.

O nome de uma cidade russa.

Uma cidade russa situada a favor do vento em relação a outra cidade russa sem nome.

Uma cidade que nunca apareceu em nenhum mapa.

Nunca.

Nenhum.

Não adiantava procurar; ninguém iria encontrar. Era invisível para os desenhistas de mapas de todo o mundo. Os McMillan nunca ouviram falar dela.

Ninguém ousava falar.

Foi construída nos Montes Urais por esqueletos ambulantes vindos do Gulag. Foram estes as primeiras vítimas, atirados em valas comuns depois de morrerem de desnutrição, tuberculose e espancamentos, e então cobertos de cal. Exatamente como havia feito aos russos o *Einz gruppen* nazista em Babi Yar, Stalingrado e Minsk durante a Grande Guerra Patriótica.

A cidade sem nome só serviria a um objetivo e a um único deus.

O Grande Deus Plutônio.

Só isso.

Foi uma nota, um caminho — um cavalo que correu para o esquecimento.

A filha ilegítima da Mãe Rússia.

Não tinha nome; era *Secreta*, com S maiúsculo.

O laboratório secreto produzia plutônio secreto.

Sua força secreta de trabalho guardava lixo radioativo em tanques secretos.

A polícia secreta da cidade vigiava seus 80 mil habitantes secretos.

Qual foi a primeira pista do segredo?

A fumaça.

Muita fumaça.

Colunas grossas e altas de fumaça, como as tranças de cabelo de uma babushka.

Era o que viam os habitantes da cidade de Karabolka.

Tártaros em sua maioria, uma parte da sopa étnica que Stalin gostava de mexer em fogo lento, às vezes escumando a gordura da superfície, que era atirada em algum lugar da Sibéria.

Os tártaros saíam de suas casas e olhavam a fumaça que subia de trás das árvores à sua frente.

Incêndio na floresta, pensavam.

Um incêndio enorme e infernal na floresta.

Ainda assim, um incêndio florestal.

Não sabiam o que era realmente, porque a cidade secreta era tão secreta que eles nem sabiam que ela existia.

Não faziam ideia de que havia uma enorme cidade atômica a menos de 40 quilômetros no meio de uma floresta fechada.

Que o incêndio florestal não era um incêndio florestal.

Não sabiam que o sistema de resfriamento do reator nuclear secreto na cidade sem nome tinha parado de funcionar.

Que o calor explodiu um tanque de rejeitos radioativos.

Que o rejeito tinha sido liberado até o céu com a potência de 70 toneladas de TNT.

De quatro Chernobyls.

De dez Hiroshimas.

Que a explosão tinha arrancado o teto do depósito de lixo radioativo e lançado toneladas de rejeitos a vários quilômetros de distância na atmosfera.

Só sabiam o que os olhos lhes mostravam.

Na manhã seguinte uma cinza alaranjada cobria tudo em Karabolka.

Tudo, sem exceção.

Foi quando chegaram os soldados do Exército Vermelho e isolaram metade da cidade.

A metade tártara.

Ninguém entra, ninguém sai.

Pois havia duas Karabolkas. Uma *tártara* e outra *russa.*

Aos russos foi contada a verdade. Foram imediatamente evacuados em longos caminhões pretos. E nunca mais voltaram.

Aos tártaros foi contada uma mentira.

Eles ficaram.

Era uma vez duas aldeias. Uma aldeia em que todos sempre diziam a verdade. Outra, onde todos sempre mentiam.

O petróleo havia contaminado a água no terreno. Foi essa a mentira contada aos tártaros.

Foi por isso que as vacas, carneiros, porcos e cavalos estavam mortos ou morrendo.

Foi por isso que a água das cisternas tinha gosto de metal.

Foi por isso que a cinza alaranjada cobriu tudo na cidade.

Foi por isso que o Exército Vermelho se deslocou para lá.

Petróleo.

Alguém tinha de limpar tudo.

Eles foram os escolhidos.

Os soldados os levaram para os campos, onde eles arrancaram da terra batatas, cenouras e inhames com as mãos desprotegidas para enterrar em grandes covas.

Foram levados em fila indiana à metade russa de Karabolka, agora deserta, onde limparam a cinza dos tijolos e derrubaram as casas de madeira.

Foram levados a celeiros estranhamente silenciosos, onde os animais domésticos foram puxados pela cauda e atirados em covas e depois cobertos de cal.

A maioria dos trabalhadores eram crianças: 8, 9, 10 e 11 anos.

Meninos e meninas.

Que todos os dias faziam excursões escolares à zona contaminada.

Suas mãos começaram a sangrar.

Seus corpos se cobriram de lesões parecidas com picadas de mosquitos.

Vomitavam bile verde.

Não tem problema, disseram os soldados.

É o petróleo. Quando a cidade estiver limpa, todo mundo vai se sentir melhor. Todas as doenças vão desaparecer.

Toda dor de cabeça e toda náusea. Todo sangramento retal e vômito verde. Todas as feridas abertas. Os cabelos caídos iam renascer.

A limpeza durou o ano inteiro.

Quando o inverno chegou, a neve não se colava ao solo.

A água da cisterna continuou salobra, estragada. Tinha gosto de lata.

Uma espécie de doença do sono se abateu sobre a cidade.

Eles continuaram a trabalhar.

As crianças continuaram a ir ao campo, aos celeiros mortos e às casas desertas.

Mais tarde eles seriam chamados de *pequenos liquidantes* — muito mais tarde, quando as coisas se tornaram conhecidas.

As crianças de mãos radioativas. Os filhos dos condenados.

Toda uma geração que simplesmente morreu.

Cinco mil crianças tártaras que se reduziram a quinhentas.

Inclusive os recém-nascidos.

Os que nasceram semanas, meses ou anos depois.

Crianças diferentes de qualquer outra criança na terra. Crianças que poderiam se apresentar no circo, ou serem guardadas em vidros cheios de formol.

Que foi onde terminaram algumas delas. Para vê-las, basta uma visita ao Museu de Embriologia de Chelyabinski.

Os que foram arrancados de ovários poluídos, guardados em formol e colocados em fileiras em longas prateleiras de madeira.

Rostos de peixe. Pernas de lagartos. Olhos de enguias. Pele coberta de escamas, pés fendidos, e cauda.

Como uma antiga maldição.

Como se não tivesse havido a lama radioativa nos tanques secretos, mas a poção de uma bruxa aspergida sobre os inocentes.

Esse foi o segredo.

O segredo que não podia ser contado. Nunca.

Mas...

Geralmente, quando as crianças estavam no campo, cavando com as mãos desprotegidas a terra da cor da noite. Ouvia-se um barulho. Acima das suas cabeças, no céu. Como um sussurro de Deus. Suficientemente alto para ser ouvido, mas não tão alto que não pudesse ser esquecido.

Mas *lá*.

Os soldados do Exército Vermelho com suas armas pareciam não ouvir.

Mas as crianças ouviam.

Talvez Deus estivesse falando apenas às crianças.

Os pequenos liquidantes que se transformavam rapidamente em liquidados. Talvez fosse dirigido apenas aos seus ouvidos.

Uma promessa.
Um voto.
O reconhecimento do seu sofrimento.
Não vou esquecer.
Não vou.
Deus vê tudo, não é mesmo?
Alguém estava vendo.
Mas não era Deus.
Era um único olho de vidro.
Que voava a 800 quilômetros por hora.
Fotografando a cinquenta quadros por segundo da barriga de aço aerodinâmico. Pairando acima do alcance dos radares, como Ícaro voando em direção ao sol.
O *U-2.*
O *avião secreto.*
Parem por um momento para se maravilhar com a simetria, para se banhar no brilho irônico antes de morrer de rir.
O avião secreto dos Estados Unidos. Num vôo secreto. Sobre uma aldeia secreta russa. Que havia sofrido a maior explosão nuclear secreta da história.
Não contamos se vocês não contarem.
Não vamos contar nada porque nossos aviões secretos não estão voando sobre o espaço aéreo russo.
Vocês não vão contar nada porque não estão produzindo plutônio secreto que se transformou em fumaça. Vocês não estão assassinando seus próprios filhos. Não.
Fechado.
Deus não sussurrava para as crianças.
Era o sussurro de dois inimigos incapazes de gritar.
Nos Estados Unidos, onde o filme secreto foi examinado, analisado e dissecado, todas as lições foram estudadas e aproveitadas. Se alguma coisa acontecesse por aqui — não que fosse acontecer, não que fosse possível, apenas por suposição, apenas como prepa-

ração para qualquer contingência, ainda que completamente absurda, ainda que escandalosamente ridícula. Mas, se acontecesse, já saberíamos como enfrentá-la. Saberíamos que medidas tomar.

ENTÃO ACONTECEU.

CINQUENTA E UM

Fotografias.

Meus dias se passavam como um álbum folheado da primeira à última página, pequenas figuras, às vezes embaçadas, às vezes não. Às vezes eu era até capaz de me lembrar delas.

— Como aconteceu? — perguntei a Herman Wentworth.

Quem passa tempo suficiente num hospital acaba por encontrar o médico-chefe. Está bem. O médico-chefe *aposentado.*

O médico-chefe *emeritus.*

— Falha humana — respondeu. — Um pequeno problema no sistema de refrigeração. Naquela época tudo era feito por tentativa e erro.

Um pequeno problema... tentativa e erro. Era como se a explosão de uma instalação nuclear fosse comparável à construção de um vulcão na aula de ciências que enegreceu o rosto do professor.

Um pequeno acidente.

Acontece.

— Foi o que aconteceu na Rússia — eu disse. — A mesma coisa. Defeito no sistema de refrigeração.

— Foi.

Wentworth estava me injetando alguma coisa, enquanto eu olhava para o pai da nossa pátria no teto.

Olá, George.

— A represa Aurora foi só um pretexto. Precisavam da água para refrigerar o núcleo.

— Eles tinham instalações secretas. Nós também. As coisas eram diferentes. Vivíamos sob a sombra do Armagedom nuclear. Hoje é difícil de imaginar. O medo generalizado.

— E quando a usina explodiu, foi apenas uma represa que desmoronou. *Uma inundação*. Só que a água não estava repleta apenas de cadáveres e micróbios. Estava também saturada de radiação. Vocês ocultaram tudo. Pegaram os que sobreviveram naquele dia e os esconderam. A pequena Karabolka norte-americana.

— O que você está pensando? Era 1954. Dizer ao mundo todo que houve um acidente nuclear de 22 megatons? Dizer aos russos? Dizer ao povo dos Estados unidos? Como eu disse, eram outros tempos.

— Há muitas coisas que não foram ditas ao povo norte-americano na época. O orfanato em Rochester. As mulheres grávidas de Vanderbilt. E este lugar. Quando ainda era o Marymount Central. Por falar nisso, Hospital de Veteranos 138 foi uma piada? Urânio 138, o gerador das nuvens em cogumelo.

Ele não respondeu; estava retirando a seringa.

— Mas uma vocês pouparam. Uma sobrevivente. A menina, Bailey Kindlon. Por quê?

— Ah, Bailey. Tão assustada, tão pequena. Ela quase não teve contato com a água. Em termos de radiação ela não foi contaminada. E só tinha 3 anos. Era possível que ela não tivesse visto, ou entendido, coisas que os mais velhos viram.

— Quando você me disse que estava com o 499º, eu devia ter entendido. Os dias felizes de Hiroshima. O que havia na injeção? Doeu.

— Um remédio novo. Imagine o sódio Pentotal, só que dez vezes mais forte.

— Todas aquelas mutações no Japão. E depois em Karabolka. Deve ter sido enormemente assustador.

— Foi enormemente educativo.

— Mas não foi o bastante. Vocês queriam mais.

— Tudo tem seu preço. Há um limite para os ratos de laboratório, a partir daí, eles não informam nada.

— Então vocês utilizaram cobaias humanas. Em Rochester. E aqui. Então aconteceu Littleton Flats e vocês já sabiam o que fazer. Já sabiam para onde trazê-los. Eles foram castrados. Nenhum bebê deformado para ofender sensibilidades, para no futuro gerar outras mutações. E vocês os drogaram até o esquecimento. Benjamin e o outro *veterano do Vietnã* que voltou a Littleton, como um pombo-correio. Nunca se esquece o caminho de casa, não é verdade? Mesmo quando o cérebro foi frito, sempre se sabe. Wren o encontrou dormindo no coreto. Depois encontrou o nome dele no monumento aos ex-combatentes; em Washington. Ninguém morre duas vezes, não é?

— Foi isso que você leu na reportagem de Wren? A que ele escreveu sobre a inundação da represa?

— Nunca houve uma reportagem sobre a represa. Wren não a terminou. Nunca foi publicada.

— Claro. Ela nunca foi publicada. Mas talvez tenha sido escrita. Quem sabe ele a escondeu em algum lugar?

— Não sei do que está falando.

— Isso nós vamos ver.

PASSEMOS PARA A PÁGINA SEGUINTE.

Rainey.

Não sei se Rainey sabia ou não. Provavelmente não. Apenas um soldado cumprindo ordens.

Perguntei a ele como eu seria deglutido. Legalmente. Não que alguém estivesse preocupado com formalismos. Mas suponhamos que estivesse.

— Estamos obedecendo aos regulamentos. Pessoas que colocam em risco a si próprias e aos outros. Acho que se aplica a você.

— Eu não sou ex-combatente. Este é um hospital de veteranos.

— Você serviu o exército. Já serve.

— Um psiquiatra veio me ver com o detetive Wolfe. Ele achou que eu era absolutamente normal. Eu poderia vê-lo?

— Qual é o nome dele?

— Não sei.

— Então é difícil. Mas, se encontrar alguém que considere você normal, eu aviso.

— Como Dennis está passando?

— Difícil saber. Ele não fala muito.

— Eu não arranquei a língua dele. Eu o trouxe até aqui. Salvei a vida dele.

— Vou dizer a ele pra mandar um bilhete de agradecimento.

— É verdade.

— Claro, Pinóquio.

UMA TEMPESTADE.

Ouvia-a rugindo lá fora. Trovões. Era como estar ao lado do amplificador de baixos numa boate pequena. Minhas costelas vibravam a cada estrondo.

Its a hard... it's a hard... it's a hard rain... gonna falllll...

Cantei.

Eu era meu próprio iPod.

O cânon de Dylan.

É melhor começar a nadar ou você afunda como uma pedra.

A citação favorita de Anna. Lembram? AOL: Kkraab.

Talvez fosse uma pista para quem não tinha nenhuma.

A Inundação da represa Aurora.

É melhor começar a nadar.

Benjy deve ter nadado como louco naquele dia.

E Eddie Bronson, não importa quem fosse ele.

E a mãe do encanador, ela também. Fugindo de um problema para cair em outro. Bem na boca do tubarão.

Engolidos inteiros.

Quem era Anna?

Se não era *Anna Graham*, quem era ela? De verdade?

Sempre que alguém diz alguma coisa, pelo menos uma parte é verdade. É a primeira regra do manual do mentiroso. É o que torna crível uma mentira. É o que a vende.

Precisava pensar.

No meio da noite.

Uma tênue luz vermelha atravessou a porta como se fosse sangue.

Ouvi passos. Passos arrastados.

Parava e continuava, como um brinquedo mecânico que dá dois passos e precisa de corda outra vez.

Alguém vinha pelo corredor. Parando diante de cada cela e seguindo em frente.

Não era Rainey, nem o samoano nem outro enfermeiro. Eu já conhecia os passos deles, passos diferentes, pesados, decididos.

Esse era diferente.

Ouvi a respiração de alguém diante da minha porta.

A grade foi afastada, o vermelho se derramou no interior da cela, transformando-a num quarto escuro.

Um som estranho.

Parte fala, parte gemido e parte outra coisa.

Sentei e vi um único olho me encarando.

Ouvi a respiração de alguém lá fora.

O mesmo som.

Meio humano.

Ou quem sabe o contrário.

Humano *demais.*

— *Dennis* — sussurrei. — Sou eu, Tom.

O olho balançou.

Fui pé ante pé até a porta, encostei o rosto na abertura.

— Olhe. Eles me trancaram aqui, Dennis. E vão jogar a chave fora. Está entendendo?

Ele me olhou sem responder. É possível que *entender* e *Dennis* fossem agora dois conceitos mutuamente excludentes.

— O seu amigo Benjy. Foi o que eles fizeram com ele. Depois o mataram. Existe alguma coisa que eles não querem deixar sair daqui.

Não sabia se Dennis estava entendendo. Se eu era tão indecifrável para ele quanto ele para mim.

— Dennis, eu tenho de sair daqui. *Me ajude.*

Ele fez outra vez aquele som. Uma pessoa surda que nunca ouviu a fala humana. Talvez ele estivesse dizendo que sim. Ou que não. Ou talvez. Talvez ele estivesse pedindo mais remédios.

— Dennis, você está entendendo? Eles vão me enterrar aqui.

O olho se moveu. A grade se fechou. Ouvi novamente aquele passo arrastado afastando-se pelo corredor.

PERMITIRAM QUE EU TOMASSE UM BANHO.

O box era aberto para que eu pudesse ser vigiado. Tinha barras de metal para os veteranos drogados não caírem e se matarem.

A caminho do banho, cruzei com alguém que saía.

Lerdo, os olhos pesados, cheio de tiques. Tinha a frase *Semper Fi* tatuada no braço.

Talvez fosse o *fuzileiro* de quem Dennis tinha falado.

O que havia desertado para procurar os corpos dos filhos ao longo da rodovia 80.

Eu cumprimentei.

Ele me olhou sem me ver. Como se eu fosse invisível. E era.

Ninguém me via.

Eu era o homem invisível.

Perguntei a Seth como iam as coisas na pista de boliche.

Quem tinha substituído a minha média de 132 pontos?

Se ele tinha se vingado do sujeito com a tatuagem do Judas Priest que o tinha agredido no estacionamento.

Se Sam continuava oferecendo seguros.

Claro que Seth não estava ali.

O que era meio assustador.

Mas assim mesmo ele respondeu.

O que era ainda mais assustador.

Uma noite sonhei que tinha voltado ao Queens.

Na noite da tempestade.

Quando a minha mãe bebeu uma garrafa inteira de Jack Daniels. Quando a ouvi resmungando sobre os brinquedos que Jimmy tinha deixado espalhados na sala. Quando levei Jimmy para o quarto e tentei fechar a porta, pois já sabia o que ia acontecer.

Ele também sabia.

Jimmy, que era menor que eu e portanto mais vulnerável e muito mais fácil de ser atirado no chão e na parede como uma boneca de trapo. Que se parecia mais com o meu pai, o pai que nos trocou por uma mulher mais jovem e bonita que sempre nos trazia panquecas extras no restaurante Acropolis. Jimmy que sempre a enfrentou com um olhar estoico de... talvez *desafio*, mesmo aos 6 anos, de alguma forma descobrindo dentro de si aquela emoção adulta, o que a enraivecia ainda mais. Claro que enraivecia. Forçava-a a fazer coisas com ele, com água fervendo no banho, com o aquecedor do quarto, com o cinto velho do meu pai.

Coisas que um dia fizeram Jimmy gritar, gemer e soluçar, e me fizeram cobrir os ouvidos no falso santuário do meu quarto, porque o desafio não leva longe.

Eu o levei para o quarto aquela noite e fechei a porta. E pensava, desta vez não vou deixá-la entrar. Não vou. Ela vai soprar com toda força, mas não vai derrubar a porta. Tentei, tentei tanto quanto pode tentar um menino de 9 anos. Mas não o suficiente. Ela entrou e o agarrou pelo braço, arrastou-o chutando e gritando para fora do quarto.

E eu ouvi tudo.

Mesmo com a cabeça presa entre as mãos, deitado no chão, os ouvidos tapados.

O vento que uivava lá fora, mas um uivo ainda mais intenso vindo da sala ao lado. Uma tempestade lá fora e outra interna, Jimmy sendo atirado contra as coisas. O estalo do cinto sobre a pele.

Os gritos horríveis.

Que finalmente, estranhamente, e de repente cessaram. Simplesmente cessaram.

No meu sonho, eu não saio do quarto, acreditando que tudo acabou, que Jimmy vai estar sentado, lógico que machucado, ensanguentado, mas o mesmo *Jimmy*, ainda vivo.

Não saio do quarto para vê-lo deitado, enrijecido e estranhamente azul.

Minha mãe não me manda voltar para o quarto e escrever o que aconteceu. A história do Jimmy desajeitado, de um menino de 6 anos que vivia tropeçando nas próprias pernas. A história que obedientemente vou contar à polícia, à assistente social do serviço de proteção ao menor e ao meu pai, com todos os detalhes horríveis e meticulosos.

Meu irmão Jimmy escorregou no gelo e machucou a cabeça.

Ele sempre cai e faz coisas assim.

Ele é muito desajeitado.

Não.

No meu sonho, meu pai volta para nos salvar. Volta para a família.

Ouço-o limpando os pés diante da porta da frente.

Chapinhando pela neve molhada.

Batendo na porta.

Ele vai entrar e sacudir a neve do casaco e correr até onde Jimmy está e acordá-lo.

A porta se abre.

Papai, digo. *Papai.*

Mas ele não consegue falar. O frio enregelante, os redemoinhos de neve. Ele não consegue falar.

Faz um sinal para eu me aproximar.

Corro até ele no meu pijama de Batman, que agora é de outra cor. Cinzento e desbotado.

E meu pai. Há algo errado. Ele não fala. Ele fala, mas nada sai da sua boca.

Agarra-me pelo pijama e me leva para a neve.

Mas não há neve.

Apenas um corredor tingido de vermelho.

Psss...

Ele não fala, mas ainda consegue sussurrar.

Dennis faz um sinal para eu segui-lo.

Uma chave brilha na sua mão.

TALVEZ EU DEVESSE ME PERGUNTAR COMO ELE A CONSEGUIU.

A chave.

Pode-se enlouquecer com esses remédios.

CINQUENTA E DOIS

Se fosse o garagista do Hospital de Veteranos 138, eis o que você teria visto: um enfermeiro cansado atravessar a garagem.

— Dia agitado? — você perguntaria.

O enfermeiro teria concordado e dito "É". Então ele iria procurar nos bolsos, parecendo surpreso e irritado.

— Meu Deus — diria ele depois de revirar os bolsos. — Perdi o talão do estacionamento. Hoje de manhã ele estava comigo.

E você teria concordado com simpatia.

Afinal, o pobre sujeito parecia exausto. Para dizer a verdade, ele até fedia um pouco, como se tivesse corrido uma maratona. Como se tivesse passado o dia todo controlando pacientes agitados.

Como se tivesse achado a camisa azul malcheirosa numa pilha de roupa suja na lavanderia do hospital.

— Qual é o seu carro? — você perguntaria, com pena e ansioso para se livrar daquela presença fétida no ar que respirava.

— Um Miata — responderia o enfermeiro. — Prata e meio chumbado.

— Está bem. Vou procurar.

— Vai mesmo? — teria dito o enfermeiro, não querendo provocar problemas. — Muito obrigado.

— Sem problemas — você teria respondido, já saindo da guarita de vidro com um punhado de chaves, a caminho do piso inferior onde, se não estava enganado, você tinha visto um Miata prateado com um para-choque amassado.

E lá você o encontraria. Você então verificaria o talão no para-brisa, enfiaria a chave correta na fechadura e o levaria para o enfermeiro muito agradecido que parecia realmente necessitar de uma boa noite de sono.

E você observaria o enfermeiro sentar-se no carro e partir. E pensaria que carro e motorista se mereciam. Que, apesar de nenhum dos dois parecer particularmente velho, os dois pareciam bem rodados.

Era uma questão de tempo até os dois entrarem em pane.

PERCORRI AS MESMAS ESTRADAS QUE HAVIA PERCORRIDO ANTES.

Estava com o tanque cheio. Tinha um cartão de crédito guardado no porta-luvas. Meu celular estava no guarda-copos, onde o havia deixado. Não precisava desligá-lo e torná-lo invisível para os sinais dos satélites. Estava sem carga.

O local era familiar.

As florestas que se adensavam e o frio.

Ia aonde já tinha ido.

Voltava a seis cabanas de madeira na praia do lago Bluemount.

Desta vez, sabia onde ficava a entrada.

Sabia que tinha de contornar o lago duas vezes, até encontrar a placa presa a uma árvore.

Sabia que o carro ia fazer um barulho infernal no caminho através da floresta.

Sabia que quando a floresta me cuspisse na margem do lago Bluemount, ninguém viria à entrada para me cumprimentar.

Parei diante da cabana e fiquei ali durante um minuto, como se pudesse estar enganado. Como se Wren fosse abrir a porta e me convidar para tomar vitríolo e aspirar a fumaça do seu cigarro.

Nada.

Desci do carro e subi os degraus. Abri a porta e entrei.

Desta vez o fogão não estava aceso, mas ainda era o meio da tarde. Havia calor suficiente para afastar o frio.

Ninguém tinha se preocupado em organizar a bagunça. Agora eu a via como o que realmente era. Alguém havia revirado o lugar. Como haviam revirado o meu porão antes de eu me mudar.

Desta vez, sentei e examinei tudo.

Toda aquela bagunça já devia ter sido examinada. Não esperava encontrar nada de novo, mas achei que seria bom. Nunca se sabe. Quando ainda me iniciava no jornalismo, dávamos a isso o nome de *garimpar ouro*. Por quê? Porque no garimpo é preciso revirar três toneladas de terra para achar uma pepita. Partículas tão pequenas que são chamadas de *ouro invisível*.

Às vezes ainda se tinha de peneirar muita lama para encontrar o invisível.

Encontrei algumas cartas destinadas a Wren.

Uma ex-namorada chamada Dorothea. Não escreveu o sobrenome, pois ex-namoradas não o escrevem. Lembrava as horas quentes nas Keys da Flórida.

Um certo Sr. Poonjab, da Micronésia, conhecido de Wren do tempo em que era correspondente estrangeiro. O Sr. Poonjab mandava lembranças da mulher e dos filhos.

O próprio Wren não devia ter família. Nenhuma carta da esposa, nem cartões de feliz aniversário dos filhos. O que para eles era conveniente: o fato de ele não ter família. Isso e a preferência pela solidão.

O Sr. Poonjab disse que ia enviar pelo correio o que Wren tinha pedido.

O que alguém poderia querer da Micronésia?

Cocos? Folhas de palmeira? Conchas?

Talvez alguma coisa mais pertinente. Os Estados Unidos tinham apagado aquele idílio dos mares do sul com testes de bombas nucleares até a década de 1960: um arquipélago idílico ficou tão poluído de radioatividade que se tornou inabitável. Atualmente os Estados Unidos estavam reassentando a população e pagando indenizações ínfimas.

Talvez Wren precisasse de um relato em primeira mão da paisagem lunar.

Debaixo do sofá havia duas revistas médicas, uma trazendo um tratado seco e sóbrio sobre os efeitos da precipitação radioativa.

Havia dez páginas copiadas de um livro sobre o nascente programa de armas nucleares norte-americano.

Uma biografia das Donzelas de Hiroshima, um grupo de sobreviventes nucleares desfiguradas que se tornaram uma espécie de circo itinerante.

Um estudo das amostras do solo de Los Alamos.

Claro.

Ele deve ter ido a Littleton Flats, como eu fui. Retirou amostras daquela terra vermelha e enviou para os Dearborne Labs. *Acho que é radioativa*, deve ter informado.

Acho que é quente.

E tinha razão.

Havia as contas normais de toda casa, a maioria dos anos que Wren passou em Littleton.

Óleo e energia elétrica.

Telefone e TV a cabo.

Um recibo relativo à limpeza de calhas.

Um orçamento de limpeza de tapete.

Havia um recibo assinado por Seth Bishop. Material de construção.

Quinhentos dólares, rabiscado nos garranchos de Seth.

Havia artigos amarelados de jornal assinados por Wren, enviados de locais exóticos e mundanos. Tailândia. Polônia. Newark. Cleveland.

Havia recibos de médicos. Wren parecia sofrer de uma leve arritmia cardíaca, colesterol alto e uma depressão ocasional. Encontrei uma receita de Xanax, uma droga cuja popularidade nas redações só era superada pela dos estimulantes, pois era conhecida como capaz de aliviar a ansiedade. Repórteres trabalhando com prazos apertados tendem a ficar ansiosos.

Examinei tudo. Depois examinei de novo.

Procurei uma lanterna na mesa de Wren.

Ainda estava claro, mas eu ia entrar na floresta.

As árvores formavam um dossel quase completamente negro.

Os troncos eram úmidos e cobertos de musgo.

O terreno era uma mistura de folhas mortas, terra e raízes entrelaçadas.

Um ou outro cervo se anunciava pelo brilho da cauda em fuga.

Esquilos corriam entre os galhos mortos.

Percorri um perímetro desigual na floresta deste lado do lago.

Afundava no solo macio. Em dez minutos o agasalho da Universidade de Oregon que eu tinha comprado na Kmart estava encharcado de suor.

Eu tinha feito uma reportagem sobre um guru da medicina legal no Mississippi que espalhou cadáveres no seu jardim, a maioria deles de mortos sem nome que ficavam sob os cuidados do estado. Ele queria documentar os resultados da ação do solo, tempo e clima sobre cadáveres humanos, descrever meticulosamente a deterioração de ossos e tecidos.

Alguns se deterioravam ao ar livre.

Outros eram enterrados a profundidades diferentes, e exumados a intervalos variáveis para avaliação dos danos.

Logo ele descobriu que não era o único a escavar a terra. O seu jardim era vizinho de uma área de preservação natural. Ursos pardos e javalis farejavam os restos mortais enterrados. Escavavam dois metros de terra para encontrá-los.

Ele descreveu também esses cadáveres.

Eram como a mesa de um bufê no final da festa, antes da faxina.

Uma mistura de ossos roídos, dentes quebrados e excrementos.

Se alguém fosse enterrado ali, não continuaria enterrado durante muito tempo.

Atravessei nuvens de mosquitos, que mergulhavam sobre mim como camicases enlouquecidos. Matei pelo menos dez deles nos meus braços. Naquela noite, quando me olhei no espelho, eu parecia o sobrevivente de uma batalha de *paintball*.

Passei por pilares enfumaçados de luz, os poucos raios de sol que conseguiam furar a cobertura vegetal.

Tentei manter a visão do lago, para não andar em círculos ou, o que seria pior, perder-me e me afogar na floresta.

Isso durou uma hora, duas, três, até ficar escuro e eu desistir.

Voltei à cabana e fui dormir.

Na manhã seguinte tentei de novo.

Desta vez entrei diretamente na floresta, numa linha reta partindo da cabana.

Passei lá toda a manhã. Sentia calor e frustração.

Sentei num tronco e examinei o rendilhado das folhas.

Uma confusão de traços brancos desenhados pela luz do sol ao passar pelos galhos e se espalhar no chão.

Como se estivesse olhando um quadro de Jackson Pollock, tentando encontrar o significado.

O arranjo aleatório das coisas.

Olhava um padrão em particular. Tentava formar o meu próprio quadro.

Quando procurei a origem, não a encontrei.

Quando olhei o dossel de folhas em busca de uma abertura, não havia nenhuma.

Nenhum raio de sol caía ali.

Ouvi o zumbido forte dos insetos. E senti um cheiro.

Um cheiro vago, almiscarado, enjoativamente doce.

Um cheiro que deve ter sido horrível, mas que agora era quase tolerável.

Notei os torrões de terra negra espalhados. Discerni as nuvens de insetos: varejeiras, mosquitos e besouros.

Você entra na floresta agora e só é achado no ano que vem.

Tive de afastar um cipó grosso para poder me levantar.

De pé.

Diante do desenho feito pela luz do sol lembrava uma fantasia de Halloween atirada a um canto.

Vocês sabem. O esqueleto.

Tive de espantar os insetos dos olhos. Não podia desviar o olhar.

As linhas de luz que não eram. Os ossos, mortalmente brancos.

Quebrados ao meio para permitir ao animal que escavou chegar ao tutano.

Não era especialista em ossos, não sabia a diferença entre um osso de cervo e um osso de homem.

Mas não era preciso.

Cervos não usam calça.

Uma calça marrom com a etiqueta da Gap.

CINQUENTA E TRÊS

Ela atendeu o telefone ao segundo sinal e, o que foi ainda mais surpreendente, não desligou.

Talvez por eu ter perguntado se depois do divórcio ela ia adotar o nome de solteira.

Adotar o nome *Steiner*.

Ela ficou em silêncio, uma daquelas pausas estranguladas que dizem mais que as palavras. Então ela concordou em me encontrar na esquina da Quinta com a Nona.

No dia em que a conheci, ela me falou do pai.

Meu pai era mecânico, disse ela depois de eu agradecer por ela ter consertado o fio da bobina. *Vivia debaixo do capô.*

Tal como outra pessoa de que me falaram.

Tomou aulas de mecânica na cadeia — foi o que ele passou a fazer depois que foi solto... O menino-prodígio da engenharia consertando carros para viver.

Havia mais.

No segundo jantar, depois de ela mencionar que conhecia Wren.

Nós nos conhecemos no asilo... para ver se desencavava algumas lembranças.

E o que Anna estava fazendo no asilo?

Meu pai. Está com Alzheimer.

E quando eu perguntei ao Wren, que não era realmente Wren, mas quem quer que estivesse ao telefone, se Lloyd Steiner ainda estava vivo.

Mal e mal.

Você tentou falar com ele?

Sim. Digamos que ele não quer falar.

Era possível.

Talvez fosse até plausível.

Então você acha que Lloyd Steiner foi para a cadeia por dez anos para acalmar a opinião pública e se calou durante todo esse tempo?

É possível que ele tivesse se calado. Só que não foi por todo esse tempo.

Eu já havia telefonado para o asilo. Apresentei-me como parente. Perguntei à simpática atendente como estava passando o Sr. Steiner.

— Lloyd Steiner. Ele está bem?

— Sem alterações. Ele agora precisa ser alimentado.

É o que se faz por alguém que se ama, não é? Ele é o meu pai. Eu faria qualquer coisa por ele.

Talvez ela tivesse de fazer.

Qualquer coisa.

O retrato que ela me mostrou.

Cody na bicicleta. O garoto pedalando com toda independência, sozinho. Indo aonde quisesse, explorando o vasto mundo.

Só que ele não estava sozinho.

Mamãe estava bem ali atrás, levando-o para onde queria. Era uma ilusão.

Um truque sujo, você não acha?

É, Anna. Um truque sujo.

Era mesmo.

* * *

Engraçado como a presença dela ainda mexia comigo.

Talvez faça parte da nossa natureza deixar o corpo perdoar o que a mente não consegue.

Caso contrário, estaríamos todos nos agarrando pelo pescoço. Sem jamais nos soltarmos.

— Alguém a visitou há três anos. Um homem muito esquisito, com voz de mulher.

Estávamos parados na esquina da Lincoln. Início da noite, muita gente a caminho da Promenade.

Ela concordou com um movimento de cabeça.

— O seu pai estava nos estágios iniciais do Alzheimer. Era provavelmente a última chance de contar alguma coisa. Antes de ele desaparecer, a parte dele capaz de se comunicar com o mundo. Quando ele ainda era capaz de formar palavras.

Ela se virou e passou a mão pelo olho.

— Esse homem foi à sua casa. Disse alguma coisa do tipo: "O seu pai fez um acordo. Há muito tempo. Ele tem de cumpri-lo. Mesmo que esteja ficando louco, mesmo que esteja falando coisas aos repórteres. Um segredo é um segredo. Negócio é negócio."

Havia alguma coisa nos olhos dela.

Lágrimas.

— Ele começou a falar do passado — disse ela.

— Claro.

— Ele quase só falava do passado. É o que acontece no início do Alzheimer... Foi o que disse o médico... Como a contagem regressiva quando se é hipnotizado. E então você dorme. Some. Às vezes ele estava realmente lá, nos anos 1950...

— Em 1954. Aposto que ele passava muito tempo em 1954. O ano que interessava a Wren. O ano da *inundação*. Por falar nisso, Anna não é mesmo o seu nome, é? Me sinto bobo chamando você assim.

— É importante?

— Não. Acho que não. O acordo que o seu pai fez. Talvez fosse o melhor que pôde conseguir. Nas circunstâncias. Acho que eles o teriam obrigado de uma forma ou de outra. Ele já tinha história. Passou dez anos na cadeia, mas o fez pela família. Ganhou *alguma coisa* com o acordo. Você deve ter nascido depois. Depois de ele sair.

— Os dois tiveram de se recuperar depois de um *coito interrompido* de dez anos. — Ela forçou um sorriso. — Acho que estavam compensando o tempo perdido.

— Você conheceu Wren no asilo. Talvez aquele homem assustador tenha lhe dito para ir lá: o seu pai está falando de certas coisas de que não devia falar, e está falando com um *repórter*. Vá até lá e fique de olho nele. Ou quem sabe você conheceu Wren antes, quando foi visitar seu pai. E ele procurou você e pediu para falar com ele. Sobre uma inundação. E uma cidade. Não interessa. De uma forma ou de outra você fez amizade com ele. Uma espécie de confidente?

— Foi.

— Ele estava entusiasmado. Tal como você disse. Tinha descoberto alguma coisa acontecida bem perto dali. Uma coisa terrível. Uma coisa enorme. O seu pai deve ter confirmado. Ele *deu* alguma coisa a Wren? Será que seu pai deu a ele algo além das lembranças?

— Não. Acho que não. Por quê?

— Porque eles ficaram suficientemente assustados para fazer alguma coisa. Porque a memória do seu pai não devia ser bem firme. Porque…

— Escute. Eu não posso *falar* disso.

Ela ainda parecia triste, mas agora havia mais. Mesmo aqui, na noite fresca de Santa Monica, estava morta de medo.

— Quem ele ameaçou? — perguntei baixinho. — O seu pai, claro, mas ele já está meio morto. Você tem um filho. A sua mãe, ela ainda está viva. Ele forçou você a fazer a mesma escolha que o seu pai fez? Proteger a sua família. Ou não.

Ela não respondeu. Não precisava.

— Você passou a ser a espiã deles. Você tinha de saber o quanto seu pai contou a Wren. O quê. Se ele tinha dado alguma coisa *tangível*. Esse era o seu serviço, ser a amiga de Wren, mas também os olhos e ouvidos deles. Ajudar a voltar com a água para dentro da garrafa.

Um carro virou lentamente a esquina. Ela deu um passo para trás, como se fosse correr.

— Você contou a ele? Que ia se encontrar comigo?

Ela balançou a cabeça.

— Não.

— Tem certeza? Você não está mentindo?

— Não.

— Ótimo. Então pode parar de olhar por cima do ombro. O seu pai. Ele falou do passado. 1954. Contou tudo. A represa que não era realmente uma represa. A pequena explosão que os livros de história não contaram. Ele não deu nada a Wren? Nada?

— Não. Por que você fica me perguntando isso?

— Eu já disse. Eles ficaram com medo e fizeram uma coisa.

— Eles não foram os únicos a ficar assustados.

— Wren?

— Ele sabia que estava sendo seguido. Achava que o telefone estava grampeado. Não sabia mais em quem confiar.

— Mas ele confiava em você, não é?

— É — confirmou com a cabeça. — Ele confiava em mim. Dizia que alguma coisa ruim ia acontecer a ele.

— E tinha razão. Eles o mataram.

Ela empalideceu, calou-se, um silêncio mortal, como ao telefone.

— Não — sussurrou. — Não. Ele me enviou um *e-mail*...

— Não ele. Ele estava enterrado na floresta. Encontrei o corpo.

— Eles disseram que ninguém ia se ferir se eu concordasse... Juro por Deus... você tem de acreditar em mim... Eles *prometeram...*

— Eu acredito em você. Contaram o que você precisava saber. Ser amiga de Wren. Ninguém vai se machucar. Pergunte coisas a ele. Diga para nós o que ele contar. Eles mentiram.

Um carro passou tocando alguma coisa do Eminem.

— Então, o que Wren disse? Além de estar preocupado e com medo?

— Ele não me deu detalhes. Disse que assim era mais seguro. Estava fazendo uma reportagem sobre a inundação. Disse que alguma coisa foi ocultada. O governo. Um grande acidente nos anos 1950. A inundação foi o menos importante. Disse que não é possível guardar um segredo indefinidamente. Disse que o meu pai ajudou a esclarecer tudo para ele. Que eu devia me orgulhar dele. Que ele ia denunciar a coisa toda. Mesmo que alguma coisa acontecesse a ele. A história estava protegida.

— *Protegida?* O que ele quis dizer?

— Ele não me disse. Disse que a reportagem estava escondida e que eles não iam achá-la. Só isso. Que ela estava escondida. Que mais cedo ou mais tarde alguém ia trazê-la à luz.

— À luz. Foi o que ele disse?

Ela confirmou com a cabeça.

— Ele mencionou um ex-combatente que chegou à cidade? Eddie Bronson?

— Não. Por quê?

— Porque foi ele o gatilho. Porque foi ele quem começou tudo. Porque ele era alguém que deveria ter morrido na inundação, mas ali estava ele, ainda vivo. Foi quando Wren começou a investigar a história de Littleton Flats. Como eu comecei. Três anos depois.

Ela parecia perplexa. Estava dizendo a verdade: eles só lhe contaram o que queriam que ela soubesse.

— Quando eles lhe disseram que seus serviços eram novamente necessários?

— Um dia antes de eu conhecer você.

— Então, você não me conheceu por acaso.

— Não.

Tentei imaginar. Minha mente não era mais o que já tinha sido. As drogas tinham feito um estrago, soltado os fios das bobinas.

Benjy tinha fugido. Eles sabiam para onde ele ia. Ficaram com medo. Ele tinha visto a mãe. Ele telefonou para o xerife. Com quem mais ele falou?

— Eles lhe deram esse nome idiota. Sabe por quê?

Ela balançou a cabeça.

— Ora, qualquer idiota ia perceber. Qualquer um menos este aqui. Anna Graham. *Anagrama.* Eles abriram uma conta para você na AOL. Você não sabe mesmo por quê?

— Não. Na verdade, não sei. Por que eles iam querer fazer do meu nome um anagrama?

— Porque um médico tinha me falado por anagramas há dois anos. Uma história que eu inventei. Meu reservatório de criatividade devia estar baixo na época. Eu estava reduzido a usar as convenções de uma reles história de mistério.

— Não estou entendendo.

— Então somos dois. Mas acho que estou começando a entender. Estou. Você afrouxou o fio da minha bobina. E você consertou o fio da minha bobina. Você saiu comigo duas vezes. Mas você não sabia quem eu era? Tom Valle? O meu passado sórdido?

— Não.

— A vida é cheia de surpresas. Você conheceu mais alguém além do homem sem rosto?

— Não. Ele me procurou há três anos. Em Santa Monica. Tocou a campainha e disse que precisava falar comigo sobre o meu pai. Está bem. Entre. Ofereci um café. Isso foi antes de ele ameaçar o meu *filho*. Minha *mãe*. Com a calma de alguém que fala sobre o tempo. Quando me recuperei, eu lhe disse para sair e ir à merda. Ia chamar a polícia, o FBI. Ele me estendeu o telefone: "Não erre o meu nome", disse. Você entende, ele foi muito claro: ele era informalmente *oficial*. Que eu não tinha saída. Fiz o que tinha de fazer. Não sabia nada sobre Wren. Juro por Deus.

Era estranho. Alguém implorar para que eu acreditasse em sua história. Se não é a definição de ironia, deveria ser.

— Acredito em você — disse pela segunda vez. — Eles lhe disseram o que dizer a mim? Não foi por acaso que você disse que morava na Quinta, não é?

— Não. Por que isso é importante?

— Eles esperavam que eu viesse aqui. Que eu viesse *procurar* você.

Senti o rosto corar. O menino desajeitado de 13 anos escolhendo alguém que não queria ser escolhida para Sete Minutos no Céu. Não por mim.

— Eu ia procurar você. Que estupidez. Você foi ao teatro recentemente? Por acaso não teria assistido a uma comédia hilariante que se passa no píer de Santa Monica?

— Não. Por quê?

— Esqueça. Não importa.

O tráfego de pedestres tinha diminuído um pouco. Uma brisa leve agitava as pétalas de mimosa nos vasos do passeio, brincava com as pontas dos seus lindos cabelos.

Teria sido bom, pensei. Se ela tivesse mesmo gostado de mim. Se não tivesse recebido ordens de sorrir para mim do outro lado da sala do asilo. Se tivesse ouvido a minha história patética e dito *eu compreendo. Eu perdôo. Eu te amo assim mesmo.*

Ela ergueu aqueles grandes olhos castanhos.

— Ainda não entendo. Por que eles iam querer que eu lhe dissesse alguma coisa?

CINQUENTA E QUATRO

Eu ainda tinha uma chave da redação do *Littleton Journal*.

Voltei para Littleton no meio da noite.

Estacionei diante do jornal e fiquei no carro até ter certeza de que não havia ninguém. Nenhum garoto bebendo cerveja, nem o Sr. Yang cozinhando um pato para a clientela do dia seguinte.

Entrei e fui direto para os fundos.

Era ali que o jornal era paginado. Agora tudo era feito em computador. Cada página era cuspida em separado e em seguida levada à gráfica na Yarrow Street, onde era impresso.

As edições mais antigas estavam arquivadas em microfilme, mas tudo que foi feito nos últimos dez anos estava no disco rígido.

Quando uma edição era considerada pronta, por Hinch, é claro, ela era gravada num arquivo separado, organizado por data.

Eu mesmo já tinha feito isso: todo mundo no *Littleton Journal* fazia de tudo.

Entrei no arquivo e recuei até três anos antes. Até a edição que trazia a reportagem sobre Eddie Bronson. A última edição em que Wren colaborou antes de desaparecer.

Não para ler outra vez. Eu já a sabia de cor.

Estava procurando outra coisa.

Quando a encontrasse, eu saberia que era ela.

Procurei para a frente e para trás. Aquela edição, depois a seguinte, e voltava.

Revi as reportagens. "Quem é Eddie Bronson?" Uma resenha de um novo DVD, quatro estrelas. A previsão do tempo — *quente e seco*, e no dia seguinte, *quente e seco*, e de novo, *quente e seco*. Uma promoção de dois pelo preço de um na lanchonete DQ.

Pode chamar de visão periférica. Aquilo que não se vê, mas o cérebro vê. Está registrado lá para referência futura.

O pequeno número no canto direito alto da página 1.

Toda edição do *Littleton Journal* tem um número, colocado automaticamente pelo computador. Toda edição, desde a fundação, o número da edição. É a cronologia. É o que informa que talvez o jornal não seja venerável, mas a sua história é.

Tem raízes.

A edição com a reportagem "Quem é Eddie Bronson?" era a de número 7.512.

Avancei até a próxima.

E voltei para ter certeza.

Achei.

VOLTEI À MINHA CASA EM LITTLETON.

Entrei pela porta dos fundos. Cautela e caldo de galinha...

Alguém estivera lá.

Era como se eu estivesse na cabana do lago. Uma bagunça é geralmente igual a todas.

Subi a escada e fiquei no chuveiro por vinte longos minutos, tentando lavar o fedor de encarceramento. Tentando organizar os pensamentos. Perguntei-me se loucura era contagiosa. Observei tremores repentinos nas minhas mãos, os dedos se crispando e soltando, como se tivessem algo a agarrar depressa.

Quando saí nu para o quarto e abri a gaveta das cuecas, disse:

— Aí está a arma.

Ele a tinha recolocado cuidadosamente no lugar.

A arma que dera um tiro em Nate the Skate. Que enfiou outro na cabeça do Sr. Patjy.

Armas não matam pessoas. Pessoas matam.

Vesti um agasalho e coloquei a arma na cintura, como um bandido.

Estava com pressa.

Se tinham recolocado a arma no lugar, provavelmente esperavam que ela fosse encontrada. Preferivelmente na minha mão.

E ela estava na minha mão. Prendi a respiração, acendi a luz do porão — com a arma na mão, o braço estendido, como via nas séries policiais da TV. Só a recoloquei na cintura depois de me certificar de que o porão estava vazio.

Vazio.

Sentei no último degrau, o último aluno da sala tentando não tomar outra bomba. Reuni toda a inteligência que me restava. Estava novamente no Acropolis; estava quase acabando. A conta já tinha chegado. Tínhamos de sair.

É você, ele tinha dito. *É você... É você...*

Eu sei.

E agora, finalmente, eu sabia por quê.

— Ei, cara. Onde você esteve?

As primeiras palavras de Seth quando lhe telefonei, ainda sentado no degrau da escada do porão.

Parecia estar pessoalmente ofendido por eu ter sumido sem avisar a ele. As pessoas perguntavam o que ele estava achando das coisas. O tiroteio. A arma desaparecida. A notoriedade repentina que essas coisas tinham trazido à luz do dia. Em Littleton o dia era longo, quente e brutal.

Ele teve de contar uma mentira. Agir como se soubesse mais do que na verdade sabia. Como se fosse o meu confidente de todas as horas. Roubei-lhe o prazer de participar por associação da minha infâmia.

— Trabalhando num obituário. Eu lhe disse.

— É? Como já está com a mão na massa, é melhor começar a trabalhar no seu.

— Por quê, Seth?

— O xerife me interrogou.

— É?

— E é só isso que você vai dizer? *É?* Se soubesse que você era um bandido, eu tinha passado mais tempo com você.

— O que disse a ele?

— Que você não entende nada de boliche. E que a próxima mulher que você comer vai ser a primeira. O que você acha?

— Bem preciso. O xerife gostou de ouvir isso?

— Acho que ele não tem senso de humor.

— Não tem, não.

— Então. Agora você vai me dizer o que está acontecendo? Ou vou ter de esperar para ler no *Littleton Journal*?

— Depende.

— Ah, é? De quê?

— De você me ajudar ou não.

— Ajudar a fazer o quê?

— A saber o que está acontecendo.

— Não estou entendendo, cara. E você não está ajudando em nada.

— Você fez um serviço de pedreiro para o Wren algum tempo atrás?

— Eu? Não.

— Eu vi o recibo.

— Você viu o recibo. Isso não quer dizer que eu tenha feito o serviço.

— Onde era o serviço?

— Onde? No porão.

— Por quê? O que havia no porão? Havia algum estrago lá embaixo?

— Na verdade havia. Um buraco na parede. Ele queria que eu fechasse.

— Por quinhentos dólares?

— Ei. Esse é o meu primeiro preço. Eu teria negociado com ele. Além do mais ele queria reforçar a coisa toda.

— Por quê?

— Por que o quê?

— Por que ele queria reforçar a parede?

— Não sei. Ele disse que o isolamento era uma porcaria. Disse que precisava se proteger contra uma inundação.

— Inundação? Em Littleton?

— Ei, que tom é esse? É obrigação minha dizer a ele que está doido? Não foi ele quem se trancou na redação uma noite?

— Foi. E foi isso que ele disse? As palavras dele? "Preciso me proteger contra a inundação"?

— Foi.

— E você não fez o serviço.

— Não.

— Por que não?

— Não sei.

— Você não *sabe*? O que está querendo dizer?

— Quero dizer que não sei. Quer dizer que eu esqueci.

— Quando ele encomendou o serviço? Foi na época em que ele se trancou na redação? Mais ou menos por aí?

— Foi.

— E quando você devia começar?

Ele deu um suspiro.

— Ele disse que ia viajar. Se não tivesse notícias dele em duas semanas, que eu devia fazer o serviço assim mesmo.

— Então ele pagou adiantado?

Acredite ou não, é possível ouvir pelo telefone o embaraço de alguém.

— Hum... Pagou.

— E durante mais de duas semanas você não teve notícias dele? Você nunca mais teve notícias dele?

— É. Acho que não.

— Mas você *não fez* o serviço. Por quê?

— Devo ter esquecido.

— Claro. Esqueceu. Mas já estava gastando o dinheiro. Então, para que fazer o serviço? Ele era louco. Quem ia saber?

— Me processe. Eu sou humano.

— É.

— Ei! Você já ouviu aquela história do atire a primeira pedra, *amigo*?

ESTAVA AQUI TODO ESSE TEMPO.

Eu tinha olhado diretamente para ela.

No dia em que desci até aqui e refiz os passos do encanador.

Movi um livro para um lado e vi o buraco na parede.

O livro cuja capa estava suja de gesso.

Hiroshima.

Pensei que o encanador tivesse feito o buraco. Não foi ele.

Foi Wren.

Na noite da véspera de sua partida. Antes de ir para o lago.

Mas não antes de *proteger* a reportagem.

Olhei dentro do buraco e vi o que geralmente se vê por trás do reboco.

A mesma coisa que o encanador viu, e não deu importância, como eu também não dei.

Isolamento de papel. É abundante e barato, pois, como não existe a preocupação com grandes tempestades no meio do deserto da Califórnia, ele é eficiente.

Mas esse papel não foi barato. Foi extremamente caro.

Custou a vida de Wren.

Empurrei os livros para o lado.

Enfiei a mão no buraco e cuidadosamente, lentamente, puxei o papel amassado de dentro do buraco.

A primeira página do *Littleton Journal*.

Muitas primeiras páginas. A parede estava cheia.

O número da edição claramente legível no canto direito.

7.513.

A que faltava nos arquivos.

A edição com "Quem é Eddie Bronson?" era a 7.512.

A edição seguinte, que trazia a resenha do filme *Harry Potter e a pedra filosofal* e um resumo da última reunião da Sociedade DAR local, era a 7.514.

Faltava um número.

O que eu tinha descoberto ao avançar e recuar no arquivo.

Como aconteceu?

Fácil.

Uma edição foi preparada na noite em que Wren se trancou na redação. Uma primeira página. Esta. Era o que ele estava fazendo aquela noite. Não estava entrando em colapso mental. Não estava uivando para a lua. Estava uivando contra a injustiça. Tentando tornar pública a reportagem. Antes de desaparecer no nada.

Não teve tempo de gravá-la. Mas o computador automaticamente criou um número de edição, e quando a seguinte foi preparada, recebeu um número maior que o que deveria ter recebido. Ninguém notou. Ninguém acompanhava a numeração.

A tragédia nuclear desconhecida dos Estados Unidos

A manchete da edição que nunca foi publicada.

Letras garrafais.

Toda em vermelho.

E mais uma coisa. Ela estava completa, com ilustrações.

Um desenho esquemático. Um diagrama.

O desenho técnico do projeto.

Desbotado, riscado de linhas, até mesmo um leigo seria capaz de perceber a forma e função da coisa a ser construída.

O núcleo. As barras de combustível. O vaso de contenção.

O *verdadeiro* desenho do projeto. Por oposição aos desenhos falsos apresentados no julgamento de Steiner.

É, Anna. O seu pai deu alguma coisa a Wren.

Uma coisa que ele guardou durante todos aqueles anos. Escondida — como se fosse um legado. Talvez para você. Para que você soubesse quem ele realmente era. Que ele foi para a cadeia, mas nunca foi culpado. Não mais culpado que qualquer um dos que ajudaram a construir um reator nuclear em pleno deserto e que ficaram calados depois que ele explodiu.

A Regra Número Um de Wren.

Faça cópias das anotações por segurança.

Ele fez.

Mais cedo ou mais tarde, ele disse a Anna, *alguém vai trazê-la à luz.*

Literalmente.

Infelizmente, ele cometeu um erro.

Sagrou Seth Bishop como protetor.

Seth Bishop, que, sem notícias de Wren por duas semanas, deveria arrancar duzentas primeiras páginas do *Littleton Journal* da parede e, mesmo com sua curiosidade intelectual limitada, entender que alguém teria de vê-las. Que as letras garrafais da manchete gritavam assassinato.

Mas Seth obedecia ao credo do apedrejador dedicado. Para que fazer o serviço se já recebeu o dinheiro? Que sem dúvida foi gasto em muita cerveja.

AO SAIR DE LITTLETON, OUVI UMA SIRENE CORRENDO NA DIREção oposta.

Calculei que o xerife estava a caminho de mais uma prisão. Criminoso com a arma, preso com as mãos ainda ensanguentadas.

Ia encontrar uma casa vazia com uma gaveta vazia.

Fiz uma parada antes de tomar a rodovia 45.

A Sra. Weitz abriu a porta e continuou parada no vão — com todos os seus 130 quilos.

— Sam está em casa?

Ela parecia a ponto de mentir para mim, mas Sam gritou da cozinha, e ela não teve escolha e me deixou entrar.

— Não se preocupe. Não vou me demorar — disse quando ela se afastou para eu passar.

Sam foi mais hospitaleiro que a mulher, apesar de ter disfarçadamente olhado pelas janelas antes de puxar as cortinas, com medo de haver um tiroteio diante da sua casa.

— Meu Deus — foram as suas primeiras palavras. — Você não faz ideia do que estão dizendo a seu respeito.

— Faço, sim.

— E é verdade?

— Não muito.

— Para mim isso basta. Tudo por um parceiro de boliche. Precisa de ajuda?

— Preciso de uma pequena ajuda.

— Pode falar.

— Há quanto tempo você vem tentando me vender um seguro, Sam?

— O quê! Você veio até aqui para comprar um *seguro*?

— Exatamente.

CINQUENTA E CINCO

Estou aqui.

No apartamento número 4 deste hotel.

Jornalistas em desgraça se hospedam aqui, mas nenhum fecha a conta e vai embora.

Estou quase terminando. Quase.

Você entendeu tudo?

Esclareci bem as coisas? Deixei tudo claro?

Será que vou ter de regurgitar toda a *enchilada*?

O que você não entendeu?

O que eles fizeram? O que construíram? O que eles montaram, como um filme montado cena a cena, cujo enredo foi inventado por um comitê?

O que Wren disse ao telefone? O *faux* Wren, claro, um de vários importantes atores. Se tivesse de adivinhar, mais um ator contratado naquele site da internet, a quem deram as falas. Nesse caso foi um serviço simples de locução.

Parece um filme ruim, disse ele.

Não está vendo? Não está entendendo?

Tinha de ser assim.

Essa é a explicação.

Toda a *raison d'être*.

Em Nova York, quando estava reduzido a copiar as convenções de um filme barato de suspense:

Anagramas.

Encontros clandestinos nas ruínas de cidades destruídas.

Atores criminosos.

Auto Tag.

Todas aquelas mentiras.

Eu li. O seu cânon de mentiras. Foi o que ele disse.

Eu li.

É claro que leram. Mas não se limitaram a ler. Eles o estudaram. Então eles as recriaram, aquelas convenções, teceram-nas numa verdadeira obra-prima dos maiores sucessos de Valle.

Lembre-se de como ele me espicaçou pelo telefone. Não se passavam cinco minutos sem ele me lembrar a desgraça que eu era. Como eu tinha desonrado toda uma profissão. Como eu tinha atrasado o jornalismo em cinquenta anos.

Cinquenta anos. Exatamente.

Até 1954.

Por quê?

Por que espicaçar? Qual a razão das agulhadas?

Por que ele me passou tantas informações úteis?

Era parte do roteiro.

Contaram sobre Lloyd Steiner.

Mandaram Anna Graham ao aniversário de Belinda, e depois ao estacionamento do Muhammed Alley, onde ela escreveu aquele anagrama na minha fuselagem.

Kara Bolka. Minha musa, minha sereia.

E o encanador? Quando acordei amarrado a uma cama e recebendo injeções.

Como ele foi prestativo! Um tagarela.

Por quê?

Você ainda não está entendendo?

Você acha que eles queriam *esconder* alguma coisa? Pois é.

Queriam.

Ou não.

Não se pode recolocar a água derramada na garrafa, eu disse ao encanador naquele dia.

Ele não discordou.

Não podia.

Encanadores consertam vazamentos. Claro.

Mas às vezes fazem exatamente o contrário. Dão uma descarga de água nos canos furados; mandam toda aquela sujeira para longe. Limpam o sistema.

Não se pode guardar um segredo indefinidamente, Wren disse a Anna.

É fato.

Alguém disse uma vez: duas pessoas guardam um segredo se uma delas está morta.

Uma delas estava. Wren. Ele estava morto. E Eddie Bronson, também ele, imagino. Para não falar no pobre empregado do posto de gasolina, que simplesmente foi pego no fogo cruzado, falando metaforicamente.

E Benjy Washington.

Que fugiu da prisão e voltou a Littleton.

O que deve tê-los deixado loucos.

Ele foi até o asilo e viu a mãe. Telefonou para a delegacia. Com quem mais ele falou? A quem mais contou a história?

Primeiro Bronson foge do hospital. Depois ele.

Onde aquilo ia parar?

Afinal, Wren poderia estar morto, mas eles ainda estavam com medo. Com medo de um cadáver.

Por quê?

Porque ele tinha dito a Anna, com todas as letras.

A reportagem está protegida.

A reportagem. O segredo.

Protegida.

A reportagem estava escondida e eles não iam achá-la.

Mas escondida onde alguém poderia achá-la. A reportagem seria *dada à luz.*

O que ele quis dizer?

Eles reviraram a casa. Reviraram a cabana do lago.

Mandaram três vezes o encanador à minha casa depois de Benjy ter chegado a Littleton.

Eis a ironia.

Se tivessem revirado literalmente a casa, e não apenas o seu conteúdo, arrancado o reboco e derrubado as paredes, eles teriam encontrado exatamente o que procuravam.

Aninhado ali. A reportagem que Wren tinha penosamente reunido, escrito e paginado no silêncio da noite, paranoico demais para dividir com alguém como Hinch. *Ele não sabia mais em quem confiar.* O *louco* de Littleton, e não sem razão.

Mas eles não desmancharam a casa.

A espada de Dâmocles ainda pendia sobre a cabeça deles.

Wren a colocara ali.

O que se espera de um encanador?

Fácil.

Cria um site para atores desesperados que, se não estão dispostos a matar para conseguir um papel, não se importam se alguém mata.

Envia o maior mentiroso do universo à rodovia 45 para cobrir um *acidente.*

Brinca de pega com ele numa estrada vazia.

Manda um médico a uma cidade morta.

Faz uma mulher de olhar sonhador piscar os olhos para o mentiroso no estacionamento do Muhammed Alley.

Dirige os seus passos até a Quinta em Santa Monica.

Aguilhoa.
Espicaça.
Alfineta.
Rouba a sua arma e atira em alguém com ela.
Prende-o numa instituição para doentes mentais e joga a chave fora.
Mas por pouco tempo, o suficiente para obliterar mais um pouco a sua veracidade.
Então coloca uma chave na mão de Dennis e liberta-o.
Estão entendendo?
Estão vendo?
Às vezes não importa se um segredo é descoberto.
Não tem a menor importância.
Desde que se possa controlar como ele é descoberto.

CINQUENTA E SEIS

Liguei o meu celular há duas semanas.

Ele emitiu os seus sinais até aqueles satélites que giram incansavelmente no espaço para serem reenviados à Terra, onde algum técnico exausto na NASA, no FBI ou no Departamento de Energia triangula, diagrama e calcula, e envia a informação às pessoas interessadas.

Há duas semanas, quando cheguei ao apartamento 4.

O que as pessoas faziam antes do advento do Microsoft Word?

Antes dos laptops, cursores, teclas de deletar e dos computadores de mesa — antes do *backup*, do copiar e colar?

Antes que um documento se tornasse dois. Colocar o segundo no computador, rearranjá-lo e editá-lo.

Este é o *Documento Um*.

Que pode ou não chegar ao destino.

Não tenho dúvidas quanto ao *Documento Dois*, que vai ser o único arquivado no meu computador.

É quase igual a este, mas faltam algumas coisas menores. Faltam as ideias, conclusões e o tecido conectivo. Um documento que reconta uma analogia cansada, usada e abusada. São os pontos que escondem um desenho sem os traços de ligação.

Os pontos estão todos nele.

Todos os personagens.

A *Srta. Anagrama* e *Sam Savage*, e o próprio Doutor Morte.

Benjy, Bronson *et al.*

É a reportagem como eles a queriam.

A razão por que eles me incentivaram e restringiram ao mesmo tempo. Soltando a corrente e puxando-a. Por que me difamaram e prenderam, para depois me libertar.

Para ela.

Outro provérbio me vem à lembrança. Cortesia de Stalin e seus sequazes, que orquestraram a primeira Karabolka.

Perdoe-me se não cito corretamente. Trata-se da história. *O importante não é o que acontece na história*, disse ele.

É quem a escreve.

Eu.

Sou eu quem a escreve.

Tom Valle.

Cabia a mim contar a história que nunca poderia ser contada.

Antes que outro a contasse.

Pois quando uma história foi desacreditada, depois que foi ridicularizada, destruída e condenada, ela perde para sempre a legitimidade. Passa a ser uma lenda urbana, de acordo com o *cânon* dos teóricos da conspiração, atirada no monte de lixo das mentiras. Lembram-se da história do presidente que foi isentado de servir na Guarda Nacional? Quando os especialistas em caligrafia desacreditaram os documentos, quando um âncora de rede nacional tinha se demitido e um produtor nacionalmente respeitado foi despedido, então já não importava que a verdade básica da reportagem ainda não fosse questionada. Era lixo. Era um tecido de mentiras. Era lixo.

Era o destino que esperava o *Documento Dois.*

Ele vai ser dissecado para diversão do público, dos que ligam. Vai ser desprezado, atacado e finalmente vilipendiado. Vai ser apresentado nas aulas de jornalismo como um exemplo do que não se pode fazer, um aviso a todo repórter iniciante que se prepara para entrar na lida.

Vai se juntar às reportagens LBJ-matou-Kennedy, à cabala dos ETs, às Bailey Kindlons da vida.

Porque, mesmo quando se aceitam os *anagramas*, os *atores contratados*, é preciso considerar a fonte.

Já disse o suficiente.

Era o que eles queriam.

É o que eu vou dar a eles.

Está no meu computador, na página 1.

Estou escrevendo o mais rápido que posso.

Agora vou sair para um passeio.

Já telefonei para a recepção e pedi para mandarem Luiza limpar o quarto. Disse ao gerente que ia dar uma volta para não atrapalhar o serviço dela.

Quando a ouço bater na porta, já estou pronto e saindo.

Talvez uma meia hora.

No mínimo.

Tempo suficiente para eles entrarem, usarem o curso de leitura dinâmica e ler o teor da matéria.

Estou deixando uma oferenda no altar, na esperança de assim apaziguar os deuses.

A vingança pertence a eles, mas quem sabe a oferta de um sacrifício adequado não poderia nos poupar?

Luiza passa calada por mim ao entrar no quarto, e de repente estou na varanda, em pleno sol da tarde. O estacionamento deserto. O ar parado.

Desço um a um os degraus da escada de madeira.

Não olho para a esquerda, nem para a direita. E, claro, não olho para trás. Já fiz isso. Os olhos sempre para a frente.

Atravesso o estacionamento, um condenado passando.

Porque é o que eu sou.

De uma forma ou de outra.

Disse que este é o meu testamento, e é. Disse que você é o testamenteiro, e é.

Está no meu bolso, esta reportagem, num CD brilhante e colorido.

Está junto de uma carteira de motorista forjada, uma cortesia de Luiza, que a enfiou debaixo da minha porta há alguns dias, depois da nossa conversa sobre documentação ilegal. Depois de eu ter lhe dado 500 dólares.

É apenas uma carteira, mas já é um começo.

Tom Valle vai morrer.

De uma forma ou de outra.

Morto.

No outro bolso está o Smith & Wesson.

Para o caso de o sacrifício não ser suficiente. Para o caso de o autor ser mais útil morto do que vivo. O repórter louco que se matou no deserto nos fundos de um hotel de segunda. O último refúgio de um mentiroso.

Não sei.

Não sei ler mentes.

Vou andar, andar e não vou voltar, e não vou me virar enquanto não ouvir o som das botas, e então vou saber.

Está quente aqui atrás do hotel, onde o deserto se estende até Nevada. Mas parece que estive envolto em frio durante anos. Pela primeira vez, sinto calor.

A reportagem está no meu bolso, num CD.

Vou levá-la comigo, e veremos.

Andar, andar, andar.

Estou consciente da passagem do tempo, mas é apenas tempo. Não são minutos, são anos. É do passado até agora. É o restaurante Acropolis e Queens, Nova York e a noite da nevasca e de *o que aconteceu, Tommy?* E de alguém parado às minhas costas para ler o meu texto hesitante. São os sanduíches e os passeios no Bryant Park e aquele dia terrível em que não tive coragem de entrar na sua sala e dizer alguma coisa. Qualquer coisa. Como aquele dia em que a verdade se recusou a sair de mim.

Quando finalmente os ouço, não são botas.

São pneus.

Os motores.

Dois jipes, acho.

Não se preocupe.

Tenho um último segredo.

Um.

Nomeei mais um testamenteiro.

Obedeci às regras de Wren e protegi a reportagem.

Meu editor. Isolado na sua casa na montanha no condado de Putnam, em Nova York. Uma luz mortiça, claro, mas ainda um farol para quem acredita que somos capazes de fazer coisas boas e necessárias neste mundo. Há uma reputação em frangalhos que ainda hoje pode ser recuperada. Há uma injustiça que ainda pode ser retificada. Há uma dívida terrível que ainda pode ser paga.

Sam já deve tê-la enviado.

Ele terá ouvido a batida na porta e recebeu o pacote, abriu-o com o canivete que tinha aceito relutantemente num de seus aniversários.

Puxou os bifocais para a ponta do nariz e leu o que parecia ser a primeira página do jornal de uma cidadezinha da Califórnia. O *Littleton Journal*. Onde teria ouvido aquele nome?

Vai ler mais de uma vez. Vai ver a nota que enviei no pacote. A nota que explicou como aquela primeira página nunca viu a luz do dia. Até agora. Mas que ainda não era tarde. Nunca é tarde demais. Uma reportagem não prescreve, uma coisa que ele sempre repetia.

Ele não vai acreditar, lógico.

Inicialmente.

Então vai se lembrar do meu telefonema e se preparar para mandar tudo aquilo para o lixo. Mas lá está o *desenho*. Ele vai ser forçado a examiná-lo — como deixar de fazê-lo? A data e localização, e o nome claramente escritos num papel de aparência oficial. Ele vai entrar na internet. Procurar Littleton Flats. A inundação. A represa. Lloyd Steiner. Hospital dos Veteranos 138. Ele é jornalista. Ele vai fazer o que fazem os jornalistas. Vai investigar.

Vai desencavar a reportagem.

Não com a assinatura de um *fabulista* em desgraça — a forma polida para falar de mim. De um mentiroso patológico. Não. Vai ser publicada sob a assinatura de um editor altamente respeitado cujo único crime foi ter a mim como repórter.

O ruído dos motores está mais alto.

Vou esperar até eles chegarem *aqui*.

Agarro a arma no meu bolso esquerdo. Mano a mano. Duelo no deserto. Todos os duelos que vi na TV da sala no Queens.

Talvez eu me salve. Nunca se sabe.

De qualquer forma, Tom Valle estará morto. Esquecido.

Não num clarão de glória, no brilho pálido da redenção. Tirei o mentiroso da cabana de madeira e o recuperei.

Agarro a arma e me volto.

Algumas palavras passam pela minha memória. Palavras lidas no enterro de Jimmy, que eu nunca esqueci. Anos mais tarde eu as reli e decorei. Uma despedida apropriada para Jimmy, para Benjy e Eddie Bronson, para toda criança condenada deste mundo, os que crescem e os que não crescem. Para todo aquele por quem nos enlutamos.

Até mesmo eu.

Estou parado no porto. Ao meu lado, um navio abre as velas para a brisa da manhã e parte para o oceano azul. Logo ele se reduz a um ponto branco onde mar e céu se encontram. E nesse momento, alguém ao meu lado diz: "Vejam! Ele se foi!" Sei que há outros olhos observando a chegada do navio, e outras vozes alegres prontas a gritar: "Vejam! Ele está chegando!"

E isso é morrer.

Espero que seja verdade.

Espero que seja verdade.

O AUTOR

James Siegel é o premiado diretor de criação da BBDO, agência de publicidade em Nova York. Reside em Long Island, Nova York.

Este livro foi composto na tipologia Minion Pro,
em corpo 11/15, e impresso em papel off-white 80g/m²
no Sistema Cameron da Divisão Gráfica
Da Distribuidora Record.